셰익스피어의 사랑과 정치

〈안토니와 클레오파트라〉〈코리올레이너스〉

셰익스피어의 사랑과 정치
〈안토니와 클레오파트라〉〈코리올레이너스〉

인쇄 · 2023년 1월 3일
발행 · 2023년 1월 10일

지은이 · 이 태 주
펴낸이 · 김 화 정
펴낸곳 · 푸른생각

편집 · 지순이 | 교정 · 김수란, 노현정 | 마케팅 · 한정규
등록 · 제310-2004-00019호
주소 · 서울시 마포구 토정로 222 한국출판콘텐츠 402호
대표전화 · 02) 2268-8707
이메일 · prun21c@hanmail.net / prunsasang@naver.com
홈페이지 · http://www.prun21c.com

ISBN 979-11-92149-30-1   03840
값 25,000원

셰익스피어의 사랑과 정치

〈안토니와 클레오파트라〉〈코리올레이너스〉

이태주 지음

푸른사상

몰락과 부활의 정치극 잔혹사

멜힝거(Siegried Melchinger)는 『정치연극사』(1971)에서 〈햄릿〉은 정치연극이라고 말했다. 12세기 시대 덴마크의 전설로, 토머스 키드는 복수극 〈스페인의 비극〉(1585~1586)을 썼다. 이것은 비정치적인 폭력을 다룬 작품이었다. 셰익스피어의 〈햄릿〉은 에식스 백작 반란 등 어두운 시대적 분위기를 반영하고 있기 때문에 엘리자베스 시대의 정치와 관련이 있다는 주장이 끊임없이 제기되었다. 멜힝거는 그의 저서에서 이 모든 주장을 정리해서 〈햄릿〉은 반란과 정치적 암살을 다룬 복수극이라고 논증했다. 왕자 햄릿은 클로디어스 왕에게 반기를 들고, 폴로니어스를 자살(刺殺)하고, 그의 아들 레어티즈는 폭도를 이끌고 왕궁에 쳐들어갔다.

얀 코트(Jan Kott)는 『사극론』에서, 〈리처드 3세〉에서 희생된 인물의 리스트를 제시하면서 정치극 잔혹사를 이렇게 설명하고 있다.

헨리 6세는 런던탑에서 에드워드 4세의 동생 글로스터 공작 리처드와 클래런스에 의해 살해되었다. 헨리 6세의 외아들도 리처드에 의해 살해되었다. 에드워드 5세는 리처드의 명령으로 런던탑에서 살해되었다. 당시 그는 12세였다. 에드워드 4세의 아들 요크 공작도 리처드의 명령으로 런던탑에서 살해되었다. 당시 10세였다. 에드워드 4세의 동생 클래런스 공작 조지도 리처드의 명령으로 살해되었다. 클래런스의 아들도 투옥되고, 그의 딸을 평민과 결혼하도록 해서 그녀가 낳은 아들이 국왕으로 즉위하지 못하도록 처치했다. 요크 공작부인의 남편과 아들은 장미전쟁 때 전사하거나 살해되었다. 또 한 사람의 아들은 암살자에 의해 런던탑에서 살해되었다. 헨리 6세의 미망인인 마거릿의 남편은 런던탑에서 살해되고, 아들은 전사했다. 리처드 3세의 아내인 안 왕비의 부친은 전사하고, 남편은 리처드에 의해 살해되었다. 리처드 3세의 오른팔이었던 충신 버킹엄 공작은 리처드에 의해 처형되었다. 리버즈 백작, 그레이 경도 리처드의 명령으로 처형되었다. 랭카스터 가문의 지지자 헤스팅 경은 수차례 체포와 석방이 되풀이되다가 결국 반란죄로 처형되었다. 에드워드 4세의 자식들을 런던탑에서 살해한 리처드 3세의 암살범 기사 제임스 티렐도 리처드 명령으로 흔적도 없이 처형당했다.

스티븐 그린블랫(Stephen Greenblatt)은 셰익스피어 정치극의 잔혹사를 다룬 『폭군(Tyrant)』(2018)을 출간했다. 그는 셰익스피어 주요 작품의 주인공들 성격을 "폭군"이라고 규정하면서 이들의 흥망성쇠를 면밀히 분석하고 추론하고 논술했다. 그는 묻고 있다. 영국사에서 나라 전체가 폭군의 손에 장악되는 비극이 어떻게 가능할 수 있었는가? 그런 사태는 왕 혼자서 할 수 있는 일이 아니고 공모자가 있어야 가능하다는 사실을 그는 알아냈다. 영국사에서 악명을 떨친 폭군을 다루면서 셰익스피어는 당시의 검열과 법을 피하면서 작품을 썼다. 헨리 8세는 "왕에 대해서 폭군이라든가, 악마라든가, 왕위찬탈자라고 중상하며 공언하는 자는 모반(謀叛)이다"라는 반란법(Treasons Act)을 공표했다. 그 죄의 대가는 끔찍한 고문이요 죽음이었다. 엘리자베스 여왕도 제임스 1세도 이 법의 보호를 받고 있었다. 셰익스피어는 정치에 관한 표현에 신중을 기하게 되었다. 당시 극작가에게 표현의 자유는 없었다. 벤 존슨은 〈개의 섬〉을 쓰고 체포되어 투옥되었다. 그러나 셰익스피어는 진실을 말하고 싶었다. 진실을 말하면서도 죽지 않고 살아남는 극작술을 그는 터득하고 있었다. 극의 내용과 시간, 장소를 영국 외 다른 나라와 다른 시대로 가져갔다. 왕위 계승의 위기, 왕실의 부패, 암살, 폭군의 등장 등 역사적 사실을 묘사할 때는 고대 그리스나 로마, 선사시대 브리튼과 고대 영국으로 갔다. 셰익스피어는 타키투스의 『연대기』 또는 『플루타르크 영웅전』 이야기를 차용했다. 〈리어 왕〉, 〈심벨린〉의 배경은 기독교 이전 브리튼 시대였다. 〈멕베스〉의 배경은 11세기 스코틀랜드였다. 〈안토니와 클레오파트라〉, 〈코리올레이너스〉의 배경은 고대 로마였다.

한두 가지 예외가 있었다. 그중 한 가지가 1599년에 쓴 〈헨리 5세〉였다. 이 작품은 2세기 전 영국군이45 프랑스를 침공했을 때 거둔 빛나는 승리를 그린 작품이다. 극 종반에 헨리 5세가 런던으로 귀환했을 때의 장면을 셰익스피어는 직설적으로 묘사했다.

　　　우리들 여왕폐하 장군이
　　　이윽고 아일랜드로부터

반역자를 칼로 무찌르고 귀환하면
얼마나 많은 시민이 태평스런 거리로 뛰쳐나와
환영하며 반길 것인가! (5막 서장 30~34)

이때 거론된 '장군'은 충신 에식스 백작을 암시하고 있다. 셰익스피어가 앞으로 일어날 반란 사건을 왜 작품에서 다루고 있는지 그 진상은 알 수 없다. 피터 레이크(Peter Lake)는 그의 저서 『셰익스피어의 정치는 어떻게 무대화되었는가─역사극론』(2016)에서 이 문제에 대해서 "셰익스피어는 〈헨리 5세〉를 집필할 때 에식스에 동조하고 있었다"고 해명했다. 셰익스피어는 에식스의 동지였던 사우샘프턴 백작의 권유를 받고 이 장면을 썼을 것이라고 그린블랫은 추론하고 있다. 사우샘프턴은 셰익스피어의 후원자였다.

다른 한 가지 사건은 에식스 반란 직전 무대에 올린 〈리처드 2세〉 공연이었다. 1601년 2월 7일 토요일 오후, 에식스 백작의 집사 게리 메이릭 등 에식스파 지지자들이 글로브 극장에 와서 〈리처드 2세〉의 대중 공연을 주문했다. 극단은 보통 공연 때 받는 10파운드보다 40실링을 더 받는 이 공연의 요청을 물리칠 수 없었다. 후에 이 사건이 심판받을 때 "40실링"은 이들이 살아남는 변명이 되었다. 〈리처드 2세〉는 왕을 죽이고 왕권을 찬탈하는 극이다. 에식스파는 이 공연을 통해 봉기의 정당성을 시민들에게 알리고 시민의 지지를 호소하고 싶었을 것이다. 당시의 관행에 의하면 공연 전에 시내 전역에 공연 홍보물을 살포했다. 에식스는 왕을 살해하는 정당성을 과거 역사에서 찾아서 널리 알리는 일이 연극 공연보다 더 적절한 선전 수단은 없다고 판단했다. 엘리자베스 여왕은 런던탑 기록보관역인 윌리엄 램버드에게 실제로 "나는 리처드 2세다"라고 말한 적이 있는데, 이 에피소드는 당시 널리 유포되고 있었다. 에식스 반란이 실패한 후, 〈리처드 2세〉 특별공연은 정부의 조사를 받았다. 공연을 주도한 책임자 게리 메이릭은 반란방조죄로 처형되었다.

그린블랫은 셰익스피어 초기의 출세작 〈헨리 6세〉를 통해 폭군의 문제를 심도 있게 추구했다. 헨리 6세는 랭카스터 왕조 제2대 국왕인 헨리 5세와 프랑스 국왕의 딸 캐서린 오브 발루아의 아들이다. 헨리 5세가 34세로 급사하자 헨리 6세는 생후 9개월 때 즉위했다. 숙부 글로스터 공작 험프리와 또 다른 숙부 베드퍼드 공작 존이 섭정을 맡았다. 이 시기에 귀족들의 파벌싸움으로 권력의 중심이 흔들리고, 선왕이 차지했던 프랑스 영토를 빼앗기는 불운이 겹쳤다. 이런 상황에서 민중 폭동이 발생했다. 붉은 장미로 표상되는 랭카스터 왕조인 헨리 6세의 통치기간은 1422년에서 1471년까지였다. 1453년 영국은 1337년 시작된 프랑스와의 백년전쟁에서 패배했다. 국왕의 통치에 위기를 느낀 요크 공작 리처드는 국왕에게 양위를 요구했다. 1455년, 흰 장미로 표상되는 요크 가문은 랭카스터 왕가에 반기를 들었다. 이때 장미전쟁이 일어났다. 장미전쟁은 요크 가문의 승리로 끝났다. 1461년, 에드워드 4세가 왕위에 올랐다. 헨리 6세와 마거릿은 스코틀랜드로 피신했지만 왕은 1465년 체포되고, 마거릿은 프랑스로 도주했다. 마거릿은 워릭 백작을 내세워 1470년 재차 요크 왕가에 도전했다. 이 싸움에서 승리한 헨리 6세는 왕좌에 복위했다. 그러나, 에드워드 4세의 반격으로 헨리 6세는 다시 퇴위당했다. 이후, 헨리 6세는 런던탑에 유폐되어 1471년 사망했다.

1483년 에드워드 4세가 서거하자, 왕자 에드워드 5세가 12세 나이로 왕위를 계승했다. 이에 불만을 품은 에드워드 4세의 동생 글로스터 공작 리처드가 왕권에 도전했다. 리처드는 에드워드 5세가 대관식을 위해 런던으로 이동 중 에드워드 5세의 어머니 엘리자베스의 동생인 리버스 백작을 체포해서 처형했다. 또한, 엘리자베스의 전 남편 존 그레이 사이에 탄생한 그레이 경 토마스도 처형했다. 그리고 에드워드 5세와 그의 동생 요크 공작 리처드도 런던탑에서 살해했다. 리처드가 이 모든 살육의 주모자였다. 리처드 3세는 1483년 6월 26일 왕위에 올랐다. 헨리 6세에서 리처드 3세에 이르는 시기에 자행된 참담한 권력 쟁탈전은 영국 정치의 잔혹사였다. 얀 코트의 리스트는 그것을 입증하고 있다.

셰익스피어가 이런 역사의 잔혹사를 드라마로 완성한 〈헨리 6세〉를 살펴보자. 요크 공작과 서머싯 공작은 각기 자신들의 군사력을 확보한 봉건영주들이다. 두 세력은 대립과 분열을 일으키는 양대 세력이라 할 수 있다. 이들 양대 집단의 불화와 반목은 사회질서를 해치고 전제정치로 가는 요인이 되었다. 이들 두 세력은 아군과 적군을 가르고, 정권을 장악하기 위한 피투성이 싸움을 시작했다. 정객과 책사들이 권력 주변에 모여들었다. 이들이 중심이 되어 상대방을 헐뜯는 음해공작이 난무했다. 셰익스피어는 이들 모사들을 '정치가들(politicians)'이라 불렀지만 내용으로는 음모에 능숙한 위선자들이라고 정의했다. 이들 책사들 때문에 서로가 서로를 믿지 않는 불신사회가 조성되어 급기야는 자신의 거짓말이 남을 속일 수 있다고 믿는 혼란스런 사회풍조가 조성되었다. 부덕한 자신을 유덕한 인물인 것처럼 착각하고 있는 정객들과 책사들은 오만한 우월감에 사로잡혀 악행을 남발하고 있다. 이들은 자신의 음모가 발각되지 않도록 항상 주의하고 예민한 반응을 일으키고 있다. 그러나 그의 부정은 마침내 탄로 나는 것이 세상의 이치이다. 험프리 공작이 살해되었다. 모두들 자연사라고 판단했지만, 워릭 백작이 유체(遺體)의 특이 상황을 지적해서, 충격을 받은 왕은 서퍽 경과 보퍼트 추기경의 처벌을 요청한다. 서퍽은 추방되어 해적에게 살해되고, 추기경은 병사한다. 이런 정치소동의 격랑 속에서 나라 정치는 손상을 입고, 국력은 약화되었다.

권력을 잡은 헨리 6세도 문제였다. 자신에게 유익한 충언을 하는 측근들을 돕지 않아서, 측근들은 왕에게 해로운 정보를 전하거나 배신하게 되었다. 헨리 6세 치하 서민들은 방치되고 있었다. 나라 정치는 오로지 상류층 계급을 위한 것이었다. 귀족들이 우왕좌왕하고 있을 때, 대중들은 음지의 억압받는 빈민들이었다. 이들 대중을 이용하는 당파 싸움이 전개되어 그 결과는 사회적 혼란으로 이어졌다. 그러나, 이 혼란 정국을 폭군은 기민하게 이용해서 권력을 장악하고 자신의 정치무대를 설정하게 된다.

폭군들의 정략은 '포퓰리즘'이었다. 민의를 이용해서 자신의 야망을 달성하려고 했다. 왕의 측근인 요크 공작은 이런 정치적 술수에 능통했다. 요크 공작은 아일랜드에서 전공을 세운 존 케이드를 자기 편으로 끌어들여서 폭동을 일으키도록 했다. 존 케이드는 실재 인물이다. 1450년 영국에 반기를 들고 대중을 선동해서 유혈 폭동을 일으킨 장본인이다. 그는 하층민 출신이었다. 요크 공작은 케이드와의 비밀은 탄로 나지 않을 거라고 안심했다. 그가 일으킨 폭동은 예상 외로 큰 바람을 일으켰다. 케이드는 "영국을 다시 위대한 나라로!"라는 대중들에게 달콤하고 개혁적인 슬로건을 내걸고 대중을 선동했다. 폭도를 이끌고 런던으로 진입한 케이드는 재무대신 세이 경을 체포하고 "나는 너 같은 오물을 쓸어내는 빗자루다"라고 일갈했다. 폭도들은 그의 말에 흥분하고 열광했다. 케이드의 말은 14세기 후반 영국 농민반란에서 항상 내밀었던 슬로건이었다. "아담과 이브 때부터 인간은 평등이었다"고 외치면서 폭도들은 재판소의 기록물을 소각하고, 감옥을 개방하고, 왕족과 귀족들을 살해했다. 셰익스피어는 케이드의 반란을 극화하면서 빈민 대중에 대한 귀족들의 혐오감과 공포심을 실감 나게 표현했다. 코리올레이너스는 그 대표적인 인물이 될 것이다. 케이드는 자신이 폭군의 자리에서 영화를 누리려고 했다. 그는 왕국의 귀족도 나에게 공물을 바쳐야 한다고 호언(豪言)했다. 그러나, 그는 요크 공작의 정치적 도둑에 지나지 않았다. 이용당하고 버림받은 케이드가 굶주린 몸으로 먹을 것을 찾아 정원에 들어설 때, 정원주는 그를 반란자로 인식하고 살해했다. 케이드가 살해되는 시간, 요크 공작은 왕권을 노리며 아일랜드군을 이끌고 왕의 진영으로 진격하고 있었다.

나라가 혼란에 빠지고, 권력투쟁이 격화되었다. 한동안 요크 공작은 무적의 패권자인 듯 보였지만, 그의 열두 살 아들이 잡혀서 살해되었다. 그 직후 요크 공작도 체포되어 온갖 희롱을 당하며 살해되었다. 그 잔혹 행위는 그 자신이 이미 해오던 짓거리였다. 폭군은 너 나 할 것 없이 죗값을 받고 죽는다. 절대군주의 자리는 한 사람만이 지향하는 목표가 아니다. 왕가 전체와 그에 적대하는 왕가의 가족들, 부왕과 그 후손

들 간에 벌어지는 피투성이 싸움으로 결판이 난다. 요크 공작이 사망하고 그 아들 에드워드가 두각을 나타냈다. 측근들은 에드워드가 유일한 왕권 계승자라고 알린다. 그러나 왕권의 쟁취는 쉽게 달성되는 일이 아니다. 그것은 국내외로 파급되는 복잡한 문제를 안고 있다. 영국은 왕위계승 문제를 매듭짓기 위해 과거 적대하던 주변국들과도 은밀히 접촉해왔다. 유럽 왕실은 오랫동안 나라 간의 혈연으로 복잡하게 얽혀 있었다. 영국 왕실은 프랑스 왕실과 특별한 관계였다. 요크 공작 파벌들은 왕위 계승 문제를 위해 프랑스와 물밑접촉을 진행했다. 혼인 관계를 통해 양국 간 불화를 해소하고 평화를 유지했다. 그러나, 실상 왕이 믿을 수 있는 것은 외국 왕실도, 형제도 아니고 오로지 폭군 자신이었다. 리처드 3세는 에드워드 4세의 왕관을 이어받고, 에드워드와 자신의 형제인 잠재적 적수 클래런스를 살해했다. 그는 또한 에드워드 4세의 왕자 둘을 런던탑에 가둬두고 살해했다.

그린블랫은 그의 저서에서 리처드 3세에 관해서 말했다.

폭군은 법에 무관심할 뿐 아니라, 법을 증오하고, 법을 깨는 데 희열을 느낀다. 법이 방해물이 되기 때문에 미워한다. 법이 있는 것은 대중을 위해서인데, 그런 것은 관심이 없다. 이 세상에는 승리조와 패배조가 있을 뿐이다. 승리조는 도움이 되는 동안 존중하지만, 패배조에 대해서는 경멸감만을 느낄 뿐이다. 내가 말하고 싶은 것은 이기는 일뿐이다. ……조만간 폭군은 쓰러진다. 사랑도 받지 못하고, 애타는 슬픔도 없는 가운데 죽는다. 뒤에 남는 것은 잿더미 산이다. 리처드 3세 등 폭군은 태어나지 않았어야 옳았다.

리처드 3세는 친족 살해의 잔혹 행위로 왕권을 쟁탈했다. 그러나 리처드는 나라를 통치할 만한 재질도, 준비도, 유능한 측근의 도움도 없었다. 캐츠비도 래드클리프도 가까이서 돕고 있지만 그들은 건달패에 가깝다. 리처드는 부족한 자신의 역량과 능력 부재로 항상 불안하다. 그는 자신의 주변이 의심스러워진다. 그래서 그를 돕고 받드는 측근을 제거하기 시작한다. 리처드의 권좌에 불만인 헤이스팅스는 여지없이 살해되었다. 그의 모친도, 왕비도 그의 행동을 두려워하고 내심 증오하고 있다. 측근들도 리처드의 경계심을 눈치챈다. 스탠리 경은 리처드의 핵심적인 측근이지만 리처드의 앞날을 걱정하며 이미 적수들과 접촉하고 있다. 리처드를 옹립하는 데 공을 세운 버킹엄 공작은 그동안 리처드의 모든 정치적 음모와 범죄에 가담했던 공범자였다.

버킹엄조차도 리처드의 과격한 행동에 쉽사리 동의하지 않았다. 버킹엄은 자신의 동의를 받지 않아도 리처드는 자기 멋대로 한다는 것을 알고 있다. 리처드는 자신에게 충성을 맹세하는 공범자가 필요했다. 자신의 통치를 재확인하기 위해서 끊임없이 심복들을 단속해야 한다. 심복들의 절대복종이 필요했다. 이것이 폭군들의 속성이다. 리처드는 버킹엄이 주저하는 순간 고민스럽고 불안해졌다. 근처에서 지켜보던 측근인 캐츠비는 왕이 진노했다고 그에게 전했다. 이 일이 화근이 되어 버킹엄은 결국 체포되어 처형되었다. 보스워즈 전투장에서, 패전에 몰린 리처드는 "말(馬)을 달라, 말을. 말을 주면 왕국을 주겠다!"라고 외치면서 걸어 다니다가 그의 적수 리치먼드에게 살해되었다. 셰익스피어가 그린 잔인무도한 폭군의 최후였다.

리처드 3세와는 다른 길을 간 것이 코리올레이너스이다. 셰익스피어는 작품 〈코리올레이너스〉의 배경을 고대 로마로 설정하고 기원전 5세기 로마 방위에 전공을 세운 장군 가이우스 마르키우스의 생애를 그리고 있다. 이는 검열을 피하는 셰익스피어 특유의 우회하는 극작술이었다. 이 작품 서두에 시작하는 로마 시민들의 반란은 1607년, 영국 노샘프턴, 레스터, 워릭 주에서 발생한 농민폭동을 암시하고 있다. 그 폭동의 주인공은 존 레이놀즈였다. 1607년 6월, 항의를 주도하던 열두 명의 농부들이 무장한 지주들 호위병에게 살해되고, 존 레이놀즈는 체포되어 교수형을 당했다. 고대 로마의 식량 소동은 영국의 상황과 너무 흡사했다. 권력을 잡은 귀족층과 빈민대중 간의 극심한 갈등과 투쟁을 다룬 이 작품은 셰익스피어의 정치관이 극명하게 드러난 작품이라 할 수 있다.

그랜블랫은 그의 저서 『폭군』의 결론 부분에서 셰익스피어는 엘리자베스 시대와 제임스 1세 시대에 정치적 문제로 처형된 사건들을 직접 체험하면서 대중이 품고 있는 정치 현실에 대한 공포를 충분히 체험했다고 말했다. 그는 이 때문에 "사회 정체의 가치관─누가 거룩하고 비급한가, 무엇이 선이고 악인가, 진실과 거짓 사이에 그것을 분간하는 선(線)은 어디에 있는가"에 대해서 깊은 생각을 했을 것이라고 추측했다. 셰익스피어는 이른바 "사회가 붕괴하는 모습을 생애를 통해서 고찰했다"고 그랜블랫은 지적했다.

셰익스피어는 그의 정치극 속에서 혼란의 시대에 사람들이 느끼는 불안감을 오히려 이용하면서 파벌정치에 몰두하고 있는 정치꾼들의 위선을 폭로하고 있으며, 정치가의 사기술 포퓰리즘에 속고 있는 사회상도 심층적으로 파헤치고 있다. 셰익스피어는 폭군을 선동하고 기회를 포착하는 기회주의자들도 용서 없이 비판하고 있다. 특히 우리가 주목할 일은, 통치 능력도 없는 전제군주가 아무런 정책 대안도 없이 권력을 장악하고 무능한 정치를 하면서 세상을 혼란에 빠트리는 경우를 되풀이해서 묘사하며 경고하는 셰익스피어의 정치철학이다. 셰익스피어가 제시하고 있는 해결책은 일인 독재체제에 순응하지 않고 저항하는 미래지향적인 민중 집단의 형성이요 그 활동이다. 셰익스피어는 이런 예측 불가한 사회적 현상을 예의주시하고 있었다.

〈코리올레이너스〉에서 셰익스피어가 강조하고 있는 것은 특정 사회가 독재정치에서 벗어나는 길은 민중이 선출한 대의정치를 통해서 가능하다는 것이었다. 그러나, 이 경우 명심해야 되는 일은 포퓰리즘 정치로 부화뇌동하는 민중이 아니라 의식이 깨어 있는 정의로운 민중의 존재가 전제되어야 한다는 것이다. 셰익스피어는 독재정치의 몰락과 폭군의 멸망을 항상 강조했다. 그것은 그의 비극작품에서도, 그의 사극작품에서도, 〈코리올레이너스〉에서도 명시했듯이 악은 악의 힘으로, 선은 선한 궁극적인 힘으로 해결되는 인간 본연의 정치적 활력에 대한 희망의 찬가였다.

이태주

셰익스피어의 사랑과 정치 : 〈안토니와 클레오파트라〉 〈코리올레이너스〉

제1장

셰익스피어 다시 보자

1. 셰익스피어의 삶과 작품

1) 시대적 상황

윌리엄 셰익스피어(William Shakespeare, 1564~1616)는 영국 튜더 왕조 엘리자베스 1세와 제임스 1세 시대에 살았던 극작가이다. 당시, 런던은 교회 건물이 즐비한 중세도시의 경관이었지만, 르네상스 문화가 이탈리아로부터 휩쓸고 들어오면서 시민들은 활기에 넘치고 신바람 나는 인생을 구가하고 있었다. 튜더 왕조 다섯 국왕이 3대에 걸쳐 120년 동안 통치한 16세기 초의 영국은 프랑스(인구 1,800만)와 스페인(인구 800만) 사이에서 위축되어 경제력과 군사력이 열세인 군소국가(인구 300만)에 속했다. 프랑스의 영국 영토는 14세기와 그 이전의 시대처럼 더 이상 확장되지 못했다. 엘리자베스 여왕(1558~1603)은 유럽 진출 정책에서 한 발 물러섰다. 웨일스 통치는 계속했다.

1589년, 아메리카 식민지 개척이 시작되었다. 스코틀랜드는 아직도 영국연방이 아니었다. 아일랜드는 여왕 통치 기간인 1597년부터 1601년 사이 오닐(Hugh O'Neill)과 타이론(Earl of Tyrone)이 반란을 일으키고 있었다.

영국은 농업국이었다. 국토의 대부분이 산림이었다. 중부지방은 현재 상공업 지역이지만, 당시에는 산림과 푸른 들판이 있었다. 그곳에서 끊임없이 일어나는 농민폭동은 왕실을 괴롭혔다. 1586년, 1591년, 1596년 옥스퍼드 농민 폭동 이외에도 엘리자베스 여왕 시대 켄트 지방에서만도 열세 번의 폭동이 일어났다. 이 소란은 제임스 1세 시대에도 계속되었다. 다행히도 양모산업이 부흥되면서 지방민은 한숨 돌리고 있었다. 이 지음 광공업도 시작되었다. 엘리자베스 여왕은 유럽과 동양 여러 나라와의 무역업을 장려했다. 엘리자베스 1세 때 영국은 대영제국의 기틀을 다지고 있었다. 영국은 로마 교황에 맞서는 강대국으로 어느새 부상했다. 1588년, 스페인의 무적함대를 격파하는 순간에 국가 위상은 달라지기 시작했다. 승리와 발전의 원동력은 철공업의 진흥으로 조선업과 무기 생산이 약진했기 때문이다. 엘리자베스 1세의 선정으로 정치는 안정되고, 산업혁명이 이뤄지고, 문화예술은 전대미문의 황금시대를 맞이하고 있었다.

16세기 런던은 전원도시였다. 인구 20만을 포용하는 유럽 최대 도시였다. 외래객들은 템스 남안에 접근해서 런던 다리를 건너 시내로 들어왔다. 다리 위에는 상점이 있었고, 때로는 참수된 대역죄인의 시체가 다리에 널려 있었다. 주민들 가옥은 규모가 작았다. 길은 좁고 붐볐다. 도시의 위생 상태가 나빠서 수시로 전염병이 유행했다. 셰익스피어는 6남매 중 장남이었다. 마거릿, 앤, 조안(첫 번째 조안이다. 나중에 또 다른 조안

이 태어났다)은 어릴 때 사망했다. 어린 시절, 셰익스피어는 간신히 죽음을 면했다. 그가 태어난 해에 6개월 동안 전염병이 대유행해서 200명이 사망했다. 의료 업무와 보건행정은 미흡했다. 밤이 되면 암흑천지 도시였다. 도적들과 매춘부들은 넘치고 경찰은 무력했다. 셰익스피어는 〈자에는 자로〉 등 작품 속에 이 상황을 묘사하고 있다. 화이트홀 궁전, 웨스트민스터 사원, 의사당 등 건물이 템스강 서쪽 2마일 지점에 우뚝 서서 위용을 자랑하고 있었다.

2) 생애

스트랫퍼드 온 에이번(Stratford-on Avon)은 런던 북서 100마일, 영국 중부 워릭주 남쪽에 자리 잡은 로마 시대 교통의 요지이며, 중세 인구 2,000명의 농산물 집산 도시였다. 윌리엄 셰익스피어는 1564년 4월 23일 이곳에서 태어났다. 1564년은 31세가 된 엘리자베스 여왕이 재위 6년째를 맞는 해였다. 스트랫퍼드는 〈당신이 좋으실 대로〉의 무대가 되었던 아든 숲과, 장미전쟁 역사극의 유적이 사방에 있는 유서 깊은 도시였다.

'셰익스피어'라는 이름은 이 지방에서는 오래된 가문의 이름이다. 1248년까지 거슬러 올라간다. 셰익스피어의 할아버지는 리처드 셰익스피어이다. 스트랫퍼드에서 4마일 거리에 있는 스니터필드의 농부였던 그는 1561년경 38파운드 17실링 상당의 집을 남기고 사망했다. 그의 아들 존은 유복한 집안의 유산 상속인 메리 아든과 결혼하면서 출세의 길에 들어섰다. 사업에 성공한 그는 스트랫퍼드에 여러 채의 가옥을 구입했다. 그중 하나가 헨리 거리에 있는 셰익스피어가 태어난 집이다. 셰익스피어가 탄생했던 가옥은 수리되고, 개축되고, 재건되면서 현재도 그 자리에서 관광명소가 되고 있다. 필자가 그곳에 가서 놀란 점은 셰익스피어의 침대가 너무 작았다는 점이다. 셰익스피어는 단신(短身)이었는가 의심스러웠다. 1층에 방이 네 개 있었다. 존은 가죽장갑 제조업 이외에도 곡물, 맥주 등의 판매를 했기 때문에 유복했다. 그는 사업에 성공하고 여러 공직을 맡게 되었는데, 음식물 검사관, 벌금 징수관, 재무관, 시장 등의 요직을 거쳤다. 1576년, 그는 가문의 문장(紋章)을 신청해서 아들 대(代) 윌리엄 셰익스피어가 받을 수 있도록 했다. 1577년과 1578년 사이에 존은 갑자기 교회에 나타나지 않아서 의심스러웠는데, 급기야는 시장의 직위를 상실하는 위기에 처했다. 아내의 재산을 저당 잡고 돈을 구해서 부채를 상환하고 과중한 벌금도 물어야 했다. 그 이유 중 하나가 아내의 가톨릭 신앙으로 인한 종교적인 핍박 때문이라고 알려지고 있다. 실상 부모의 가계(家系)는 모두 양가 명문 집안이었지만 종교가 문제였다.

그래머스쿨을 마치고 집안 경제 사정으로 대학에 진학하지 못한 셰익스피어는 극작가로 대성할 만큼 충분한 지식을 습득하지 못했을 것이라는 의혹을 사게 되었다. 당시 엘리자베스 여왕의 충신이며 석학이었던 프랜시스 베이컨이 셰익스피어의 실제 정체라는 주장이 널리 퍼지게 되었다. 그러나, 사후 출판된 폴리오판 셰익스피어 전집(1623, 36편 수록. 〈줄리어스 시저〉, 〈맥베스〉, 〈안토니와 클레오파트라〉 〈템페스트〉 등 18편의 작품은 이전에 출판된 적이 없던 작품이어서 이 전집에 수록되지 않았으면 영원히 유실될 뻔했다)을 만든 극단(King's Men) 동료이며 오랜 친구(유언장에서 이들에게 유증금을 남겼을 정도로 다정한 사이였다)였던 헤밍(John Hemminge)과 콘델(Henry Condell)의 존재 때문에 베이컨 설(說)은 설득력을 잃게 되었다.

셰익스피어는 7세부터 11세 아이들이 입학하는 그래머스쿨에서 라틴어 문법을 공부했다. 이 과정을 마치고 그는 베르길리우스, 호라티우스, 플루타르코스, 테렌티우스 등, 그리고 특히 즐겼던 오비디우스와 키케로, 역사물 등을 읽었다. 셰익스피어는 이 학교에서 오전 7시부터 11시까지, 오후 1시부터 5시까지 고전 작품을 공부했다. 1582년 11월 28일 셰익스피어 18세 때, 그는 8세 연상의 앤 해서웨이(Anne Hathaway)와 결혼했다. 이듬해 장녀 수잔나와, 1585년 쌍둥이(햄닛과 주디스)가 태어났다. 1586년 9월 6일, 셰익스피어는 런던으로 떠났다. 그 이후 한동안 그의 행적에 관한 소식이 끊겼다. 셰익스피어는 아마도 스트랫퍼드를 방문한 순회공연 극단을 따라 런던으로 갔을 것이라고 추측하고 있다.

1592년, 그는 런던에서 배우와 극작가 신분으로 나타났다. 작가 윌리엄 그린이 "벼락출세한 까마귀"라고 비방한 글이 발표되면서 셰익스피어의 행적이 알려졌다. 그가 런던 극계(劇界)에서 부상하게 된 사연은 스트랫퍼드의 주민으로서 윌리엄 부친의 친구 아들인 리처드 필드(Richard Field)의 도움이 있었을 것이라는 소문이 있다. 그는 인쇄업자였는데, 1593년에서 1594년 사이 셰익스피어의 시집 『비너스와 아도니스』와 『루크리스의 겁탈』을 각기 200부 찍어서 세상에 알렸다. 여러 주변 사정으로 미루어보아 셰익스피어는 아마도 1590년경에 작품을 쓰기 시작했을 것이라고 추측할 수 있다. 당시 그의 선배 작가로는 토머스 키드 (Thomas Kyd, 1558~1594), 크리스토퍼 말로(Christopher Marlowe, 1564~1593), 존 라일리(John Lyly, c.,1554~1606) 등이 있었다. 1593년(29세), 셰익스피어는 사우샘프턴 백작에게 작품『비너스와 아도니스』를 헌정하고, 같은 해에 〈타이터스 안드로니커스〉와 〈말괄량이 길들이기〉,『루크리스의 겁탈』을 집필했다.

셰익스피어는 1596년 10월 이전 런던 비숍게이트 극장 근처 세인트 헬렌에서 살고 있었다. 그 이후 템스강을 건너 글로브 극장이 있는 사우스워크로 이사 갔다. 1599년부터 1604년까지 런던 서북, 실버 거리에 있는 프랑스 위그노교도의 집에서 살았다. 셰익스피어가 가족과 함께 런던에서 살았다는 기록은 발견되지 않고 있다. 가족들은 아마도 스트랫퍼드에서 살고 있었을 것이라고 추측된다. 1년에 한 번씩 셰익스피어가 고향에 다녀간 기록은 남아 있다.

1594년 말, 전염병으로 폐쇄된 극장 문이 다시 열리자 셰익스피어는 '궁내대신 극단'의 단원으로 활동하게 되었다. 셰익스피어는 행적이 묘연했던 7년 동안 남모르는 노력과 공적을 쌓고 당시 작가들이 시기할 정도로 당당한 인기작가가 되었다. 아마도 그동안 〈실수연발〉, 〈사랑의 헛수고〉, 〈베로나의 두 신사〉, 〈헨리 6세〉, 〈타이터스 안드로니커스〉 등 작품을 집필했을 것이다. 〈말괄량이 길들이기〉, 〈한여름 밤의 꿈〉, 〈리처드 3세〉, 〈존 왕〉, 〈로미오와 줄리엣〉 등도 집필을 끝냈을 것이다. 당시 그는 시인으로서 극작가로서 상당한 인기를 누리고 있었다. 놀라운 것은 그의 명성 때문에 극작품이 연속으로 공연되고, 작품이 팔리면서 재산이 늘어나서 1597년에는 런던과 스트랫퍼드의 부동산을 구입하게 되었다.

그 가운데는 대저택 '뉴플레이스'(엘리자베스 여왕이 지방순회 때 이 저택에 머물렀다)도 포함되어 있었다. 셰익스피어 가족들은 이 저택에서 계속 살았다. 그는 1602년 5월 1일, 107에이커의 농지와 20에이커의 목초지를 스트랫퍼드에서 구입했다. 셰익스피어의 마지막 투자는 1613년 런던 블랙프라이어에 있는 저택의 구입이었다. 그 집에서 셰익스피어가 살았다는 기록은 남아 있지 않다.

셰익스피어는 1594년 이후 글로브극장의 주주가 되면서 유복한 생활을 즐기며 20년 동안 런던에서 살다가 1610년 46세 때 스트랫퍼드로 돌아와서 1616년 4월 23일, 52세 때 사망했다. 1615년 1월, 또는 1616년, 셰익스피어는 유언장을 작성했다. 변호사 프랜시스 콜린스(Francis Collins)가 이 일을 도왔다. 1616년 3월 25일, 주디스의 결혼 때문에 유언장을 다시 썼다. 대부분의 유산은 딸 수잔나에게 유증(遺贈)되었다. 주디스와 그의 자녀들에게도 유산을 분배했고, 스트랫퍼드의 빈민들과 친구들과 친척들에게도 유산이 돌아갔다.

셰익스피어의 검(劍)은 토머스 콤브(Thomas Combe)가 차지했다. 26실링 8펜스는 그의 동료 배우인 헤밍즈, 버베이지, 콘델에게 유증되었다. 그의 아내에게는 두 번째로 좋은 침대와 가구들이 주어졌다. 셰익스피어의 사인(死因)은 알려지지 않고 있다. 벤 존슨 등과 주연을 즐기면서 마신 술로 병에 걸려 사망했다는 소문이 항간에서 돌았다. 셰익스피어의 명성은 그의 만년(1608~1616)에도 동료들과 관객들 사이서 수그러들지 않고 열풍처럼 번졌다.

3) 환경

대작가들이 모두 그러했던 것처럼, 셰익스피어도 그리스, 로마, 중세 시대로부터 민담, 소설, 고전 희곡, 역사, 신화, 전기 등에서 많은 소재를 얻어왔다. 그는 비극을 쓸 때 세네카의 복수극 기법을 대폭 받아들였다. 오비디우스의 시에서 감명을 받고 『비너스와 아도니스』, 『루크리스의 겁탈』을 썼다. 그의 작품은 역사극, 희극, 비극으로 분류된다. 셰익스피어는 비극에서 천재성을 발휘했다. 4대 비극 〈햄릿〉, 〈맥베스〉, 〈오셀로〉, 〈리어 왕〉 이외에도 〈로미오와 줄리엣〉, 〈줄리어스 시저〉, 〈안토니와 클레오파트라〉, 〈타이터스 안드로니커스〉, 〈코리올레이너스〉, 〈심벨린〉, 〈겨울 이야기〉, 〈페리클레스〉 등의 명작을 남겼다.

16세기 중반 영국 연극은 중세 도덕극에서 근대극으로 발전하고 있었다. 그 원동력은 종교개혁, 튜더 왕조의 사회변동, 1576년 건립된 영국 최초의 극장 'The Theatre' 등 때문이라고 말할 수 있다. 여관집 앞마당(Innyard)의 대중문화, 법학원에서의 대학문화, 궁정에서의 귀족문화의 약진은 연극 발전에 큰 힘이 되었다. 특히 템스 남안에 연달아 건립된 공중극장(public theatre)은 관객 2천 명에서 3천 명을 수용하는 대극장으로서 문화생활의 광장이요, 역사와 도덕을 깨우치는 국민교실이었다. 르네상스의 둑이 터지면서 책이 인쇄되어 쏟아져 나왔다. 1570~80년대는 배우의 시대였다. 배우는 대사와 함께 즉흥의 재능을 자랑하며 연기력을 발휘해야 했다. 관객들은 늘 하는 배우에 실증을 느끼게 되면 새로운 희곡작품을 원했다. 이런 시대적 변천에 따라 극작가 시대가 차츰 열리기 시작했다. 르네상스 시대 인문학에 대한 관심과 지식에 대한 욕구가 독서 붐을 일으키고, 출판업이 왕성해지면서 대학의 '지성인 집단(University Wits)'에서 새로운 작가들이 배출되었다. 셰익스피어가 극계에 등장했던 시기는 선배 작가들의 공백기여서 셰익스피어를 위시한 동시대 극작가들의 작품 수요는 날로 급증했다. 배우, 관객, 극장, 후원자 등 연극 발전에 필요한 모든 부문이 이 당시 갖추어졌다.

런던시는 전염병과 풍기문란을 이유로 연극 공연을 심하게 단속했지만, 궁정은 극단을 초청해서 어전 공연을 열면서 연극을 장려하고 후원했다. 제작비 대부분을 차지하는 막대한 무대의상 비용은 왕궁이 흘가분하게 부담했다. 부랑자 취급을 받으면서 교회 출입도 못했던 극단의 연극인들은 여왕의 온정으로 지위가 격상되었다. 시운을 타고난 행운아 셰익스피어는 가문의 문장(紋章)을 뽐내면서 희색 만면이요, 용기 백배였다.

4) 작품

셰익스피어는 극작가로서 끊임없는 발전과 변용을 거듭했다. 20년간의 작가생활에서 그는 항상 새로운 주제와 기법을 모색하고 탐구했다. 그 과정에서 시대를 어떻게 접하고 영향을 받으며 창작에 반영했는가라는 문제는 수세기에 걸쳐서 거듭되는 토론의 과제였다. 지금도 셰익스피어는 나날이 새롭게 해석되고 있다. 셰익스피어를 다시 읽고, 새롭게 감상하기 때문이다.

1623년에 간행된 첫 폴리오판 전집(The First Folio)은 희극, 역사극, 비

〈셰익스피어의 글로브극장 무대 첫 등장〉, 조지 크룩생크(George Cruikshank), 1864~1865

극으로 분류되어 편찬되었다. 그러나 창작연도에 대해서는 아무런 지침도 없다. 창작연도가 중요한 논의의 초점이 되는 이유는 셰익스피어 극작술의 과정을 살펴볼 수 있는 길잡이가 되기 때문이다. 그의 극작술과 문체는 초기에서 중기로 가면서 놀랄 만한 변화를 겪었고, 후기에 이르러 원숙한 경지에 도달했다. 첫 폴리오판의 인쇄본과 셰익스피어 원고와의 관계는 본문 연구와 비평의 중심과제였다. 엘리자베스 시대 작가의 친필 원고가 어떻게 검열을 통과해서 무대에 상연되었는지, 누구에 의해 편찬되고 인쇄되어 책으로 간행되었는지 등의 제반 문제는 치열한 논쟁을 겪었다. 셰익스피어가 쓴 자필원고가 필기사, 검열, 극장 제작진, 배우, 편집자, 식자공, 교정원을 통해 변용되는 과정이 신중하게 거론되었다. 셰익스피어의 친필원고가 오늘날 하나도 남아 있지 않았기 때문이다. 폴라드(A.W. Pollard), 매케로(R.B. McKerrow), 그렉(W.W. Greg), 바우어스(Fredson Bowers) 등은 셰익스피어 자필원고에 가장 가까운 정본을 찾기 위해 본문비평 분야를 개척한 선구자들이요 전문가들이다.

극작가의 대본은 극단이 판권을 소유했다. 극작가는 대본을 무대에 올리기 위해서였지 출판을 위해 매각하는 것은 아니었다. 벤 존슨은 예외가 되었지만, 셰익스피어는 당시 관습을 따라 원고를 극단에 넘겼는데, 그 원고는 '초고'와 '정서본(淨書本)'으로 구분되었다. '정서본'은 발행을 인정한 정본(定本)이다. '초고'는 셰익스피어가 집필한 원본에 가장 근사(近似)한 대본인데 오류가 많은 것이 흠이었다. 2절판 폴리오 전집 이외에도 셰익스피어 작품은 4절판인 '쿼토판(Quartos)'으로도 간행되었는데, '좋은 쿼토판(Good Quartos)'과 '나쁜 쿼토판(Bad Quartos)'으로 분류

된다. 두 가지 쿼토판을 조율해서 완전한 쿼토판 전집을 편집하는 문제를 해결하기 위해 본문학자들은 〈리어 왕〉의 경우처럼 폴리오판과 쿼토판 내용이 서로 다른 부분까지 조율해서 보다 더 완벽한 셰익스피어 전집 간행에 힘쓰고 있다.

킬러 카우치 경(Sir Arthur Quiller-Couch)과 도버 윌슨(J. Dover Willson)이 편찬한 『The New Cambridge Shakespeare』, 크레이그(W.J. Craig) 등이 편찬한 『Arden Shakespeare』, 베빙턴(David Bevington)이 편찬한 『The Bantam Shakespeare』, 하베이지(Alfred Harbage)의 『The Pelican Shakespeare』 등은 믿을 만한 셰익스피어 전집이다.

셰익스피어 연극의 특징은 중층성에 있다. 복잡한 플롯, 다양한 등장인물, 교묘하고 아름다운 시어, 인생의 진실을 거론하는 주제, 흥미진진한 스토리, 분산과 통합, 파격과 조화의 기교 등이 극적 효과를 내고 있다. 구체적으로 조목별로 살펴보기로 한다.

(1) 다양성과 통일성. 복합플롯(double plots). 비극과 희극의 융화. 에피소드, 춤, 노래의 삽입. 다양한 계층의 인물이 37편의 작품 속에 1천 명 등장. 자연과 초자연의 대립. 무대의 입체적 그림과 관객의 초점 확산으로 무대의 입체적 구성. 대조와 유사의 기법.
(2) 일상성과 비일상성의 병립. 현실과 이상의 대립.
(3) 허상과 실상의 대조. 착시현상, 혼돈, 부조리의 철학, 쌍둥이, 마법, 약물, 변장, 극중극 등의 트릭.
(4) 인간의 행동의 내재성과 외재성. 성격 창조의 중층성―한 사람의

성격 속에 모순과 조화의 요소가 공존하고 있다. 등장인물의 행위나 고뇌와는 별도로 다른 요소가 스토리나 플롯에 끼어든다. 리어왕과 오필리어의 광기, 맥베스 부인의 최면 등 변칙적인 정신. 우연의 상승효과. 데스데모나의 손수건. 로미오의 음독. 햄릿과 해적. 언어의 의미와 소리의 상승작용.

(5) 텅 빈 무대의 무한한 상상적 가능성, 개방성과 접근성, 대사 중심 연극

(6) 오픈 무대장치 최소화, 의상과 소도구 활용.

셰익스피어 예술의 황홀감은 어디서 오는 것인가.

첫째, 작품 내용의 다양성 때문이다. 어느 시대, 어느 나라나 그의 작품은 그 시대, 그 사람을 비추는 거울이 된다. 셰익스피어 작품은 '꿰지도 않고, 갈지도 않은 채 버려둔 보석 더미' 같은 것이다. 예술적 다양성의 가능성은 무한하다. 매력적인 인물과 충격적인 사건으로 생동감이 넘치고 있어 관객의 상상력을 자극하고, 우리가 살아가는 데 필요한 교훈을 얻을 수 있으면서 오락적 본능과 교육적 갈망을 충족시켜준다.

둘째, 탁월한 극작술 때문이다. 그 특성은 중층성(multiplicity)이다. 셰익스피어 작품을 읽고 느끼는 첫째 감동은 내용의 풍성함과 긴밀감이다. 이것을 가능케 하는 기법이 중층적인 작품의 구조이다. 세분하면, 첫째, 등장인물의 중층성을 들 수 있다. 예를 들어 〈헨리 4세〉(1부, 2부)에 등장하는 폴스타프의 성격 속에는 중세극의 악마, 방탕, 악덕, 광대짓거리 등이 복합적으로 내재하고 있음을 알 수 있다. 한 가지 성격이 아니라 여러 가지가 섞여서 중층적으로 한 사람의 인격을 형성하고 있

다. 말하자면 성격이 단순하지 않다는 것이다. 햄릿, 샤일록, 리어 왕, 안토니와 클레오파트라 등 인물의 생동감이 고스란히 관객에게 전달되는 것은 이런 성격 창조의 독창성 때문이다.

중층성은 인물만이 아니라, 극의 구조와 공간에도 영향을 미치고 있다. 〈한여름 밤의 꿈〉은 궁정, 서민, 요정의 이질적인 세계가 중층적으로 조립되어 하나의 극 세계로 통합되고 있다. 〈베니스의 상인〉에 나타난 두 가지 주제는 사랑과 우정이다. 바사니오와 포샤의 이지적 사랑과 로렌조와 제시카의 로맨틱한 사랑이다. 두 개의 지역 베니스와 벨몬트는 현실과 꿈, 법과 사랑의 환경을 이루고 있다. 베니스는 태양이 떠 있는 생존경쟁의 '장(場)'이지만, 벨몬트는 달빛이 가득한 사랑의 보금자리다. 드라마의 흐름에 따라 공간이 바뀌고, 작중의 주인공이 바뀌는 일은 중층성의 좋은 예라 할 수 있다.

셰익스피어는 한 가지 플롯만을 추구하는 것이 아니라 '다중플롯'을 통해 다양한 인간들이 서로 얽히며 부딪치는 상황을 보여주고 있다. 중층성은 작품의 주제에도 영향을 미치고 있다. 〈한여름 밤의 꿈〉의 주제는 사랑이다. 테세우스와 히폴리타의 원숙한 사랑. 젊은이들의 독단적이고 정열적인 사랑, 요정의 왕과 여왕의 권태기 부부의 사랑, 요정의 여왕 티타니아와 비천한 직공 보톰과의 그로테스크하고 에로틱한 사랑, 피라모스와 테스베의 고전적 사랑을 여러 층으로 나누어서 보여주고 있다.

셋째, 언어의 마술 때문이다. 셰익스피어가 사용한 언어는 시와 산문인데 사용한 단어의 수는 40만이고, 사용한 어휘는 2만 9천 60개가 된다. 이토록 방대한 언어의 활용은 다른 작가에서 찾아볼 수 없다. 현재

영미 일반인들이 인지할 수 있는 어휘는 평균 1만에서 1만 5천 개이고, 실제 사용하는 어휘는 3천에서 4천 개이다. 언어가 이토록 풍성해진 것은 르네상스가 시동(始動)한 지식 탐구 열기와, 근대 초기 영어의 집중적인 언어 개발 때문이었다.

셰익스피어의 대사는 기지가 넘치고, 유머가 풍부하며, 박진감이 있다. 시의 음율은 영상을 수반한다. 공중극장은 상상의 공간인데, 대사는 '언어의 무지개'처럼 눈부시다. 상상의 시간과 세속의 시간이 부딪치는 예술의 순간은 감동과 희열의 극치요, 황홀이다. 마이클 브리스톨(Michael D. Bristol)은 저서 『빅타임 셰익스피어』에서 정곡을 찌르고 있다. "셰익스피어의 희곡은 우리 문명의 '페이소스(pathos)'를 아주 명확하고 힘차게 표현하고 있다."

2. 셰익스피어 비평

1) 초창기에서 역사학파까지

엘리자베스 시대 극작가들은 당시에 미미한 존재로 평가되었다. 공연은 극단과 배우 중심으로 진행되었다. 이런 풍조에서도 셰익스피어는 극작가로 당대에 높이 평가되었다. 프랜시스 메레스(Francis Meres)는 셰익스피어를 오비디우스, 플루타르코스, 세네카와 비교되는 극작가라고 격찬했다. 벤 존슨(Ben Jonson)은 셰익스피어를 "무덤 없는 기념비"라고 칭송하면서 그리스 시대의 아이스킬로스, 에우리피데스, 소포클레스와 비교했다. 존슨의 격찬은 17세기 후반에서 18세기에도 계속되었다. 드라이든(Dryden)의 『극시론』(1668)은 이를 반영하고 있다. 그는 셰익스피어를 "고대와 현대를 통해서 최고의 광범위한 정신을 소유한 작가"라고 찬양했다. 알렉산더 포프(Alexander Pope)는 1725년에 그의 『셰익스피어 선집』에서 셰익스피어를 '천재'라고 격찬했다. 새뮤얼 존슨 박사

(Dr. Samuel Johnson)는『셰익스피어 선집』(1765) 서문에서 셰익스피어에게 "자연의 시인"이라는 찬사를 보냈다.

19세기 영국과 유럽 여러 나라에서는 셰익스피어에 대한 고전주의적 입장을 탈피해서 셰익스피어의 창조적 천재성에 대한 낭만주의 평론이 일제히 발표되었다. 콜리지(Samuel Taylor Coleridge)는 영국 낭만주의 문학 평론의 대가였다. 그는 셰익스피어 작중인물의 성격을 거론한 평론 분야에서 큰 업적을 남겼다. 그의『햄릿론』은 괴테와 헤겔에 동조하는 것인데, 햄릿이 "지나친 사색으로 행동력을 상실"했다는 이론을 펼쳤다. 이 논리는 19세기 〈햄릿〉 해석의 기조를 이루었다. 그의 이아고 악덕론도 그 시대의 지배적인 견해였다. 그 외의 낭만주의 비평가는『폴스타프 성격연구』(1777)를 펴낸 영국의 모리스 모건(Morice Morgan)을 위시해서 케임즈 경(Lord Kames), 토머스 웨이틀리(Thomas Whately), 윌리엄 리처드슨(William Richardson), 윌리엄 잭슨(William Jackson) 등이었다. 특히 윌리엄 해즐릿(William Hazlitt)은『셰익스피어 희곡론』(1817)으로 유명하고, 찰스 램(Charles Lamb)은『셰익스피어 비극론』(1811)으로 명성을 떨쳤다. 토머스 드퀸시(Thomas Dequincey)는『맥베스가 문을 두들기며』(1823)라는 명저를 발표했다. 독일의 슐레겔(August Wilhelm Schlegel)은 셰익스피어 작품의 '장엄성'과 '상상력'의 의미를 해명한 평론가이다.

19세기 셰익스피어 비평은 철학적인 시인으로서의 셰익스피어를 부각시키는 데 집중하고 있었다. 이 때문에 셰익스피어 작품은 그의 자서전이라는 전제하에 전기연구가 놀라운 성과를 올리고 있었다. 다우든(Edward Dowden)의『셰익스피어의 정신과 예술의 비평적 연구』(1875)는 이 분야의 대표적인 저서이다. 브래들리(A.C. Bradley)의 『셰익스피어 비극론』(1904)은 4대 비극작품 〈햄릿〉, 〈오셀로〉, 〈리어 왕〉, 〈맥베스〉의 중요인물에 대한 심리적 분석을 주 내용으로 하고 있다. 그의 작품론은 20세기 이후 셰익스피어 평론에 심대한 영향을 끼치고 있다. 셰익스피어 비극은 도덕론에 근거를 두고 있다고 주장한 브래들리는 〈리어 왕〉의 코델리아를 인용하면서 "선은 인생의 원리요, 인간의 건전한 사상이며, 악은 세상을 해치는 독이다. 인간은 악과 대항해서 싸우다가 희생되지만 관객은 선한 인간의 비극적인 파탄을 통해 마음이 정화되며 선은 영원하다는 각성을 체험한다"고 주장했다.

20세기 셰익스피어 비평을 석권한 브래들리 학파의 성격창조 비평론에 반기를 든 역사학파 비평가들은 셰익스피어의 시대적 배경, 극장, 관객, 역사적이며 사회적 환경 등의 문제를 집중적으로 거론했다. 역사학파는 셰익스피어를 엘리자베스 시대 르네상스 문화를 충실하게 반영하고 표현한 극작가로 평가했다. 역사학파는 당시의 무대기술과 연극적 인습을 중요시했다. 이 학파의 대표적인 석학은 스톨(E.E. Stoll)이다. 하버드대학교 키트리지 교수(Prof. G. L. Kittredge)의 제자였던 스톨은 『오셀로 : 비교학적 역사연구』(1915), 『햄릿 : 비교학적 역사연구』(1919), 『셰익스피어의 예술과 무대기술』(1933) 등의 저서를 발표했다.

셰익스피어 작품은 도덕적 · 심리적 · 전기적 측면만으로는 해석이 불가능하다고 그는 말했다. 무대 공연은 극작가와 관객과의 약속으로 이루어지기 때문에 역사적 환경에서 생성된 무대기술 연구가 작품 해석에 추가되어야지 올바른 작품 평가가 가능하다고 주장했다. 스톨의 역사적 비평 방법론은 하베이지(Alfred Harbage)의 관객론으로 발전되었다. 하베이지는 『그들이 좋아하는 대로』(1947), 『셰익스피어와 그와 적대적인 전통』(1952) 두 권의 저서에서 셰익스피어 시대의 관객을 분석하고 해석했다. 그의 이론을 참고하며 새로운 해석을 가미하면서 앤 제날리(Ann Jennalie)는 『셰익스피어 런던 시대의 혜택 받은 관객들, 1576~1642』(1981)을 출간했다.

체임버스(E.K. Chambers)의 저서 『엘리자베스 시대의 무대』(1923), 『윌리엄 셰익스피어 : 사실과 문제에 관한 연구』(1930), 벤틀리(G.E. Bentley)의 저서 『셰익스피어와 그의 극장』(1964), 『셰익스피어 시대의 극작가 직업』(1971) 등은 역사비평 분야에서 중요시되는 저작물이다. 볼드윈(T.W. Baldwin)의 저서 『윌리엄 셰익스피어의 얄팍한 라틴어와 부족한 그리스어』(1944), 『셰익스피어 극단의 조직과 인물』(1927)도 역사비평의 연구에 도움을 주는 귀중한 자료가 된다.

역사비평은 셰익스피어 시대의 무대 상황을 자세하게 알리는 일을 했다. 조지 피어스 베이커(George Pierce Baker), 월터 롤리(Walter Raleigh), 그랜빌바커(Harley Granville-Barker), 도버 윌슨(John Dover Wilson), 러셀 브라운(John Russell Brown), 골드먼(Michael Goldman), 앨런 데센(Alan Dessen), 애덤스(J.C. Adams), 어윈 스미스(Irwin Smith), 월터 호지스(C. Waler Hodges), 버나드 베커만(Bernard Beckerman) 등이 이에 관련된 명저를 간행했다. 역사비평 분야의 또 다른 측면은 셰익스피어와 시대사상과의 관계이다. 우주론, 철학, 정치사상 등이다. 이 분야 연구에서 하딘 크레이그(Hardin Craig), 러브조이(A.O. Lovejoy), 틸리야드(E.M.W. Tillyard), 켈리(Henry A. Kelly), 리즈(M.M. Reese), 요르겐센(Paul Jorgensen), 예이츠(Francis A. Yates) 등이

명저를 내놓았다.

2) 신비평(New Criticism)

리비스(F.R. Leavis), 나이츠(L.C. Knights), 트래버시(Derek Traversi) 등 영국의 'Scrutiny group'과 미국의 브룩스(Cleanth Brooks)를 중심으로 모인 신비평가들은 역사적인 내용보다는 언어에 대한 반응, 말하자면 작품이 품고 있는 무한한 '시(詩)'의 세계에 관심을 집중했다. 이들은 '텍스트'를 벗어나는 일을 경계했다. 텍스트를 통한 창조적 커뮤니케이션을 중시했다. 브룩스의 평론집 『잘 만들어진 항아리』(1947)는 시문(詩文)의 이미저리와 구조를 분석한 신비평의 실천적 방법론을 해설하고 있다.

윌슨 나이트(G. Wilson Knight)는 『불의 수레바퀴』(1930), 『제국의 주제』(1931), 『셰익스피어의 폭풍』(1932), 『생명의 왕관』(1947) 등의 저서로 신비평을 입증했다. 엠프슨(William Empson)은 『애매모호한 일곱 가지 형식』(1930)으로, 트래버시(D.A. Traversi)는 『셰익스피어 개관』(1938), 『마지막 국면』(1954), 『셰익스피어 : 〈리처드 2세〉에서 〈헨리 5세〉』(1957), 『셰익스피어 : 로마극론』(1963) 등으로 명성을 떨쳤다. 스퍼존(Caroline Spurgeon)의 『셰익스피어의 이미저리는 우리에게 무엇을 말하고 있나』(1935)는 선풍적인 반응을 일으켰다. 1950년에서 1960년 사이 미국 문학 전반에 관심을 집중시키며 신비평 활동을 주도한 시카고대학 학파의 중심은 크레인(R. S. Crane), 맥키온(Richard McKeon), 올슨(Elder Olson), 와인버그(Bernard Weinberg) 등의 평론가들이었다.

3) 심리비평(Psychological Criticism)

프로이트 정신분석학은 셰익스피어 비평에도 심대한 영향을 끼쳤다. 프로이트는 예술창조를 촉진하는 모태로서의 정신적 메커니즘을 찾아냈다. 프로이트는 이 메커니즘이 꿈, 또는 심층 심리 징후가 심리적 억제, 소원 성취 판타지와 관련이 있다고 분석했다. 그것은 또한 어린 시절 기억의 소생과 인간의 성적 심리와도 깊이 관련되어 있다고 그는 주장했다. 인간의 무의식에 대한 심층적인 연구가 프로이트에 의해 정신분석학으로 정립되어 인간 행동의 동기에 관한 심리적 문제를 해결하는 데 크게 기여했다. 프로이트의 특별한 공로는 인간 심리의 심부(深部)를 파헤치는 기술을 개발했다는 점과 인간의 고뇌에 관해서 해명한 새로운 해석 때문인데, 어린 시절에 형성된 '무의식'은 인간의 정신적 모태를 이루고 있어서 평생 인간의 정신세계를 침범하며 영향을 끼친다는 주장이 핵심을 이루고 있다. 그의 뒤를 이어 이 분야의 이론을 더욱더 발전시킨 업적은 프로이트의 제자였던 어니스트 존스(Ernest Jones)의 논저『햄릿과 오이디푸스』(1910)였다. 이 책은 존스가 프로이트의 이론을 도입해서 햄릿의 심층 심리를 분석하고 연구한 저서이다.

어니스트 존스는 카디프와 런던의 대학에서 수학한 후, 뮌헨, 파리, 빈에서 학업을 계속하며 의학박사 학위를 받은 후 런던의 병원에서 근무한 후 캐나다 토론토대학교 정신분석 교수로 부임했다. 이후, 그는 1913년 영국으로 돌아와서 정신분석학 분야의 연구를 계속했다. 프로이트와 밀접한 관계를 유지하면서 그는 미국과 영국의 정신분석학회를 창립하고 국제정신분석학회의 종신 회장이 되었다. 그는 1953년『지그

문트 프로이트의 전기(傳記)를 간행했다.

존스는 『햄릿과 오이디푸스』 서문에서 이 저서의 내력을 전하고 있다. 최초의 논문은 1900년 프로이트의 저서 『꿈의 해석』의 주석에 첨가된 것이었다. 1910년, 미국 심리학회지에 「햄릿의 의문에 관한 해석」이라는 논문으로 그 내용을 보완 수정해서 발표했다. 1923년 「햄릿의 정신분석학 연구」라는 제목의 논문으로 응용정신분석학회지에 그 논문을 다시 손질해서 발표했다. 이토록 발표를 거듭하는 과정에서 내용은 수정되고 보완되면서 1949년, 뉴욕 더블데이 출판사에서 『햄릿과 오이디푸스』라는 제목의 단행본이 간행되었다. 그에 의하면 햄릿의 복수 지연은 오이디푸스 콤플렉스 때문이었다는 것이다. 햄릿이 자신의 어머니에게 무의식적으로 하려고 했던 일을 삼촌인 클로디어스가 대신했다는 이론이 주축을 이룬다. 이 때문에 햄릿은 좌절하고 절망 상태에 빠져 아무런 행동도 할 수 없었다는 것이다. 따라서 햄릿의 문제는 성격과 동기의 문제라는 것이다.

심리비평은 다른 비평으로는 접근할 수 없었던 셰익스피어의 진실을 해명하는 데 도움을 주었다. 리처드 휠러(Richard Wheeler)의 저서 『변전과 반전 : 셰익스피어의 발전과 문제희극』(1981)은 정신분석학 방법을 셰익스피어 예술 발전 과정에 도입한 연구가 된다. 그는 소네트와 문제극이 낭만희극에서 비극으로 발전하는 과정에서 중요한 기능을 한다고 주장했다. 이 과정에서 성적인 행동은 모든 것을 파괴하는 요인이 되고 있다는 것이다.

4) 신화비평(Mythological Criticism)

신화비평과 연관을 맺고 있는 것은 문학작품의 '원형적 신화' 문제를 다루는 비평이론이다. 신화비평은 인간의 '집단 무의식'의 표현을 다루고 있다. 신화비평은 인류학과 심리비평을 전제로 하고 있다. 살해된 부친을 위한 복수의 원형을 분석하고 해명한 길버트 머레이(Gilbert Murray)의 『햄릿과 오레스테스』(1914)는 이 분야의 선구적인 업적이라 할 수 있다. 문명과 원시의 갈등은 햄릿의 경우와 우리들이 똑같이 겪고 있는 문화의 보편성이다. 노스롭 프라이(Northrop Frye)는 『자연스런 개관』(1965)에서 이 문제를 거론하고 있다. 인간은 공동으로 신화에 참여하고 있다는 상상을 하면서 신화적 패턴에 반응한다고 그는 지적하고 있다. 그리스 연극은 디오니소스 축제에서 시작되었으며, 그리스의 모든 연극은 죽음과 부활이라는 식물적 원초적 신화를 찬양하고 있다고 주장했다. 프라이는 그의 명저 『비평의 해부』(1957)에서 신화비평은 문학작품 연구를 위한 포괄적 계획을 제시한다고 말했다. 프라이는 연극이 네 번의 연중 순환 패턴과 관련을 맺고 있다고 주장한다. 희극은 봄이다. 낭만극은 여름이다. 비극은 가을이다. 풍자극은 겨울이다. 문명의 역사는 죽는 것과 새로 태어나는 것의 순환이며, 희곡 문학은 신화나 문화사와 절대적이며 영원한 관계를 맺고 있다고 프라이는 주장했다.

5) 예표론(Typological Criticism)

20세기 후반에 기독교 성서에 입각한 셰익스피어 비평이 논쟁을 일으켰다. 셰익스피어의 작품에 표현된 이미지와 내용이 셰익스피어가 기독교의 영향을 받고 있는 증거가 아닌가라는 주장에 대한 찬부 양론이다. 중세시대 종교문학에서 전해지는 예표론적 심성을 그의 작품은 전달하고 있다는 이론을 제시한 예표론자들은 그의 작품에서 전달되고 있는 이야기는 종교적인 원형이라는 것이다. 예컨대, 〈자에는 자로〉에 등장하는 정체불명의 공작은 우리에게 신의 모습을 전달하고 있으며 그는 인간을 심판하기 위해 등장하고 있다는 것이다. 〈리어 왕〉의 코델리아는 그리스도의 수난을 전하고 있으며, 〈베니스의 상인〉에 등장하는 포샤는 탐욕의 도시 베니스에 내린 천사라는 것이다.

리처드 2세는 사도들에 배신당한 그리스도의 상징이라고 예표론자들은 주장하고 있다. 이런 문제를 심층적으로 다루고 있는 책이 브라이언트(A. Bryant)의 저서 『히폴리타의 입장』(1961)이다. 그 밖에도 바텐하우스(Roy Battenhouse)의 『셰익스피어의 비극 : 그 예술과 기독교적 전제』(1969), 하셀(Chris Hassel)의 『르네상스 드라마와 영국교회』(1979)와 『셰익스피어의 신념과 유희 : 낭만희극』(1980) 등의 저서들이 출간되었다.

프라이(Roland M. Frye)는 그의 저서 『셰익스피어와 기독교 교리』(1963)에서 셰익스피어는 르네상스 신학을 알지 못했고, 그의 작품은 저주와 구제와 같은 신학적 내용을 담고 있지 않다고 지적했다. 그러나, 그의 견해에 반론을 제기한 제임스(D.G. James)는 그의 저서 『면학의 꿈』(1951), 리치(Clifford Leech)의 『17세기 셰익스피어 비극과 여타 연구』(1950), 휘터

커(Virgil Whitaker)의 『자연을 비추는 거울』(1965) 등의 저서에서는 셰익스피어 작품의 핵심은 종교라고 단호히 주장하고 있다.

6) 부조리 연극론

기독교의 이상주의와는 정반대로 비관주의적인 입장을 고수하고 있는 평론가는 폴란드의 셰익스피어 학자 얀 코트이다. 2차 대전 후의 절망적인 세계관을 피력한 그는 폴란드 나치 독재집단을 비판하는 글을 쓰고 행동을 했다. 1960년대 이후 저서 『셰익스피어는 우리의 동시대인(Shakespeare Our Contemporary)』(1964)은 전 세계에 광범위한 영향을 미쳤다. 그는 셰익스피어 연극을 '그로테스크'한 '블랙 코미디'이며 부조리 연극(absurd theatre)이라고 판단했다. 얀 코트는 역사를 악몽이 계속되는 악순환의 되풀이라고 보았다. 인류의 역사는 전쟁의 연속이며, 자기 보존의 권력에 집착하는 정치적 잔혹성이 시대마다 되풀이되었다고 보았다. 핵무기의 위협과 환경의 파괴는 또 다른 현대적 위기의 신호가 되었다고 말한 얀 코트는 셰익스피어 연극을 신이 없는 단절의 부조리 연극이라고 정의했다.

〈코리올레이너스〉는 극의 의미가 애매모호해서 여러 가지로 해석될 수 있다고 그는 주장했다. 그것은 극작품이 지니고 있는 원초적 다양성 때문이라고 설명했다. 극의 의미는 정치적으로, 도덕적으로, 철학적으로 다양한 해석이 가능하다고 주장했다. 얀 코트는 〈코리올레이너스〉는 〈안토니와 클레오파트라〉, 〈줄리어스 시저〉보다도 훨씬 더 독창적인 작품이라고 다음과 같이 논평했다.

> 셰익스피어는 공화정시대의 로마를 비극의 세계로 끌어들였다. 물론 그는 르네상스 후기의 경험을 통해 로마를 보면서 자신의 고통스런 비관적이고 잔혹한 역사철학을 확인했을 것이다. (중략) 코리올레이너스를 뭉개버린 역사는 왕들의 역사가 아니다. 그것은 평민계급과 귀족계급 간에 분열된 도시의 역사이고 계급투쟁의 역사이다. 왕들의 연대기나 〈멕배스〉의 역사는 악마적인 요소가 작용하는 거대한 메카니즘의 연속이었다. 〈코리올레이너스〉의 역사는 악마적이지 않다. 다만 '풍자적'이며 비극적이다. 이 작품이 현대적인 연극이 되는 또 한 가지 이유가 된다.

7) 신 역사주의와 문화 물질주의 비평

현대에 이르러 셰익스피어 작품을 현대 물질문명의 척도로 재평가하려는 움직임이 생겨났다. 이 유파는 역사적이며 인류학적인 관점을 도입했다. 로렌스 스톤(Lawrence Stone)의 저서 『귀족사회의 위기 1558~1641』(1965)와 클리포드 기어츠(Clifford Geertz)의 『네가라 : 19세기 발리의 연극 상황』(1980) 등은 이런 입장을 대표하고 있다. 이들은 역사의 변전(變轉)과 권력의 신화를 관련지으며 작품을 분석하고 있다. 기어츠는 권력을 확보하려는 정치적 행사와 신화는 자기 보존과 성취의 현실을 조성한다는 문제를 집중적으로 분석하고 있다. 정부는 착각을 일으키는 환상일 뿐이라고 그는 생각한다. 셰익스피어의 역사극을 이 같은 비평 기준으로 분석할 때 '전복'과 '봉쇄'는 중요한 문제로 부각된다. 셰익스피어와 그 밖의 르네상스 극작가들은 튜더 왕조를 찬양하고 있었는가? 아니면 그들은 이 권력 체계를 의심하고 전복하려고 했는가? 엘리자베스 시대 연극은 왕권을 의심하고 변화의 압력을 구사했는가? 아니면, 권력이 살아남도록 압력을 완화시키고 있었는가?

이런 문제를 추구한 '신역사주의' 비평은 미국에서 시작되었다. 이 일을 주도한 평론가는 스티븐 그린블랫(Stephen Greenblatt)이다. 그는 『르네상스의 자기방식』(1980), 『셰익스피어의 타협』(1988), 『세상에 나온 윌』(2004) 『폭군 — 셰익스피어의 정치학』(2018) 등의 명저를 발표했다. 그의 유파에 속하는 평론가는 루이스 몬트로스(Louis Montrose), 스티븐 오겔(Stephen Orgel), 리처드 헬거슨(Richard Helgerson), 돈 웨인(Don E. Wayne), 프랭크 위검(Frank Whigham), 리처드 스트리어(Richard Strier), 조너선 골드버그(Jonathan Goldberg), 스티븐 뮬레이니(Steven Mullaney) 등이다. 이들 평론가들은 극작가의 작품은 다양하고 모순된 시대의 쟁점에서 폭발하는 산물이라는 견해를 갖고 있다. 신역사주의 비평가들은 극작가의 작품이 단순히 시대의 '반영'이라는 주장에 승복하지 않는다, 그들은 예술작품은 시대 속에 파묻히고, 시대에 공헌하며, 시대와 공생하고 있다고 주장한다. 그들은 다분히 르네상스 시대 극작품을 정치적 관점에서 읽고 있다.

신역사주의 비평가들은 미하일 바흐친(Mikhail Bakhtin)의 저서 『프랑수아 라블레의 작품과 중세시대 대중문화』(1970)에 깊은 영향을 받고 있다. 영국에서 일어난 문화물질주의 비평은 사회적 관심에서 미국의 신역사주의 비평과는 구별된다. 영국의 입장은 급진적인 사회변혁 사상에 입각한 작품 해석뿐만 아니라 계급의 차이 문제에 대해서도 깊은 관심을 기울이고 있는 것이 특이하다. 조너선 돌리모어(Jonathan Dollimore)의『급진적 비극』(1984)과『정치적 셰익스피어』(1985)는 계급투쟁을 거론하고 있다. 존 드라카키스(John Drakakis)의『대안적 셰익스피어』(1985)도 이에 속한다. 테리 이글턴(Terry Eagleton)의『셰익스피어와 사회』(1967)와『윌리엄 셰익스피어』(1986)도 신역사주의 비평을 알리는 중요한 저서로 주목을 받고 있다. 셰익스피어의 텍스트와 공연의 상관관계를 다룬 책은 제임스 불먼(James. C. Bulman)의『셰익스피어, 이론과 공연』(1996)에 이어 바바라 호드던(Barbara Hodgdon)과 워든(W. B. Worthen)이 편집한『셰익스피어와 공연의 지침서』(2005)이다.

8) 페미니스트 평론(Feminist Criticism)

페미니스트 평론은 다양하게 발전하고 있다. 카린 뉴먼(Karen Newman)의 논문「포샤의 반지 : 베니스의 상인에 나타난 제어하기 어려운 여성과 교환의 구조」(1987, 셰익스피어 쿼터리 SQ 38), 린다 부스(Lynda Boose)의 논문「셰익스피어 작품에 나타난 아버지와 신부」(PMLA 97, 1982), 그리고 강간의 문제를 다룬 코펠리아 카안(Coppelia Kahn)의 논문「루크리스의 능욕」은 이 유파의 대표적인 평론으로 기록되고 있다. 또 다른 중요한 자료는 게네프(Arnold Van Gennep)의 저서『통과의례』(1960)이다. 이 책은 인생의 여러 단계인 출생, 청춘, 결혼, 죽음 등 인생의 전환점에서 발생하는 위험을 논하고 있다. 페미니스트 셰익스피어 평론은 전환의 위기를 거론하면서 가정생활의 문제, 남성이 직면하는 성적 신분에 관해서도 논술하고 있다. 카안의 책 『남성의 영역 : 셰익스피어 작품의 남성 정체성』(1981)은 남성이 성숙한 시기에 직면하는 남녀 관계의 문제를 집중적으로 다루고 있다.

페미니스트 평론의 한 가지 특색은 사랑과 결혼에 대한 여성의 역할을 논하고 있다는 점이다. 페미니스트 평론가 사이에서도 셰익스피어와 엘리자베스 시대 극작가들이 다루고 있는 여성상에 관해서는 각기 주장하는 바가 다르다는 것을 알 수 있다. 말하자면 줄리엣 더신베르(Juliet Dusinberre)가 그의 저서 『셰익스피어와 여성의 본질』(1975)에서 주장하는 희망적 관점과는 달리 리자 자딘의 저서 『여전히 딸을 말하네 : 셰익스피어 시대의 여성과 연극』(1983)에서 밝히고 있는 억압적이며 비관적인 관점이 그것이다. 최근 역사학자인 로렌스 스톤(Lawrence Stone)은 『영국에서의 가족, 성, 그리고 결혼, 1500~1800』(1977)에서 당시 여성의 문제를 광범위하게 다루고 있는데, 엘리자베스 시대 결혼 문제를 도덕적인 기준에서 분석하고 해명하는 점이 특이하다. 특히 이 경우, 남성들은 여성에 대해서 억압과 폭력의 수단을 강구하며 여성에 대한 적개심을 증폭시키고 있다고 그는 주장하고 있다.

그가 제시하고 있는 내용 가운데서 주목을 끄는 것은 가정경제와 관련해서 남성이 재정의 권리를 남용하며 여성을 억압하는 일이 많았다고 지적한 부분이다. 최근에 이르러 페미니스트 평론의 경향은 여성에 대한 남성의 걱정거리를 주제로 삼고 있는 경우가 많아졌다는 점이다. 예컨대, 〈말괄량이 길들이기〉에서 여성을 선도하는 고된 일이라든가, 또는 〈오셀로〉의 경우처럼 질투심 때문에 남성의 고민거리가 많아졌다는 경우가 된다. 〈햄릿〉과 〈리어 왕〉의 여성혐오증 등도 이에 속한다. 셰익스피어는 남녀관계의 불협화, 결혼의 불안감, 질투와 배신의 위험 등을 다루면서 급기야는 중년의 성적 모험이 실패하는 경우를 〈안토니와 클레오파트라〉에서 보여주고 있다고 주장하면서, 셰익스피어는 노령의 부친이 딸에게 배신당하며 죽어가는 비극을 〈리어 왕〉에서 강조했다고 이들 평론가들은 지적하고 있다.

종래 심리학과 인류학 이론에 입각해서 평론을 이끌던 페미니스트 평론이 역사의식을 바탕에 깔고 평론을 개척하는 풍조가 생겨나고 있다. 카일 파스터(Cail Paster), 진 호워드(Jean Howard), 리자 자딘(Lisa Jardine), 킨 뉴먼(Kean Newman) 등이 비역사적인 심리적 모델을 배척하고 사회적이며 물질적인 환경 속에서의 '젠더(gender)' 문제를 거론하고 있다. 캐서린 벨시(Catherine Belsey), 캐롤 닐리(Carol Neely), 피터 에릭슨(Peter Erickson), 메레디스 스쿠라(Meredith Skura), 마거릿 로프티스 라날드(Margaret Loftis Ranald), 마리안 노비(Marianne Novy) 등의 저서와 논문이 이에 속하는 귀중한 자료가 된다.

9) 후기구조주의와 해체이론

오늘날 셰익스피어 비평론에 심대한 영향을 끼치고 있는 이론은 후기구조주의와 해체이론에 입각한 문학 분석 방법론이다. 이들 유파는 프랑스 철학자요 비평가인 페르디난드 소쉬르(Ferdinand de Saussure)에서 영감을 얻어왔다. 소쉬르는 언어학자였다. 또한 이들은 역사학자 미셸

푸코(Michel Foucout), 해체이론의 주창자이며 실천자인 자크 데리다(Jack Derrida) 등의 영향도 받고 있다. 이들을 처음 소개한 미국의 학자는 예일 대학교의 조프리 하르트만(Geoffrey Hartman)과 힐리스 밀러(J. Hillis Miller), 폴 드 만(Paul de Man) 교수 집단이었다. 이들의 비평이론은 어렵고 숫한 쟁점을 유발했다.

후기구조주의와 해체이론에 의하면 언어는 차별의 시스템이다. 언어와 몸짓의 의미는 너무나 병화가 많기 때문에 정확히 전달될 수 없다. 말하자면, 언어는 무한한 주관적 의미를 향유하고 있는 특성 때문에 예술작품이 내포하고 있는 주관적인 의미 전달은 신비평에서 다루고 있는 '메시지'의 애매모호하고 불확실한 전달의 개념과 비슷해서 불가능하다. 문학작품을 읽는 두 사람의 독자는 각자 작품의 의미를 해석하고 수용하는 입장이 다르기 때문에 수많은 독자에게는 수많은 작가가 있는 셈이 된다. 이 경우, 작품의 언어는 전달 과정에서 의미의 변용을 겪지 않고 정확히 상대방으로 전달될 수 없다. 두 비평이론은 '기호학'에 근거를 두고 있다.

이토록 셰익스피어 비평론이 계속 진화되고 있는 것은 시대 변화에 따른 문학작품 해석의 방법적 혁신 때문이다. 셰익스피어 작품의 다의성, 갈수록 심화되는 애매모호함, 해체되고 재구성되는 방법론의 위기 때문이다. 예상치 못한 격심한 사회적 변화와 지적 사회의 변동도 그 이유로 꼽을 수 있다. 그런데도 셰익스피어는 문학과 연극 연구의 선도적 자리를 유지하고 있다. 영국 르네상스 시대의 다른 작가들 작품은 수요가 급감하고 시세에서 차츰 사라지고 있는데 셰익스피어는 계속

약진하고 있다. 셰익스피어 작품의 아성(牙城)은 깊고 견고하고 사방에 길이 나 있기 때문이다.

포스트모던 시대에 셰익스피어는 여성의 문제와 정치에 관해서 수많은 의문을 제기하고 해답을 내고 있다. 그 통찰은 다른 작가의 작품에서 볼 수 없는 귀중한 문화유산으로 집적되고 있다. "셰익스피어는 우리들 동시대인"이요, "작품은 세계를 돌고 있다"는 구호는 더욱더 세차고 절실해지고 있다. 셰익스피어는 시간의 흐름을 초월하며 더욱더 새로워지고 있다. 문제는 그를 통해 우리들이 암울한 시대의 비통감과 절망감을 어떻게 극복할 수 있는가이다. 방법은 간단하다. 더 새롭게 읽고, 더 깊이 무대를 응시해야 한다.

비평적 작업은 계속되고 있다. 일부 학파는 전통적인 방법을 고수하고, 또 다른 학파는 포스트모던의 입장을 주장하며 전통적인 비평방법에 반기를 들고 있다. 그 결과 다양한 평론 활동이 전개되고 있다. 특히 여성과 사랑, 그리고 정치에 관한 탐구는 깊게 그리고 광범위하게 다루어지고 있다. 뉴만(Karen Newman)의 『여성론과 르네상스 드라마』(1991), 스미스(Bruce R. Smith)의 『셰익스피어 영국에서의 동성애 열정』(1991), 아델만(Janet Adelman)의 『〈햄릿〉에서 〈템페스트〉까지』(1992), 트로브(Valerie Traub)의 『욕망과 불안 : 셰익스피어 극의 성(性)의 순환』(1992), 라스 엥글(Lars Engle)의 『셰익스피어의 실용주의 : 그 당시의 시장』(1993), 진 하워드(Jean Howard)의 『근대영국 초기에 있어서의 무대와 사회적 갈등』(1994) 등의 저서가 이 분야 연구에 중요한 참고 자료가 된다.

SHAKESPEARE

제2장

셰익스피어 사랑의 연극

1. 사랑은 창조의 원천

"사랑은 창조의 원천이다." 이탈리아 영화감독 페데리코 펠리니는 말했다. 그가 사랑한 여배우 줄리에타 마시나는 그의 '뮤즈(muse)'요, 영감의 원천이었다. 『신곡』을 썼던 단테에게 영감을 불러일으킨 베아트리체는 그의 영원한 연인이었다. 시인 라이너 마리아 릴케의 연인 루 안드레아스 살로메, 마사 프라이만을 사랑하며 『젊은 예술가의 초상화』, 『율리시스』를 썼던 소설가 제임스 조이스. 이들은 불타는 사랑 속에서 작품을 썼다. 『닥터 지바고』에 등장하는 라라는 보리스 파스테르나크가 사랑한 연인 올가 이빈스카야였다. 시인 예세닌과 무용가 이사도라 덩컨, 명배우 로렌스 올리비에와 비비안 리, 캐서린 헤싱과 화가 장 르누아르 등 모든 예술가들의 사랑은 예술 탄생의 진원(震源)이었다.

셰익스피어의 사랑은 어떠했는가. 그 사랑은 그의 실제 생활에서는 보기 힘들지만 작품 속에서는 풍성하게 만날 수 있다. 〈소네트〉의 '검은 여인', 〈로미오와 줄리엣〉의 청순한 사랑, 〈한여름 밤의 꿈〉에서 펼쳐지는 사랑의 시련과 행복한 결실, 〈베니스의 상인〉에서 만나는 포샤와 제시카의 사랑, 〈당신이 좋으실 대로〉의 사랑의 게임, 〈십이야〉의 낭만적 사랑, 햄릿과 오필리어의 비운의 사랑, 오셀로와 데스데모나의 빗나간 사랑, 〈겨울 이야기〉의 우정과 사랑의 드라마, 안토니와 클레오파트라의 순애보 — 이 모든 사랑의 파노라마에서 우리는 셰익스피어의 사랑을 보고 느낄 수 있지만, 놀라운 일은 셰익스피어가 체험한 사랑의 기록은 단 한 장의 일기에도, 단 한 통의 편지에도 남아 있지 않다는 사실이다. 유언장에도 연인에게 남기는 말은 한마디도 없다. 셰익스피어에 관한 전기(傳記) 자료는 너무나 희소하다. 확실하게 남아 있는 것은 37편(합작 3편 합치면 40편)의 작품과 그의 생존을 입증하는 일상적인 기록뿐이다.

〈로미오와 줄리엣〉을 쓸 정도면, 사랑의 체험이 있었을 것이라는 추측 때문에 답답한 나머지 근년에 〈셰익스피어 인 러브〉라는 영화도 나왔다. 물론, 그의 행적에 관한 약간의 단서는 있다. 셰익스피어가 런던에서 고향으로 가는 도중에 숙박하는 옥스퍼드 객지에서 만난 여인 제네트와의 로맨스다. 그것도 그 여인의 아들이 술좌석에서 친구에게 흘린 얘기가 전부이지만, 그러나, 놓치기 아까운 부분이 있어서 그 얘기를 들어보기로 한다.

2. 옥스퍼드에서 만난 제네트

파크 호넌(Park Honan)은 그의 저서 『셰익스피어의 일생』(2012)에서 흥미 있는 내용을 전하고 있다. 제임스 1세 시절 셰익스피어가 런던과 스트랫퍼드를 오가면서 길목인 옥스퍼드에서 미모의 여인 제네트(Jennet)를 사랑했다는 이야기다.

튜더 시대 주민들은 부모, 친지, 이웃들의 감시를 받고 있었다. 그래서 개인 생활의 변화는 거의 모든 사람이 알고 있었다. 셰익스피어의 여인도 결혼 전에 모든 것이 알려졌다. 1582년 11월 27일 8세 연상의 해서웨이와 서둘러 식을 올린 사연도 화제가 되었다. 가족의 일탈은 아버지 존의 사업에도 영향을 끼치는 시대였다. 당시 소문에 오른 임산부는 법정에 소환되기도 했다. 해서웨이는 1583년 5월 장녀 수잔나를 때 이르게 출산했다.

제임스 1세 시대 셰익스피어가 만난 제네트는 그보다 네 살 아래였다. 제네트는 1568년 11월 1일, 제인 셰퍼드(Jane Sheppard)라는 이름으로 성 마거릿 웨스트민스터에서 세례를 받았다. 셰퍼드 형제는 튜더 왕조와 스튜어트 왕조에 옷감, 장갑, 향수 등을 납품했다. 특히 제임스 1세 앤 왕비의 모자와 머리장식 납품으로 명성을 날렸다. 급기야는 세 번째 형제인 윌리엄 셰퍼드는 왕가에 음식물까지 납품하며 위세를 떨쳤다. 셰익스피어는 왕비에게 향수를 납품하는 업자의 집에 기숙하고 있었다.

제네트는 존 데이브넌트(John Davenant)와 결혼했다. 존은 부친의 주류 사업을 승계하고, 프랑스로부터 와인을 수입했다. 데이브넌트 와인 가게는 바로 글로브 극장 건너편에 자리 잡고 있었다. 셰익스피어는 미모의 부인이 있는 데이브넌트 와인 가게를 그냥 지나칠 수 없었다. 더욱이나 데이브넌트는 셰익스피어 작품을 좋아하는 연극광이었다. 제네트는 다섯 아이를 출산했는데, 모두 유아 때 사망했다. 여섯 번째 아이는 출산 직후 사망했다. 데이브넌트는 전염병의 도시 런던의 환경이 문제라고 판단하고, 1601년 제네트와 함께 옥스퍼드로 이사 가서 새로 와인 가게를 차렸다. 이 집은 4층에 방이 20개 있는 큰 건물이었다.

셰익스피어는 고향 가는 길에 이 집에서 귀빈으로 하룻밤을 지냈다. 제네트는 옥스퍼드에서 일곱 번째 아이를 낳았다. 운 좋게 그 아이는 건강하게 자랐다. 그곳에서 탄생한 두 번째 아이가 1606년 태어났다. 그 아이가 바로 시인이 되고 극작가로 성공한 윌리엄 데이브넌트 경(Sir William Davenant)이다. 그는 문호 드라이든(Dryden)의 도움으로 셰익스피어 작품 〈폭풍〉을 각색해서 명성을 얻었다. 셰익스피어는 그의 대부(代父)였다. 데이브넌트의 친구 존 오브리(John Aubrey)는 그와의 술자리서 그가 셰익스피어의 진짜 아들이라고 실토했다는 내용을 공개해서 그 소문이 널리 퍼졌다. 18세기에 그 소문은 사실로 인정되었다.

셰익스피어가 제네트와 사랑을 나눈 방을 1927년 개수(改修)하게 되어 허물다 보니 그 침실의 벽화가 공개되었다. 그 방에는 커다란 화덕이 있었다. 벽면은 넝쿨줄기와 꽃으로 그림이 그려져 있었다. 사랑방 분위기였다. 1년에 한 번 셰익스피어는 이 방에 머물렀다. 셰익스피어 시대 옥스퍼드대학은 이 집을 학자들과 학생들이 식사하고 머무는 호텔로 이용했다. 아들 햄닛을 잃은 셰익스피어는 숱하게 많은 아이를 잃은 제네트와 같은 심정이었다. 데이브넌트 가족은 셰익스피어를 극진히 예우했고, 셰익스피어는 이들에게 정중하게 대했다.

윌리엄 데이브넌트는 1629년 희곡 작품 〈알보바인의 비극, 롬바르드의 왕〉으로 데뷔했다. 이후 수많은 궁중 가면극을 발표하면서 이윽고 1638년 벤 존슨이 사망하자 계관시인이 되고, 국왕으로부터 연금을 받았다. 1943년에는 국왕으로부터 기사의 작위를 받기도 했다. 1651년, 서사시「곤디버트(Gondibert)」를 발표한 그는 왕당파였다. 이 때문에 공화국시대에 여러 번 투옥되었다. 1654년 존 밀턴의 노력으로 런던탑 옥중서 풀려난 그는 왕정복고 시대에 밀턴에 대한 감사의 표시로 밀턴과 왕정 사이 중재 역할을 했다.

1642년, 극장 폐쇄 시기에 그는 극장 경영자로 활동했다. 그는 영국 최초의 오페라를 공연하면서 극장가를 장악했다. 왕정복고 시대에는 데이브넌트와 킬리그루(Killigrew) 두 사람만이 공연 허가 특권을 갖고 있었다. 데이브넌트 극단은 '공작극단(Duke's Company)'이었다. 이 극단은 수많은 셰익스피어 작품을 개작하고 공연했다. 왕정복고 시대 그가 제작해서 명성을 떨친 작품은 〈햄릿〉, 〈맥베스〉, 〈헛소동〉, 〈폭풍〉 등이었다. 그는 1668년 사망했으며 웨스터민스터 사원에 매장되었다. 그는 이른바 또 한 사람의 셰익스피어를 방불케 했다. 그러니 그의 아들이라는 소문도 무리는 아니었다.

〈셰익스피어와 친구들〉, 존 파에드(John Faed), 1859

셰익스피어의 사랑과 정치 : 〈안토니와 클레오파트라〉 〈코리올레이너스〉

3. 소네트의 '검은 여인'

셰익스피어는 소네트에서 '검은 여인(Dark Lady)'을 언급하고 있다. 그가 사랑한 이 여인은 누구인가? 1601년 펨브로크 백작의 아이를 회임한 궁전 시녀 메리 피튼(Mary Fitton)이라는 설이 있지만, 검은 여인의 실체는 에밀리아 레이니어(Emilia Lanier)로 알려져 있다. 그녀는 23세요, 사우샘프턴 백작은 19세였다. 그녀는 성적으로 조숙하고, 오만하며, 강인한 성격을 지니고 있었다. 변덕스럽고, 신경질적이었다. 그녀는 장시(長詩)를 써서 책으로 펴냈다. 그녀는 타고난 시인이었다. 성서와 고전문학에 관한 해박한 지식을 지니고 있었다. 에밀리아는 당당히 자신의 의견을 발표하는 페미니스트였다. 콜리지(S.T. Coleridge)도 그의 『셰익스피어 비평론』에서 언급했던 것처럼 엘리자베스 시대 여성은 교육과 사회활동에 있어서 남성에 비해 극심한 차별을 겪고 격하되었다.

당시 그녀의 활동은 오늘날의 여성해방 운동가를 연상시킨다. 그녀는 당대 어떤 여성도 따라갈 수 없는 지성과 학력을 지니고 있었다. 『에

밀리어 레이니어 시집』은 희귀본으로서 전 세계에 현재 6권 남아 있다. 3권은 영국에, 3권은 미국에 있다. 왜 그녀의 시집이 세상에 알려지지 않고 매몰되었는지 그 이유는 알 수 없다. 『셰익스피어 소네트』도 수백 년 동안 묻혀 있었다. 셰익스피어는 당대 유명 작가임에도 불구하고 그렇게 된 사정을 우리는 알 수 없다. 셰익스피어도, 사우샘프턴 백작도, 에밀리어도 그들의 얽히고설킨 내밀한 사랑을 세상에 알리고 싶지 않았을 것이라는 추측은 할 수 있다. 도버 윌슨(D. Wilson)은 당시 젊은이들의 수치스런 작태를 알리는 소네트는 쉽게 공개될 수 없는 『은밀하고도 사적인 소네트』라고 말했다.

셰익스피어는 '검은 여인'을 소네트 127과 152에서 시의 소재로 삼고 있다. 소네트 34에서는 사우샘프턴 백작이 결혼을 기피하면서도 유독 검은 여인에 끌리는 미묘한 상황을 전하고 있다. 소네트 35에서는 "나로부터 내 것을 사정없이 훔쳐가는 사랑스런 도적인" 젊은이에게 시인은 고통스럽고도 무서운 메시지를 보내고 있다. 그의 혹독한 책망에 젊은이는 눈물을 흘리며 후회하고 우정을 다짐한다. 시인은 '검은 여인'을 "악의 여인"(소네트 144)이라고 일갈했다. 사우샘프턴 백작의 서클에 속하는 그 여인의 사회적 위상은 높았지만 성격은 자유롭고 분망(奔忙)했다. 이른바 〈사랑의 헛수고〉의 로잘라인(Rosaline)에 어울리는 인물이다. 사우샘프턴 백작은 이 작품의 퍼디난드(Ferdinand) 역할이 알맞고, 셰익스피어는 베론(Berowne)이 적격이다.

4. 〈한여름 밤의 꿈〉과 사랑

셰익스피어의 모든 작품에는 사랑의 주제가 다뤄지고 있다. 그 가운데서도 〈한여름 밤의 꿈〉에서 다룬 사랑은 가장 다채롭고 풍성하다. 작품을 보자. 아테네의 젊은 남녀 두 쌍이 달밤에 숲속으로 도피해서 사랑을 나눈다. 헬레나는 디미트리어스를 사랑하고, 디미트리어스는 허미아를 사랑한다. 허미아는 라이산더를 뒤쫓고, 헬레나는 디미트리어스를 쫓으며, 디미트리어스는 허미아를 쫓는다. 요정의 왕이 요정 퍽을 시켜 이들 남녀에 사랑의 묘약을 주입해서 남녀 관계가 바뀌어 이름도, 얼굴도 없는 부조리한 상황이 지속된다. 이 작품을 연출해서 명성을 떨친 피터 브룩은 〈한여름 밤의 꿈〉의 주제에 대해서 말했다.

이 작품에는 사랑이라는 단어가 되풀이되고 있다. 음악과 극의 줄거리, 그리고 드라마의 모든 것이 이 단어에 귀착된다. 연출가가 배우들에게 부탁하는 일은 꿈같은 사랑의 분위기를 만들어달라는 것이었다. 이 작품은 사랑의 형식을 갖추고 있다. 사랑의 연극이기 때문에 우여곡절 갈등이 있어야 한다. 사랑의 연극이기 때문에 사랑과 그 반대의 힘이 있어야 한다. 사랑, 자유, 그리고 상상력은 밀접한 연관이 있다. 사랑은 조화의 신비다.

이 작품을 통해서 우리는 셰익스피어가 사랑에 관해서 어떤 생각을 하고 있는지, 엘리자베스 시대 사람들의 연애관은 무엇인지 짐작할 수 있다. 〈로미오와 줄리엣〉에 이어 발표된 이 작품은 욕정에서 광기로 발산되는 몽환적인 동물적 에로스를 보여준다. 셰익스피어는 네 명의 젊은이들 이외에도 약혼 중인 아테네의 공작과 아마존의 여왕, 요정의 왕과 여왕, 티타니아와 직공 보톰, 피라모스와 테스비를 추가해서 한여름 밤에 즐거운 사랑의 대소동을 펼쳐 보였다.

밤이 지나 새날이 밝아온다. 도시를 떠나 '그린 월드' 숲으로 갔던 네 명의 연인들은 사랑의 시련을 겪고 새로운 현실에 눈을 뜬다. 지나간 모든 것은 아무것도 기억할 수 없는 꿈이었다. 한여름 밤에 난무하며 방출한 에로티시즘의 광기는 사라졌다. "인간은 꿈의 소재"에 지나지 않는다고 말하고 있다. "광인과 연인과 시인은" 한통속이라는 것이다. 사랑과 죽음의 주제는 피터 퀸스 일당이 펼치는 〈피라모스와 테스비〉라는 극중극에서 표현되고 있다. 사랑과 죽음은 〈로미오와 줄리엣〉에서 되풀이되고, 〈안토니와 클레오파트라〉에서 반복된다. 사랑의 시간은 "그림자처럼, 꿈처럼, 짧고, 한밤의 번개처럼 순간이다."

5. 4대 비극과 사랑

셰익스피어는 20대와 30대 초반에 시를 썼다. 그 시를 『소네트』로 묶어 1609년에 출판했다. 이 시집에는 셰익스피어의 사랑의 주제가 원형(原型)으로 제시되고 있다. 이 시를 쓰고 있을 때(1594년 30세), 셰익스피어는 〈로미오와 줄리엣〉을 쓰고 있었다. 형식적으로도, 내용적으로도 〈로미오와 줄리엣〉은 소네트와 밀접하다. 로미오와 줄리엣이 무도회에서 처음으로 만나서 나누는 대화(1막 5장)는 소네트 형식을 지니고 있다. 사랑의 비극을 다루고 있는 〈로미오와 줄리엣〉은 작품 전체가 한 편의 소네트인 것이다. 『소네트』 제116번을 보면 알 수 있다. 이 시에서 언급된 사랑은 "우정"이지만, 극작품에서는 두 남녀의 "연애"이며, 시에서 언급된 "교합"은 극작품에서는 "결혼"이다. 시에서 언급된 "시간"은 극작품에서는 "죽음"이다.

〈로미오와 줄리엣〉 집필 후, 1600년을 기점으로 셰익스피어는 비극 시대로 진입한다. 〈햄릿〉(1600), 〈오셀로〉(1604), 〈맥베스〉(1605), 〈리어 왕〉(1605)의 비극 시대로 전환하게 된 동기에 관해서 가장 설득력 있는 주장은 엘리자베스 시대의 암담한 정치 상황, 종교 문제, 에식스 경의 처형과 사우샘턴의 종신형, 런던을 엄습한 페스트 등이다. 그 밖에도 개인적인 문제가 있을 수 있다. 확실한 것은 그가 내면적으로나 외면적으로 위기의식에 사로잡혀 있었다고 생각할 수 있다. 당시 관객을 충족시키고, 예술적인 의욕을 달성하기 위해서뿐만 아니라 비극을 쓸 수밖에 없는 절박한 이유가 있었을 것인데 인간 내부의 암흑, 그 심연의 고뇌를 체험한 결과였다고 생각할 수 있다. 129번의 소네트에 표현되고 있는 처절한 애욕의 문제, 끊임없이 제기되는 시간과 죽음의 문제, 자연성의 손상 문제가 시에서 종교적인 내용으로 표출되고 있는데, 4대 비극에서도 이 같은 정서를 감득될 수 있으며, 그것은 인간이 저주받는 세계요, 징벌을 받는 세계요, 신의 섭리를 잃고 헤매는 지옥 같은 세계라 할 수 있다.

셰익스피어의 여성관과 연애관은 비극에도 여실히 드러나 있다. 셰익스피어는 줄리엣 같은 청순한 여인을 사랑했을 것이다. 소네트에 언급된 성적으로 성숙된 '검은 여인'에 대한 애욕도 품고 있었을 것이다. 그 여인의 배신과 이별의 슬픔도 느꼈을 것이다. 〈햄릿〉은 복수의 비극이라고 해석되고 있지만 사랑의 문제도 분명히 다뤄지고 있다. 햄릿은 어머니에 대한 사랑을 갈구하는 '오이디푸스 콤플렉스'에 빠진 왕자였다. 부친에 대한 질투심도 평소에 느끼고 있었고, 부친 사망 후, 숙부의 품에 안겨 재혼한 어머니를 몹시 미워하고 서러워했다. 오필리어를 사랑하면서도 그녀의 배신적 행동을 질타하며 작별을 선언했다.

19세기 이후, 논란의 초점은 햄릿과 오필리어의 사랑 문제였다. 5막 1장 오필리어 장례식에서 햄릿은 "나는 오필리어를 사랑했었다. 수만 명의 사랑도 나 한 사람의 사랑을 당할 수 없다"고 외쳐댔는데, "햄릿은 오필리어를 사랑하지 않았다"고 주장한 존 도버 윌슨 교수는 햄릿의 묘지 장면에서의 행동은 그동안 오필리어를 사랑하지 않았던 죄책감에서 나온 돌발적 행위라고 말하면서 오필리어가 죽었기 때문에 그녀에 대한 사랑이 폭발했다고 말했다. 살아 있는 여인은 믿을 수 없지만, 죽은 여인은 배신을 하지 않기 때문이라는 것이다. 햄릿은 정신적 혼란 속에서 사랑의 미로를 더듬고 있었다고 윌슨 교수는 믿고 있다. 그러나 내 생각은 햄릿이 애초에 오필리어를 사랑하지 않았으면 사랑의 방황도 없었을 것이라고 생각한다. 사랑의 전제가 없었으면 오필리어에 대한 질책도, 서운한 감정도, 배신감도 느끼지 않았을 것이다. 햄릿은 오필리어를 사랑했다. 그 증거는 오필리어의 말과 행동에서 알 수 있다. 햄릿의 사랑이 오필리어에게 반사(反射)되고 있는 것이다.

〈오셀로〉는 악의 화신인 이아고 때문에 발생한 가정비극이다. 오셀로는 사랑의 순수성, 그 밝은 면만을 믿으며 살아온 무인(武人)이다. 그런데 오셀로는 이아고의 간계에 빠져 아내의 부정(不貞)을 잘못 알고 순결한 데스데모나를 살해했다. 나중에 이 모든 것이 착각이었다는 것을 알고 오셀로는 스스로 목숨을 끊었다. "너무나 사랑했지만, 어리석었던 남자"의 비극이었다.

〈맥베스〉는 정치적 야심을 다룬 비극이다. 자연적 질서를 파괴하는 왕위 찬탈은 당시 질서관인 '존재의 사슬'에 배치되는 일이었다. 맥베스는 마녀들의 암시와 부인의 유혹에 빠져 왕을 살해하고 자신이 왕위에 오르는데, 그 일은 영광의 자리가 아니라 지옥과 저주의 악몽이었다. 모든 것이 파멸되는 순간, 맥베스는 인생의 무상함을 느낀다. 맥베스의 사랑은 이기적 사랑이었다. 그것은 파멸의 길이었다.

〈리어 왕〉은 표면적으로는 불효 문제를 다룬 비극이지만, 근본적으로는 선과 악의 실존의 문제를 다루고 있다. 50년 제왕 자리를 누린 왕이 자신의 딸들의 효심을 잘못 판단해서 파국에 이르는 비극이다. 그의 잘못된 판단은 왕가와 국가의 혼란, 자신의 의식의 혼란, 급기야는 '폭풍'으로 표현되는 우주적 혼란을 초래한다. 광기에 사로잡힌 노왕이 황야의 비바람 속에서 두 딸을 저주하는 울분은 인간 비극의 참상이었다. 에드먼드 일당의 악의 세력이 자신들 내부의 암투로 패망하고, 충신 켄트 백작과 어릿광대를 중심으로 한 선의 세력이 리어 왕 마음의 눈을 뜨게 만들어서 착하고 선한 딸 코델리아의 효심을 알아낼 수 있었지만, 그 딸은 이미 죽은 몸이 되어 그의 팔에 안겨 있다. 선하고 정의로운 것은 언제나 혹독한 악마의 시련을 겪는다. 비극 〈리어 왕〉은 악의 시련을 겪고 선을 깨닫는 과정의 연극이었다. 부왕의 깨달음을 가능케 한 것이 아버지에 대한 코델리아의 지극한 사랑이었다.

6. 셰익스피어 사랑의 명언

여름날 바람에 살랑대는 거미줄 타도
사랑을 하면 연인들은 떨어지지 않는다.

<로미오와 줄리엣>, 2.6

사랑의 가벼운 날개를 타고 담벼락 넘었지요.
돌담인들 어찌 사랑을 막을 수 있겠어요.
사랑이 할 수 있는 일은 무엇이나 사랑이 해냅니다.

<로미오와 줄리엣>, 2.2

높으신 그분을 사랑하며 결혼하려는 것은
하늘의 밝은 별 하나를 사랑하는 것과 같다.

<끝이 좋으면 다 좋다>, 1.1

사자와 짝이 되고 싶은 암사슴은
사랑 때문에 죽게 마련이다.

〈끝이 좋으면 다 좋다〉, 1.1

사랑의 행로를 가로막는 방해물은
더 깊은 사랑을 만드는 동기가 된다.

〈끝이 좋으면 다 좋다〉, 5.3

클레오파트라 : 나를 얼마큼 사랑하세요?
안토니 : 계산되는 사랑은 가난한 사랑이죠.

〈안토니와 클레오파트라〉, 1.1

우리들 입술과 눈에는 영원이 깃들고,
우리들 눈썹에는 무한한 환희가 넘친다.

〈안토니와 클레오파트라〉, 1.3

당신의 최대 결점은 사랑에 빠졌다는 것입니다.

〈당신이 좋으실 대로〉, 3.2

첫눈에 사랑에 빠져야 사랑을 한다.

〈당신이 좋으실 대로〉, 3.5

당신 형님과 내 여동생은 만나서 서로 바라보고,

바라보자마자 사랑하게 되었어요. 사랑하자마자
한숨 짓고, 한숨 지으며 그 이유를 물었습니다.
이유를 알게 되자 그들은 곧장 해결책을 찾았지요.

〈당신이 좋으실 대로〉, 5.2

사랑을 알기 전에 나는 복종을 실천했다.

〈실수연발〉, 2.1

아, 입맞춤은
유배처럼 길고, 복수처럼 달콤하다!

〈코리올레이너스〉, 5.3

이것은 바로 사랑의 황홀이다.

〈햄릿〉, 2.1

"전하, 너무 짧아요."
"그래, 여자의 사랑처럼."

〈햄릿〉, 3.1

내 사랑은
혀끝보다 더 무겁다.

〈리어 왕〉, 1.1

아, 정말이지, 사랑에 빠졌네. 사랑은 나에게
시를 짓게 하고, 우울증에 빠지게 했다.

〈사랑의 헛수고〉, 4.3

사랑을 하면 눈은 독수리의 눈을 능가하고,
사랑을 하면 지극히 미미한 소리도 듣는다.

〈사랑의 헛수고〉, 4.3

연인들은 항상 약속시간보다 일찍 달려온다.

〈베니스의 상인〉, 2.6

사랑에 빠지면 눈먼 장님이 되기에
연인들은 자신들의 어리석음을 볼 수 없다.

〈베니스의 상인〉, 2.6

지금까지 수많은 책을 읽었지만
소설이나 역사책 가운데서 진정한 사랑이
무사히 진행된 경우는 한 번도 없다.

〈한여름 밤의 꿈〉, 1.1

남자가 나를 사랑한다고 말하는 것을 믿을 바에야
나는 우리 집 강아지가 닭 보고 짖는 소리를 듣겠다.

〈헛소동〉, 1.1

사랑할 때는 낮은 소리로 말하세요.

〈헛소동〉, 2.1

사랑은 나를 진주조개로 변화시킨다.

〈헛소동〉, 2.3

남자의 아랫입술이 닿기만 해도 맨발로 팔레스타인까지
걸어가는 여인을 나는 베니스에서 만났습니다.

〈오셀로〉, 4.3

현명한 사랑은 아니었어도 너무나 벅찬 사랑이었다.

〈오셀로〉, 5.2

불운을 타고난 한 쌍의 연인들

〈로미오와 줄리엣〉, 서곡

사랑은 탄식의 숨결이 서린 연기와 같다.

〈로미오와 줄리엣〉, 1.1

젊은이들의 사랑은 가슴에
있는 것이 아니라 그들의 눈에 있다.

〈로미오와 줄리엣〉, 2.2

무너진 사랑을 새롭게 다시 세우면,

처음보다 아름답고, 강하고, 장엄하다.

〈소네트 119〉

여인은 장미꽃 같다. 그 아름다운 꽃은
한번 피자마자 그 자리서 지고 만다.

〈십이야〉, 2.4

아, 사랑의 봄날은
사월의 불안한 영광을 닮았다.
지금은 태양의 아름다운 빛을 자랑하지만,
얼마 안 있어 먹구름은 모든 것을 빼앗아 간다.

〈베로나의 두 신사〉, 1.3

나의 집, 나의 명예, 그렇다, 나의 목숨까지도 당신 것이다.

〈끝이 좋으면 모두 좋다〉, 4.2

별이 불인 것을 의심하라,
태양의 움직임을 의심하라,
진리가 거짓인 것을 의심하라,
그러나 나의 사랑만은 의심치 말라.

〈햄릿〉, 2.2

나는 오필리어를 사랑했다. 4만 명 사나이들의

사랑을 다 합쳐도 내 사랑의 부피보다 못하다.

〈햄릿〉, 5.1

케이트, 당신의 입술은 마술이에요.

〈헨리 5세〉, 5.2

나의 것은 당신의 것, 당신 것은 나의 것.

〈자에는 자로〉, 5.1

내 생각으로는 당신이 세상의 전부다.
세상이 여기서 나를 바라보고 있는데.
어떻게 내가 홀로 있다고 말할 수 있는가?

〈한여름 밤의 꿈〉, 2.1

내가 당신을 사랑하지 않으면,
혼란이 나를 삼키게 됩니다.

〈오셀로〉, 3.3

전쟁이나 죽음이나 질병 때문에
사랑은 흔적도 없이 사라져버린다.
소리처럼 순식간에 사라져버린다.
그림자처럼 빠르게, 꿈처럼 짧게,
한순간 하늘과 땅을 비추더니, "저것 봐!" 라는

말이 떨어지기도 전에 어둠의 아가리는 빛을 삼키고,
아름다움은 순식간에 사라져버린다.

<한여름 밤의 꿈>, 1.1

만약에 음악이 사랑의 양식이라면, 계속 연주하게나,
넘쳐나도록 음악을 나에게 안겨다오.

<십이야>, 1.1

그 여인은 내가 겪은 위험 때문에 나를 사랑했다,
나는 그 여인이 나를 동정했기 때문에 그녀를 사랑했다.

<오셀로>, 1.3

사랑은 알맞게 해야 한다. 오래가는 사랑은 모두 그러하다.
급히 서두는 길은 느리게 가는 길보다 더디고 늦는 법이다.

<로미오와 줄리엣>, 2.6

밤의 어둠을 타고 들리는 연인의 소리는 은방울처럼 아름답다.
곤두세우고 듣는 귀에는 그 소리가 마치 비단결 음악 같구나!

<로미오와 줄리엣>, 2.2

마음에 품는 것은 미움이 아니라 포근한 사랑이다.

<소네트 10>

나를 사랑한다면 다른 인간이 되어주세요.

〈소네트 10〉

사랑은 부동의 이정표이다.
폭풍을 만나도 끄덕도 하지 않는 것이 사랑이다.
사랑은 방랑하는 뱃길을 인도하는 북두칠성이다.

〈소네트 116〉

티베르강이여, 로마를 삼켜버려라. 세계를 떠받치는
대제국의 광대한 기둥이여 무너져라!
이곳*만이 나의 우주다. 제국은 진흙탕에 불과하다.

('이곳'은 클레오파트라의 이집트)
〈안토니와 클레오파트라〉 1.1

나의 연인이 자신을 진실 그 자체라고 맹세할 때,
나는 그 말이 거짓인지 알면서도 그녀의 말을 믿는다.

〈소네트 138〉

현명하면서 동시에 사랑한다는 것은
인간의 능력을 초월하고 있다. 그것은
하늘의 신들만이 할 수 있는 일이다.

〈트로일러스와 크레시다〉, 3.2.

오, 사랑의 정령이여, 그대는 정말 빠르고 상쾌하다.

〈십이야〉, 1.1

사랑을 구하는 것은 좋은 일이다,
그러나 구하지 않고도 얻는 사랑은 더욱더 좋다.

〈십이야〉, 3.1

사랑은 죽음 속의 삶이다.
사랑은 웃다가도 울게 된다.

〈비너스와 아도니스〉, 409

SHAKESPEARE

제3장

〈안토니와 클레오파트라〉 작품론

1. 사랑과 정치

〈안토니와 클레오파트라〉는 작품 등록청에 1608년 5월 20일 등록되었다. 이 작품은 1, 2년 전에 집필되어 공연되었다는 기록이 남아 있다. 새뮤얼 대니얼(Samuel Daniel)의 극시 『클레오파트라』의 출판 때문이다. 1606년 집필한 〈맥베스〉에 이 작품의 흔적이 있는 것도 이를 뒷받침했다. 폴리오판(1623) 이전에 〈안토니와 클레오파트라〉의 출판 기록은 없다. 그래서 이 텍스트는 셰익스피어의 원고를 토대로 한 대본이며 양질의 텍스트라고 인정되었다. 막과 장의 구분은 18세기 이후 42개 장면으로 새롭게 편찬되었다.

주요 소재는 『플루타르크 영웅전』 가운데서 토머스 노스가 번역한 『안토니우스의 생애』(1579)이다. 셰익스피어 작품과 로버트 가니어(Robert Garnier)의 『마크 안토니』(1578), 두 작품의 유사성을 지적하는 평론가도 있다. 셰익스피어가 새뮤얼 대니얼의 극시와 『옥타비아의 편지』(1599)를 참고로 했을 것이라는 지적도 있다.

〈안토니와 클레오파트라〉에서 다루어진 문제는 안토니의 연정과 인품의 고귀함, 클레오파트라의 거듭되는 변신과 이율배반적인 행동, 클레오파트라 죽음의 의미, 두 연인의 열정적인 사랑이 된다. 로마와 이집트의 반목과 연합, 희곡의 언어와 이미저리, 작품 구조, 정치적 문제 등도 중요한 쟁점이 되었다. 이성과 상상적 열정, 사랑의 본질, 사랑이냐 로마냐 등의 문제도 열띤 논란의 대상이 되었다. 고전문학 시대를 거쳐 현대에 이르기까지 지속적으로 논의의 대상이 되었던 것은 클레오파트라의 성격과 작품의 구조였다.

18세기 초, 찰스 길던(Charles Gildon)은 셰익스피어의 플루타르크 의존도에 관해 설명하면서 작품의 구조적인 특징을 언급했다. 1750년, 토마스 시워드(Thomas Seward)는 시적 언어의 메타포를 분석하고 해명했다. 새뮤얼 존슨(Samuel Johnson)은 극의 구조를 해명하면서 극의 전환이 빠르게 진전되는 것을 격찬했다. 작중인물을 평하면서 클레오파트라는 작품의 중심 역할을 하고 있다고 말했다. 19세기에 이르러 비평가들은 주로 작품의 구조와 연인관계를 고찰했다.

슐레겔(A.W. Schlegel)은 이 작품이 〈줄리어스 시저〉와 연관된 드라마라고 보면서 안토니의 강렬한 성격이 여인의 유혹으로 파멸되는 과정을 세밀하게 검토했다. 슐레겔은 클레오파트라의 성격이 "여왕의 자만심, 사치스런 허영심, 변절, 그리고 집착심"의 결합이요 반영이라고 보았다. 슐레겔은 『셰익스피어의 역사극론』에서 "두 연인이 죽는 마지막 장면을 보면서 우리는 그들이 사랑 속에서 서로를 위해 살아온 것에 대해서 높이 평가하며 그 밖의 모든 것을 용서할 수 있다"고 말했다.

콜리지(S.T. Coleridge)는『셰익스피어 비극론』에서 셰익스피어의 작품 가운데서도 이 작품은 '아주 놀라운 작품'이라고 말하면서 셰익스피어의 4대 비극과 견줄 수 있는 걸작이라고 격찬했다. 해즐릿(William Hazlitt)는『셰익스피어 극에 등장하는 인물론 : 안토니와 클레오파트라』(1903)에서 클레오파트라의 장엄한 죽음을 언급하면서 이 작품은 최고의 역사극이라고 평가했다. 해즐릿은 말했다.

이 작품은 로마의 자부심과 동방의 웅장함을 찬란하게 보여주고 있다. 이 두 문화의 갈등과 충돌 속에서 로마제국은 깃털을 접은 백조처럼 멈춰 섰다. 클레오파트라의 성격창조는 일품이다. 여왕은 요염하고, 겉치장 잘하고, 자의식 강하며, 매력을 발산하고, 오만하며, 독재적이고, 변덕스럽다. 호화찬란하고 사치스러운 이집트의 여왕은 자신의 모든 힘과 영광을 뽐내고 있다. 여왕은 용서할 수 없는 과오도 저질렀다. 그러나 여왕의 장엄한 죽음은 모든 것을 보상해주었다. 마지막 순간, 여왕은 죽음의 사치스러움을 탐미(耽美)했다. 셰익스피어의 모든 여성 가운데서 〈폭풍〉의 미란다와 클레오파트라는 나에게 최고의 인물이다. 이들은 가장 단순하고 몹시 복잡하다.

1839년, 울리치(Herman Ulrici)는『안토니와 클레오파트라론』(1846)에서 "이 작품은 로마의 붕괴에 관한 드라마이며 〈줄리어스 시저〉의 연속물"이라고 주장했다. 그는 계속해서 안토니의 입장을 옹호했다.

솔직하고 고상한 성격인 안토니는 진실에 대한 믿음과 용맹성, 미덕에 대한 신앙이 두터운 인물이었는데, 이런 고전적 미덕은 욕망, 권력욕, 변질, 부도덕성 등의 악덕에 오염되었다. 안토니에 비하면, 옥타비우스는 힘도 없고 심기도 허약한 인물이다. 용기도 재능도 없이 오로지 간계(奸計)와 온건함뿐이다. 그런데, 그가 삼두정치의 왕자가 되었다. 왜 그랬을까? 시대가 온건하고 중용을 지키는 인물을 원했기 때문이다.

아서 시몬스(Arthur Symons)는 "셰익스피어가 안토니를 고상하게, 클레오파트라를 매혹적으로 묘사하고 있지만, 사랑 때문에 모든 것을 희생하는 일은 옳지 않다"고 말했다. 이 작품은 "사랑과 정치적 야망을 다룬 영원한 비극"이라고 시몬스는 확신했다. 윌리엄 윈터(William Winter)는 시몬스에 동조하면서 "환락에 빠지는 육체적 사랑은 불가피하게 비운을 맞게 된다"고 말했다. 이와는 다른 의견으로서 소설가 빅토르 위고(Victor Hugo)는 "클레오파트라의 사랑은 여왕을 변신케 한 원인"이었다고 주장했다. 다우든(Edward Dowden)은 『로마 극론』(1881)에서 셰익스피어가 알리는 클레오파트라의 죽음을 감동 깊게 전하고 있다.

셰익스피어는 『소네트』에서도 강조했지만, 아름다움의 영광과 힘은 시간의 한계에 다다르게 된다고 알리고 있다. 셰익스피어가 이 작품에서 말하고 있는 것은 교훈적인 도덕적 훈시가 아니라 예술가의 입장에서 하는 말이다. 그가 하고 싶은 말은 관능적인 것은 무한한 듯 보이지만 그것은 꿈이요, 속임수요, 함정이라는 것이다. 비참한 변화가 안토니에게 다가왔다. 클레오파트라가 후회 없이 그의 가슴에 후려친 타격은 죽음이었다. 이 메마른 세상이 여왕에게 안긴 일 가운데는 죽음이 있었다. 그것은 고통이 없는 죽음이었다. 가장 미워할 수 없는 것이었다. 클레오파트라의 죽음은 눈부시고 찬란하다. 관능적이고, 극적이다. 장엄하고 요염하다. 그 죽음에는 아무런 근엄함도 없다.

19세기 후반 스나이더(Denton J. Snider)는 미국의 학자요 철학가이며 시인이었다. 그는 철학자 헤겔의 신봉자였다. 스나이더의 학문적 업적은 호메로스, 단테, 괴테, 그리고 셰익스피어 연구이다. 세 권으로 된 그의 『셰익스피어 연극 : 비평론』(1887~90)의 서론에서 셰익스피어 작품의 윤리적 의미를 그는 해명하고 있다. 스나이더는 안토니가 재혼한 옥타비아에 관해서 다음과 같이 묘사하고 있다.

> 옥타비아는 진정한 로마시대의 아내의 모습이다. 그녀는 정감으로 넘쳐 있다. 그 정서는 온화하고 순수하다. 그녀의 모든 감정은 윤리적인 규범 속에 있다. 이 점에서 옥타비아는 클레오파트라와 대조적인 여성이다. 클레오파트라의 열정은 한계가 없다. 옥타비아는 남편 안토니와 동생 옥타비우스에게 헌신적인 봉사를 하려고 노력한다. 그러나 안토니는 가정적이지 못하고 선정적이다. 옥타비우스는 형제 간의 애정보다는 정치적인 일에 주안점을 두고 있다. 옥타비아는 결국 이들의 희생물이 된다. 욕정과 권력 때문에 가정은 침몰했다.

안토니와 클레오파트라의 성격과 사랑의 문제는 20세기 초반 평론가들의 주요 논제였다. 브래들리는 모든 남자를 현혹하고 여왕에 군림하고 있는 클레오파트라의 '불꽃과 공기의 영혼'은 찬탄의 대상이라고 말했다. 클레오파트라는 안토니의 죽음과 사랑 때문에 비극적 인물로 승화되었다고 주장했다. 브래들리는 『셰익스피어의 안토니와 클레오파트라』(1906)에서 상세하게 격론을 펼치고 있다. 클레오파트라와 안토니의 관계를 언급하는 다음의 인용문은 절묘하다.

정치적 상황과 진전은 간단하다. 이 작품의 이야기는 몇 년 전에 손
났던 〈줄리어스 시저〉에서 계속되고 있다. 시저 이후 삼두정치이지
만, 레피더스는 문제되지 않는다. 옥타비우스와 안토니, 두 정객이 문
제다. 두 정치가는 야심만만하다. 성격이 정반대이면서 서로 대적(對
敵)하고 있다. 서로 원하지만 화합하기는 힘들다. 운명적으로 그렇게
되지 않는다. 안토니는 사랑에 빠져서 제국의 반을 잃었다. 자신의 목
숨도 잃었다. 옥타비우스는 혼자서 제국을 차지했다. 셰익스피어는
옥타비우스에 대해서는 관심이 없는 듯하다. 옥타비우스는 매력도 없
고 성격이 분명치도 않다. 그는 비극적인 위엄을 지니고 있지만 어디
까지나 운명의 인간이다.

안토니는 클레오파트라 곁을 떠났다가 다시 돌아온다. 그는 자나
깨나 핏속에 사이렌 소리가 들린다. 클레오파트라로 돌아오라는 음악
이 항상 울리고 있다. 아무리 다른 일에 몰두하고 있어도 그의 영혼은
그 소리에 귀를 기울이고 듣고 있다. 안토니 인생의 기쁨은 여인을 사
랑하는 일에서 정점에 다다르고 있다. 그가 클레오파트라를 만날 때,
그는 절대적인 존재와 상면한다. 그 여인은 안토니를 만족시킨다. 아
니다, 안토니의 전 존재를 영광스럽게 만들고 있다. 클레오파트라는
안토니의 감각을 도취시킨다. 그녀의 농간, 조롱, 분노, 상냥함, 웃음,
눈물 등 모든 것이 안토니를 사로잡고 있다. 클레오파트라는 안토니
가 사랑하는 것을 사랑한다. 그녀는 안토니를 능가하고 있다. 그녀는
안토니를 물 마시듯 침대로 끌어들인다. 그녀는 그의 친구이면서 위
대한 여왕이다. 그녀는 요부(妖婦)이다. 클레오파트라의 영혼은 바람
과 불꽃이다. 안토니는 클레오파트라를 사랑하기 위해 태어났다. 하
늘의 신인들 뭐라 반대하겠는가? 안토니는 심장의 모든 티끌 하나까

지도 클레오파트라에 바치고 있다. 클레오파트라는 안토니를 파멸시
키고 있다.

체임버스(E.K. Chambers)는『안토니와 클레오파트라 : 셰익스피어 서베
이』(1925)에서 "클레오파트라는 안토니 몰락의 동인(動因)이었으며 안토
니 해전 패배의 책임은 여왕에게 있다"고 말했다. 체임버스의 클레오파
트라 성격과 사랑에 대한 언급은 눈길을 끈다.

클레오파트라는 유명 여성들에 대해서 창부(娼婦) 특유의 앙심을 품
고 있다. 안토니의 전처 풀비아와 후처 옥타비아에 대한 태도에서 그
런 모습을 볼 수 있다. 클레오파트라는 안토니에게, 안토니는 클레오
파트라에게 완전히 최면(催眠)에 걸려 있다. 그들의 만남은 "영원(永
遠)이 입술과 눈에 깃들고"(1,3,35) 있는 절대적인 사랑의 결합이었고,
그 사랑은 왕국이 멸할 때까지, 시간이 끝날 때까지 계속되었다.

1919년, 독일의 연극평론가 쉬킹(Levin L. Schücking)은 셰익스피어에 대
한 역사적 접근을 시도하고 있었는데 1919년 발간된『셰익스피어 작품
의 인물에 대한 성격 연구』에서 80년 전 제임슨의 주장을 되풀이하면서
1막에서 3막까지 보여준 클레오파트라의 부도덕성은 4막과 5막의 신
중하고 온화한 여왕의 성격과 정반대의 양상을 보여주고 있다고 주장
했다. 그러나 스톨(Elmer Edgar Stoll)은 쉬킹의 주장에 반론을 제기하며 클
레오파트라는 시종여일하게 일관성 있는 성격의 소유자라고 강조했다.
스톨은 "쉬킹 교수가 과장이 심하다"라고 비판했다. 반 도렌(Mark Van
Doren)은 여왕의 변하기 쉬운 감성적 성격을 인정하면서도 클레오파트

라는 '황홀한 이집트의 광채'라고 찬양했다.

안토니와 클레오파트라의 성격론이 20세기 평론의 주류를 이루는 가운데 사랑의 문제는 열띤 논쟁의 초점이 되었다. 킬러카우치(Quill-er-Couch)는 〈안토니와 클레오파트라〉의 중심 개념은 두 주인공이 보여 준 사랑의 보편성이라고 말했는데 수많은 논객이 그의 주장에 동조했다. 이들 가운데 트래버시(D.A. Traversi), 덴비(John F. Danby), 나이츠(L.C. Knights), 윌슨 나이트(G. Wilson Knight) 등이 있다. 이집트와 로마의 문화적 갈등 문제에 관해서는 주로 마비, 도렌, 베델(S.L. Bethell), 킬러카우치, 그랜빌바커, 트래버시, 케이스 등이 중점적으로 거론했다. 노스롭 프라이는 로마와 서방세계를 '한낮의 역사'라고 말하면서 대조적으로 이집트를 '광열적인 밤의 역사'라고 정의했다. 그랜빌바커의 논문 「안토니와 클레오파트라, 셰익스피어 서론」(1930)은 성격론 분야에서 놓쳐서는 안 되는 귀중한 문헌이다. 이 작품에 관해서 그는 다음과 같이 언급했다.

〈안토니와 클레오파트라〉는 방대한 작품이다. 〈햄릿〉의 정신적 밀도, 〈맥베스〉의 신비한 힘, 〈오셀로〉의 고결성, 〈리어 왕〉의 높이와 깊이에 도달하지 못할 수는 있지만, 그 자체의 장엄(莊嚴)과 마력은 확보하고 있다. 더욱이나 셰익스피어의 눈은 광범위한 세계의 지평을 부관(俯觀)하고 있다. 약 8년 전, 셰익스피어는 〈줄리어스 시저〉를 집필했다. 그 작품에 이미 안토니와 옥타비우스 두 적수들이 등장하고 있다. 그 당시는 동지였다. 충돌은 안토니와 브루터스였다. 행동파와 이상주의자 간의 대결이었다. 안토니는 승리했다. 비극은 정신의 비극인 브루터스였다. 이후, 셰익스피어는 자기 번뇌로 괴로워하는 주인공들의 드라마를 계속 집필했다. 4대 비극이다. 이제, 큰 사건이 벌어지는 세계로 돌아왔다. 정신적 통찰력이 아니라 행동의 드라마가 시작된다. 무대는 로마가 아니라 유럽 전체이다. 로마와 이집트가 대적하는 드라마가 전개된다. 주인공 안토니는 클레오파트라를 사랑하고 권력 싸움에서 패배했다.

월슨 나이츠는 논문 「안토니와 클레오파트라의 초월적 휴머니즘」(1931)에서 다음과 같이 인상 깊은 논평을 했다.

〈안토니와 클레오파트라〉는 아마도 셰익스피어 작품 가운데서도 가장 미묘하고도 위대한 작품일 것이다. 드라마는 지중해와 그 연안 도시에서 펼쳐진다. 로마도 장엄하고 신비롭고 존엄스런 자태를 보여주고 있다. 그러나 그곳에 사는 사람들은 보통 사람들이고, 사건들은 생동감 넘치는 현실이다. 〈안토니와 클레오파트라〉는 '우주적'인 비전을 제시하고 있다. 자연의 풍정(風情)과 형상도 바꾸고 있다. 우리들의 시선은 물질계에나 지상에 시선이 가는 것이 아니라 지구의 4원소인 흙과 물과 공기와 불에 눈길이 쏠리고 있다. 그리고 음악이다. 인간에게 초현실적인 영광을 안겨주는 천상적이며 초월적인 휴머니즘을 보게 된다. 이런 비전은 특이하게도 생명을 부여하는 비전이며, 사랑의 비전이다. 이 작품의 사랑의 주제는 순수 관능적인 희열에서 시작해서 드물게 인식되는 고도의 정화된 정신적 명상의 영역까지 파급되고 있다.
풍성한 자연, 만발한 꽃, 그 환희, 빠르게 움직이는 바다, 유동하는 생명인 공기가 찬란한 사랑의 주제와 뒤섞이고 있다. 죽음으로부터 벗어나서 인간은 승리를 거둔다. 인간은 '죽음의 정복자'(4,14, 62)이

다. 이어로스, 아이아라스, 차미안, 이노바버스, 안토니, 클레오파트
라 등은 모두 사랑의 충성스런 불꽃 속에서 죽는다. '죽음'은 '무(無)'
가 아니다. 그것은 푸른 바다, 생명이 넘치는 지구요, 바람이요, 빛나
는 구름이요, 느른한 적도의 아름다운 밤이요, 은빛 달이요, 금빛 태
양이다.

노먼 랍킨(Norman Rabkin)은 그의 저서 『셰익스피어의 일반적 이해』
(1967)에 실린 논문 「에로스와 죽음」에서 〈안토니와 클레오파트라〉는 사
랑의 측면이나 로마의 묘사에서나 "심층적인 이중성" 작품이라고 평했
는데, 나의 관심은 셰익스피어의 내밀한 저변을 조명한 다음 글이다.

　한 가지 강조할 일이 있다. 낭만적인 사랑에 관한 셰익스피어의 마
지막 탐구의 결과물인 〈안토니와 클레오파트라〉는 저자가 만년에 지
녔던 정치적 상황에 대한 비전과 전에 그가 파악한 사랑의 견해에 대
해서 그것이 끼친 비극적 영향을 보여주는 보조적인 사례가 된다는
것이다. 이 작품이 셰익스피어의 가장 비극적인 정치극인 〈코리올레
이너스〉와 같은 시기에 창작된 것을 감안하면 작품 이해에 도움이 될
것이다. 이 작품을 통해 셰익스피어는 두 가지 로마를 보여주고 있다.
한 가지 로마는 안토니가 클레오파트라를 선택하면서 잃어버린 로
마이다. 그 세계에서는 명예라는 말은 슬로건에 불과하다. 그 세계에
서는 장군은 초인적인 시련을 극복하는 거인이다. 명예는 이들의 야
망을 부추기는 박차가 된다. 또 다른 로마는 음흉한 정치세력의 판도
가 되며, 그곳에서 명예는 무의미한 것이 되고, 보잘것없는 인간에게
주어지는 칭호에 불과하다. 배신이 판을 잡고, 보잘것없는 일들이 일
어나는 로마는 경멸의 가치도 없다. 첫 번째 입장에서 본다면 안토니
는 그의 친구들이 말한 대로 알렉산드리아 홍등가에 환락에 빠진 생

활 속에서 인생을 송두리째 내다버린 것이 된다. 두 번째 입장에서 보면 안토니는 로마 장군 가운데서 유일하게 로마의 무의미한 생활에서 빠져나와 자신을 완성한 인물이 된다. 클레오파트라에게 전력투구한 안토니를 우리는 이 두 가지 입장에서 봐야 한다. 사랑은 인생의 다른 어떤 것도 하지 못하는 일을 한다. 그것은 인생을 고상하게 만들고 인생을 해방시킨다. 대신, 우리가 평소 이 세상에서 탐하는 다른 모든 것을 포기해야 한다. 그 가운데 명예가 있다. 〈로미오와 줄리엣〉처럼 〈안토니와 클레오파트라〉에서도 사랑은 육체에 속한 것이지만, 그것은 또한 육체로부터 벗어나는 일이었다. 죽음의 종말은 그 완전한 가치를 표현하고 있다.

로마와 사랑을 주제로 한 작품인 〈안토니와 클레오파트라〉는 셰익스피어의 찬란한 시의 향연이다. 셰익스피어 최후의 비극인 〈안토니와 클레오파트라〉는 독창적인 작품이다. 하지만, 셰익스피어는 다른 작품에서 멀리 벗어나지도 않았다. 해결될 수 없는 상반되는 가치의 논리, 기쁨과 절망의 동시적 극화(劇化), 우리들에게 강요되는 불가피한 비극의 선택, 그것은 셰익스피어 예술의 '패러다임'이다.

줄리안 마클스(Julian Markels)는 그의 저서 『셰익스피어의 발전』(1968)에 실린 논문 「세상의 기둥」에서 중요한 견해를 피력했다.

〈안토니와 클레오파트라〉는 사랑과 명예, 욕망과 제국을 다룬 작품이다. 사랑과 명예, 욕망과 제국이라는 사적이며 공적인 가치의 상반된 토대 위에 구성된 작품이다. 〈안토니와 클레오파트라〉는 〈리어 왕〉을 초월하고 있다. 〈리어 왕〉 위에 자리 잡는 것이 아니라 그 너머에 새로운 경지를 개척하며 셰익스피어 작품의 전개과정을 완성하고 있다. 리어 왕의 자기인식은 하나의 과정이었다. 공(公)과 사(私)의 문제는 타협과 화해로 가는 과정이었다. 〈안토니와 클레오파트라〉에 있어서도 셰익스피어는 자기인식과 그에 따르는 미덕은 정착된 자리가 아니라 공적인 행동을 통해 끊임없이 새롭게 갱신되는 도정(道程)인 것을 알리고 있다. 〈리어 왕〉에서 〈안토니와 클레오파트라〉로 가는 셰익스피어의 진행 과정은 공과 사가 만나는 영원한 결합의 당연한 비전이었다. 안토니의 사적인 행동은 항상 그의 공적인 의무와 비교되고 있다. 안토니는 초반에 "쾌락이 중요하다"(1.1.4)고 외치며 로마의 이야기를 들으려 하지 않았다. 그 이후에 그는 로마로부터 사신을 접하고 클레오파트라 곁을 떠나서(1,2,117) 로마로 돌아갈 생각을 한다.

그리고, 로마에서 시저의 누이 옥타비아와 재혼한다. 안토니가 이집트를 떠난 후, 옥타비아를 만나 그녀를 아테네에 내버려두고 다시 이집트로 향해 떠날 때까지(3, 4) 안토니는 로마에 충성하고 있었다. 말하자면 안토니는 능숙하게 로마와 이집트를 오가면서 공과 사를 조율하고 있었다. 3막 끝에 이르기까지 로마 관련 장면은 11장면이요, 대사는 863행이다. 그리고 이집트는 6장면에 대사는 606행이 된다. 안토니는 로마와 이집트 두 세계를 갖고 싶어했다.

데이비드 베빙턴은 그의 전집 서문에서 "안토니와 클레오파트라의 끊임없는 다툼과 불안한 관계, 그리고 배신에도 불구하고 불타는 사랑은 두 연인을 결합시킨 요인이다"라고 논평했다. 그러나, "이집트와 로마의 이질적인 문화와 정치는 두 연인이 화해하기 힘든 환경을 만들고 있었으며, 이 때문에 이들의 존재는 그 자체가 모순이었다. 이들의 사랑은 정치와 맞물려 있었다. 이 작품은 로마의 입장을 과시하는 것으로 시작해서 끝까지 그 위력을 줄이지 않았다"고 베빙턴은 지적했다. 클레오파트라는 사랑의 전쟁에서 안토니를 지배했다. 클레오파트라는 놓치기 쉽고, 알기 힘든 신비로운 존재였다. 클레오파트라는 이집트의 풍성한 상상력과 열정으로 로마의 법과 정치를 압도했다. 안토니의 죽음은 이집트의 웅대하고 장엄하고 신비스런 사랑의 힘을 입증한 사건이라고 해석할 수 있다.

〈리어 왕〉에서 셰익스피어는 가족 간의 사랑의 비극을 파헤쳤다.『소네트』129는 〈안토니와 클레오파트라〉의 사랑을 시편(詩篇)에서 예언하듯 읊었다.

> 방탕한 정욕은 그 행위 자체가 부끄러운 일이요
> 정신을 낭비하는 일이며, 정욕을 섬기는 행위는
> 위선, 살인, 살벌, 악의, 야만, 과격, 조악,
> 잔인 등이며, 믿을 만한 것은 하나도 없다.

둘이 만났을 때 로미오는 16세, 줄리엣은 14세였다. 안토니는 43세, 클레오파트라는 29세였다. 두 나라 영도자는 만나서 10년간 사랑을 하다 53세와 39세에 함께 목숨을 끊었다. 클레오파트라는 안토니와 만나는 첫 장면에서 안토니에게 사랑의 크기를 물었다. 안토니는 "잴 수 있는 사랑은 보잘것없다"고 답했다. 그러나 클레오파트라는 집요했다. "사랑의 크기를 확인하고 싶다"고 졸랐다. 안토니는 "이 세상의 한계로는 잴 수 없기에 새로운 하늘과 땅"이 필요하다고 말했다. 여자는 남자에게 항상 묻는다. "나를 얼마나 사랑해요?" 여성은 사랑의 크기가 중요하다. 사랑에 계산이 있기 때문이다. 남성은 다르다. 자신을 사랑하는 '이유'를 알고 싶어한다.

로마에서 안토니에게 사신이 왔다. 로마로 돌아오라는 전갈이다. 안토니는 고국에 아내 풀비아가 있다. 안토니는 로마로 향해 내뱉는다. "로마 같은 건 티베르 강물에 씻겨서 흘러버려라. 제국을 떠받치는 기둥도 무너져버려라! 나의 우주는 여기 있다. 왕국은 진흙탕에 불과하다." 얼마나 무서운 폭언인가. 얼마나 당당한 도전인가. 안토니는 로마 대신 두 팔로 클레오파트라를 힘껏 껴안았다. 로마는 안토니의 명예지만, 그는 지금 나라보다도 사랑이 더 중하다. 클레오파트라는 요염하게 응답한다. "우리들의 눈과 입술에는 영원히 깃들고 있어요." 안토니와 클레오파트라는 엄청난 규모의 초월적 사랑을 하고 있다.

이들의 사랑은 로미오와 줄리엣의 사랑과는 다르다. 사회와 국가에 큰 책임을 지고 있는 권력자의 사랑이다. 로마에는 안토니와 겨루고 있는 옥타비우스 시저가 있다. 시저에게 반란을 일으킨 아내 풀비아가 사망했다는 소식이 전해지자 안토니는 자신이 반란에 연루되었다는 의혹을 풀기 위해 로마로 가야 했다. "당신이 출발하는 것은 명예 때문이죠. 출발하세요." 클레오파트라는 출발을 재촉했다. 제2차 로마 삼두정권은 레비터스, 옥타비우스, 안토니 세 장군으로 결탁되었는데, 안토니 권력은 이집트에 있기 때문에 로마에서 시저와 대적할 수 없다.

안토니는 시저와 우호적인 관계를 유지하기 위해 그의 누님 옥타비아와의 결혼을 수락한다. 그러나, 안토니는 마음속으로 외치고 있다. "이집트로 돌아가자. 화해 때문에 결혼은 했지만, 나의 기쁨은 동방에 있다." 결국, 안토니는 옥타비아를 버리고 클레오파트라 곁으로 돌아온다. 이 때문에 전운이 감돌기 시작했다. 사랑과 정치는 이토록 어렵고, 복잡하고, 무섭다. 이들의 사랑이 자신들을 변하게 하고 세상을 바꾸게 만들었다. 로마의 권력 쟁탈전에 겹쳐서 군사대국 로마와 문화예술 중심지 알렉산드리아 간의 패권 쟁탈전이 시작되었다.

옥타비우스 시저가 이집트를 침공했다. 육상전투는 안토니가 강하지만, 해상전투는 그에게 승산이 없다. 기댈 곳은 클레오파트라의 막강한 해군력이었다. 여왕의 힘을 믿고 안토니는 해전을 선택했지만, 전황이 위급해지자 클레오파트라는 함대를 몰고 도주했다. 안토니는 그 뒤를 쫓아가면서 지리멸렬되어 해전에 패배했다. 클레오파트라는 안토니에게 용서를 빌었다. 그러나, 안토니는 "여왕이여, 그대는 내 마음을 그대 뱃머리에 달고 끌고 갔어요"라고 말하면서 여왕에게 "키스를 해주세요. 그것으로 보상됩니다"라고 굴복했다. 그러나 문제는 패전 이후 클레오파트라의 처신이었다. 여왕은 시저의 사신에게 전했다. "나는 정복자인 시저의 손에 입을 맞추고, 그의 발밑에 왕관을 놓고, 무릎을 꿇으며, 이집트 운명이 어떻게 될 것인지 묻겠습니다." 여왕의 굴욕적인 처신에 대해서 격분한 안토니는 "이 매춘녀!"라고 통박(痛駁)했다. 안토니의 분노는 이유가 있었다.

클레오파트라는 처음 폼페이우스의 애인이었다. 그 이후, 줄리어스 시저의 애첩으로 변절한 다음 그의 아들 시자리온을 낳았다. 그런데, 지금은 옥타비우스에게 비위를 맞추며 아첨하고 있다. 여왕으로서는 프톨레마이오스 왕조의 존속만이 다급한 과제였다. 아들 시자리온에게 왕조를 물려주기 위해 로마제국 권력자에게 복종하는 것이 여왕의 전략이었는데, "내 마음을 모르세요?"라고 안토니에게 다그치자 안토니는 "알았다"라고 말하면서 시저와의 2차전에 도전한다. 그러나 안토니는 이 전투에서도 참담하게 패배했다. 이 때문에 안토니는 거의 광란 상태에 빠져들었다. 클레오파트라는 이 사태를 수습하기 위해 자신의 죽음을 허위로 사방에 알렸다. 여왕의 자살 소식을 전해 듣고 안토니는 "클레오파트라가 죽었는데 내가 살아 있다니 염치가 없다. 신들은 나의 비겁함을 증오할 것이다"라고 말하면서 자결한다.

빈사상태에 빠진 그에게 클레오파트라가 살아 있다는 소식이 전해진다. 여왕의 궁전으로 옮겨진 안토니는 클레오파트라의 팔에 안겨 마지막 숨을 거둔다. 클레오파트라는 시저의 포로가 되어 로마 거리에 끌려가는 광경을 생각해보았다. 여왕은 그런 치욕을 견딜 수 없었다. 사랑하는 안토니의 죽음 앞에서 여왕은 만감이 교차했다. 안토니는 누구인가. 여왕은 생각에 잠기며 읊조렸다.

> 그분의 다리는 바다를 가로지르고, 높이 치켜든
> 팔은 세계의 지붕을 장식하고 있다. 그분의 목소리는
> 친구들 귀에 천사의 음악처럼 조화롭게 들린다.
> 땅을 진동시키고 싶으면 요란한 진동 소리로 변하며,
> 은혜로운 마음은 겨울을 모르고, 끝없는 수확의 가을이다.
> 파도를 가르는 돌고래처럼 물 위로 등을 내밀고 즐거우며,
> 국왕도 영주도 그분의 의복을 걸치고 지나는데, 왕국과 섬은
> 그분의 호주머니서 쏟아지는 은화(銀貨)이다.

클레오파트라는 죽을 각오를 했다. 죽기 전에 남긴 클레오파트라의

대사는 사랑의 찬가요, 영원한 삶의 절규였다.

나는 꿈을 보았다. 황제 안토니의 꿈을.
다시 한번 그 꿈을 꾸고 싶다. 다시 한번
그런 사람을 만날 수 있도록! 그 사람의 얼굴은
드넓은 하늘이었다. 그곳에는 태양과 달이 뜨고,
궤도를 돌면서, 작고 둥근 이 우주를 비추고 있었다.

그 우주는 클레오파트라였다. 나일 강바닥 독사에 가슴을 물리고 여왕은 숨을 거뒀다.

시저가 폼페이를 격파하고, 브루터스가 시저를 암살하고, 안토니가 브루터스를 멸망시켰다. 제2차 삼두정치에 반기를 든 섹터스 폼페이의 살해를 명령한 권력자가 안토니였다. 집정관 마크 안토니는 또 다른 집정관 옥타비우스 시저에게 패배하고 자멸했다. 셰익스피어는 〈안토니와 클레오파트라〉를 써 내려가면서 사랑과 정치의 종착점이 된 이들의 죽음을 숙고하며 인간사의 애환을 통감했을 것이다.

셰익스피어는 젊은이들의 첫사랑이 빚어내는 비극을 다루면서 〈로미오와 줄리엣〉을 썼다. 이들 남녀는 스스로 책임지는 세계가 존재하지 않았다. 두 젊은이는 사랑이 전부요, 사랑만을 위해 죽음을 택했다. 〈안토니와 클레오파트라〉는 달랐다. 이들은 자신들의 왕국을 지배하는 권력자의 사랑이다. 이들 두 권력자는 그들 행동에 대한 무거운 책임이 있다. 안토니와 클레오파트라는 세상의 시련을 겪으면서 끝내 사랑의 굴레를 벗어나지 못했다. 안토니는 장군으로서 패배하고, 클레오파트라는 여왕으로서 패망하지만, 이들은 사랑을 잃지 않았다. 전쟁에 패배한 안토니는 여왕 클레오파트라의 권력에 의지하는 안토니가 아니었다. 시저의 포로가 되어 로마 시민들의 야유를 받게 되는 클레오파트라는 안토니가 믿고 사랑하는 클레오파트라가 아니었다.

안토니와 클레오파트는 마지막 결단을 내렸다. 죽음이다. 죽음에 앞서, 이들 두 사람은 다시 숭고한 연인의 관계가 되었다. 이때, 로미오와 줄리엣의 죽음을 상기시키는 장면이 벌어진다. 젊은이들의 순수한 사랑, 그 눈송이처럼 깨끗한 사랑은 지상에 닿으면 더럽혀진다. 이 세상에서는 용납되지 않는 사랑이다. 그런 사랑의 장면이 5막 2장, 알렉산드리아 궁전에서 벌어진다. 시녀들 앞에서 클레오파트라는 유언처럼 대사를 말했다.

> 나의 실망은 더 나은 인생을 위한 시작일 수 있다. 시저는 보잘것없는 존재다. 그는 운명이 아니라 운명의 노예이다. 운명의 손끝에서 노는 앞잡이다. 위대한 행위란 다른 모든 행위를 끝내는 일이다. 그렇게 하면 온갖 사건들을 제치고 변화를 멈추게 할 수 있으며, 깊은 잠 속에 파묻혀 거지들과 시저를 키우는 젖꼭지를 빨지 않아도 된다.

리처드 3세는 전투장에서 막바지에 쫓기면서 도망치기 위해 "나에게 말을 다오, 그러면 왕국을 주겠다"라고 외쳤다. 왕국이 말 한 마리 가치도 없는 순간이었다. 안토니와 클레오파트라는 도망갈 생각도, 도망갈 곳도 없었지만, 그들에게도 "왕국은 먼지만도 못한 것"이 되었다.

셰익스피어는 8년 전에 〈줄리어스 시저〉를 썼다. 그 속에는 안토니와 옥타비우스가 동지로 함께 있었다. 안토니는 브루터스와 격돌했다.

이 싸움에서 안토니가 승리를 거뒀다. 이후 셰익스피어는 패배자 브루터스와 같은 비극적 인물을 계속 작품 속에서 다뤘다. 햄릿, 오셀로, 맥베스, 리어 왕 등이 그런 인물이다. 〈안토니와 클레오파트라〉와 〈코리올레이너스〉에 이르러 셰익스피어는 인간의 내면세계에서 정치 사회의 외면세계로 외연(外延)을 확대해서 주제의 대전환을 기도(企圖)했다. 그 영역은 로마제국을 벗어나서 이집트 등 여타 나라에 뻗어가고 있었다. 인간의 비극적 운명에 관한 성찰은 〈코리올레이너스〉에 이르러 절정에 다다르고, 그 결과는 정치적 인간과 그 현실에 대한 셰익스피어의 비관적이며 냉소적인 혐오감으로 표출된다.

〈코리올레이너스〉에서 로마제국 영도자들의 오만, 맹신, 오판과 인격적 결함이 낱낱이 드러나고, 그들과 함께 민중의 폭거와 난동이 생동감 있게 묘사되고 있다. 그러나 셰익스피어의 놀라운 점은 이 모든 공적인 사건에 사적인 생활을 밀착시켜 빛과 어둠의 양면을 부각시키고 있다는 사실이다.

코리올레이너스는 정치적 현실과 도덕적 판단 사이에서 전쟁과 국가의 책임보다 어머니와 아내의 사랑이 더 중요하다고 판단했다. 그 때문에 정적의 복수심을 건드리고, 민중의 분노를 사서 그는 참살당했다. 로마의 정객 호민관들은 민중의 소리는 로마법의 핵심이라고 믿었다. 코리올레이너스는 민중과 호민관을 계층적 질서와 권력 통치에 해를 끼치는 적수들이라고 단정했다. 로마 시민은 코리올레이너스가 〈오로지 제왕〉(4.6.34)만을 노리면서 시민의 자유를 억압한다고 외쳤다. 그리고, "민중이 없으면 로마는 없다"(3.1.204)고 항거했다. 로마에서 대중은 정치 판세에 결정적인 역할을 했다. 민중의 성토 장면으로 시작되는 이 연극은 폭도로 변한 민중은 정치적 이념보다 집단 심리에 쉽사리 좌우된다는 사실을 알리고 있다.

셰익스피어 작품 속의 군중은 "수많은 사람들의 머리의 집결"이기에 지침이 없고 무책임하다(2.3.10~17)고 권력자는 불평했다. 군중은 건설적인 의견과 정치적 입장을 내세우며 움직이는 집단이 아니라는 것이다. 줄리어스 시저의 시신 앞에서 안토니와 브루터스가 웅변을 겨룰 때 군중의 동향을 보면 이를 알 수 있다. 그들은 중립적이며, 감정적이요, 흥분 상태로 늘 기세가 당당하다. 어느 한쪽에 발동이 걸리면 무섭게 한쪽으로 쏠린다. 또 다른 순간, 웅변 한 구절에 꽂히면 또 다른 쪽으로 와르르 몰린다.

호민관들은 자신의 확실한 주장도 없이 경솔하게 움직이는 군중을 교묘하게 선동해서 정적(政敵) 코리올레이너스의 등극을 막고, 자신들의 정치적 야심을 달성하고 있다. 이 같은 로마 정치의 양상에 대해서 어느 쪽이 옳은지 셰익스피어는 명확한 해답을 내놓지 않았지만, 음모자들이 군중의 힘으로 코리올레이너스를 참살한 잔혹성은 엄중하게 고발하고 있는 듯하다.

셰익스피어는 코리올레이너스가 정직하고, 성실하고, 결단력이 있는 군인이요, 지도자라고 말한다. 그에게는 일관된 정치철학이 있다. 그는 로마의 혼란을 막고 질서를 확보하는 것이 그의 의무라고 생각하고 있다. 그는 로마 귀족정치는 로마제국의 건국 원리라고 믿고 있다. 자신에게 반대하며 불합리한 요구를 강요하는 집단을 그는 혐오한다.

상위 권력층을 본능적으로 증오하며, 국가의 제반 기능을 이해 못하고 반대만 하는 군중은 코리올레이너스의 적수(敵手)가 되었다. 그들이 말을 듣지 않으면 그들을 제패해서 다스려야 한다고 코리올레이너스는 믿고 있었다. 그러기 때문에 그는 전쟁을 선호했다.

셰익스피어는 이 작품에서 정치 문제를 다루었다. 〈코리올레이너스〉 속에는 정치에 관한 모든 것이 망라되어 있다. 해즐릿은 이 작품을 읽으면, 정치이론의 교본 같은 버크(Burke)의 저서 『회상』이나, 페인(Paine)의 『인간의 권리』 등을 읽을 필요가 없다고 말했다. 프랑스 혁명 이후 전개된 정치 논쟁에 대해서 이늘의 저서는 정치의 제빈 이론을 극명하게 알리고 있다. 왕권정치냐 민주주의냐, 특권층을 위한 나라냐, 민중의 권익을 위한 정치냐, 자유냐 노예냐, 권력의 선용이냐 악용이냐, 평화냐 전쟁이냐 등 정치 사회적인 현안 문제가 〈코리올레이너스〉에서 "시 정신으로, 철학자의 예민한 통찰력으로" 해명되고 있다고 해즐릿은 말했다.

줄리안 마클스(Julian Markels)는 그의 저서 『세상의 기둥 : 안토니와 클레오파트라—셰익스피어의 발전 과정』에서 "이 작품은 공적이며 사적인 두 가지 대립되는 가치를 토대로 해서 구성된 작품이다. 우리는 이 주제를 사랑과 명예, 욕정과 제국의 용어로도 요약할 수 있다"고 언급했다. 실상 1막 1장에서 이 주제는 파일로(Philo)의 대사에서 분명하게 언급되고 있다.

아니, 장군의 익애(溺愛)는 도가 지나쳐. 한 때는 갑옷을 두르고 삼군을 질타한 군신의 날카로운 눈이었는데 지금은 본래의 역할을 잃고 흐리멍덩한 눈에 누런 얼굴로 시들었네. 장군다운 저 심장은 한때 전투에서 갑옷 매듭을 파열하듯 용기로 충만했는데, 지금은 자제력을 잃고 풀무처럼 집시의 욕정을 부채질하고 있네.

안토니는 클레오파트라의 가치와 옥타비우스 시저의 가치 사이에서 한 가지 선택을 해야만 했다. 안토니는 결국 로마를 버리고 클레오파트라를 선택했다. 클레오파트라는 안토니의 중심에 자리 잡고 있었다. 안토니는 처음에 "얼마간 쾌락을 위해"(1.1.47)서 사랑을 탐했다. 사랑 속에 파묻힌 그에게 로마는 없었다. 시저로부터 온 사신을 만난 후, 심경의 변화를 일으켜 클레오파트라와의 족쇄를 끊으려고 했지만(1.2.117), 양쪽 나라를 오가면서 그는 클레오파트라와의 사랑을 계속 유지했다. 이런 우유부단한 생각과 행동은 안토니 성격의 특징이라 할 수 있다. 그런 양상은 작품 전체에 깔려 있다. 옥타비아와 재혼한 것은 평화를 위한 전략이라고 안토니는 변명하지만, 엄밀히 말해 그것은 이중적인 사랑이었다. 이런 일에 안토니가 아무런 죄악감을 느끼지 않고 있는 것은 그가 여전히 로마로의 귀환을 갈망하면서도 다른 한편으로는 이집트로 돌아가려는 열망이 강렬했기 때문이다.

클레오파트라는 옥타비아와 대조적인 성격이다. 클레오파트라는 자신의 공적인 입장은 여왕이지만, 사적으로는 여자인 것을 항상 강조했다. 클레오파트라는 말한다. "나는 단순한 여자다. 우유를 짜고, 비천한 일을 하는 아가씨와 마찬가지로 그런 여자와 똑같은 감정을 지니고 있다."(4.13.73). 클레오파트라는 자신의 역할을 엄밀히 구분하고 있다. 그녀 속에서 공과 사의 이념은 충돌하지 않고 화해하고 융합한다. 공적인 생활은 자신의 욕망을 충족시키는 도구이다. 여왕의 미모와 교태 앞에 막아서는 장벽은 없다. 그만큼, 이지적이고 타산적이다. 항상 정열이 넘치고, 행동은 민첩하며 기민하다. 뭣이든 마음속에 가둬두지 못한다. 클레오파트라는 밖으로 쏟아내는 외향적 성격이다. 이런 성격은 사랑의 행위에도 반영되고 있다. 로마로 떠난 안토니를 밤낮으로 연모하는 여왕에게 안토니가 옥타비아와 재혼했다는 소식이 전해졌다.

클레오파트라는 충격을 받고 질투심에 미치는 듯했다. 그 소식을 들고 온 사신을 구타했다. 그런 와중에도 '나일강 여왕'의 권위와 품격은 유지하고 있었다. 사생활 때문에 여왕의 의무를 소홀히 하는 일은 없지만, 자신의 욕망을 위해서는 만난(萬難)을 극복하는 집요함이 있었다. 클레오파트라에게 이 세상은 자신의 노리갯감이었다. 여왕은 세상을 마구 쥐고 흔들고 싶어했다. 클레오파트라가 인생의 마지막 순간에 선택한 것은 명예로운 죽음이었다. 죽음은 여왕에게 사랑의 승리요, 영원으로 가는 길이었다. 자결 직전 클레오파트라는 유언처럼 이 말을 남겼다.

예복을 다오. 왕관을 씌우라. 나는 영원의 세계를 동경한다. 안토니가 부르는 소리가 들리는 듯하다. 나의 고결한 행위를 칭찬하기 위해 몸을 일으키는 것이 보인다. 그가 시저의 요행을 조롱하고 있네. 그 소리가 들린다. 아아, 남편이여, 지금 갑니다. 나는 불이요 공기다. 나의 다른 원소(흙과 물)는 이 처참한 세상에 놔두고 간다(5막 2장, 287-290).

나는 셰익스피어 역사극의 논객 윌슨 나이트(G. Wilson Knight)가 〈안토

〈마커스 안토니의 죽음〉, 폼페오 바토니(Pompeo Batoni), 1763

니와 클레오파트라〉를 논평한 글(The Imperial Theme, 1931)에서 언급한 '초월적 휴머니즘'을 통해 클레오파트라의 죽음을 쉽게 이해할 수 있었다. 죽음은 다른 형태로 모양이 바뀌는 일이라는 것이다. 모든 사물은 사멸하고 녹아서, 분해되어 새로운 형태로 재생한다는 것이다. 이런 일은 마치 '물속에 물이 섞이듯이' 우리 눈에는 보이지 않는 결합이다. 이런 원리를 터득하면 '공기'와 '물'의 이미지가 어떻게 죽음의 주제로 시각화되는지 알게 될 것이다. 죽음은 부드럽게, 녹아서 변화를 성취한다. 물이 상승해서 공기로 바뀌고, 공기는 물로 전환된다. 불과 태양, 달의 이미지는 사랑의 불꽃이 되어 만물을 태우고 죽음을 완성한다. 클레오파트라의 왕국은 불이 모든 것을 제패한다. 클레오파트라는 그 정기(精氣)를 타고났다. 여왕에게 죽음은 더 이상 소멸되고 없어지는 것이 아니라 푸른 바다요, 나일강 물이요, 빛나는 대지요, 바람이요, 구름이요, 태양의 불꽃이다. 여왕에 의하면 죽음은 인간의 형상을 떠나 우주 속에서 음악으로 남는다고 했다.

그것은 죽음과 삶이 하나로 융합되는 '사랑의 우주철학'이다. 모든 황홀감, 모든 천상의 형태, 모든 생명의 요소, 하늘의 별−이 모든 자연과 인간과 천상의 만물은 오로지 찬란함이요, 영광인 것이다. 사랑은 이 모든 것과 하나가 되는 최종적인 완성이다. 사랑의 불꽃은 정신의 실존이 되고, 연인들은 별개의 존재가 아닌 하나의 현존이 된다. 클레오파트라의 죽음은 육체적 존재에서 '불과 공기'(5.2.291)로 승화했다. 클레오파트라는 마크 반 도린(Mark Van Doren)이 지적한 대로 "영원한 이집트의 공기"가 되었다. 이것이 윌슨 나이트가 해명하는 '초월적 휴머니즘'이다.

'죽음'이라는 단어는 셰익스피어 전 작품에서 보통명사로 1천 회 이상 사용되었다. 아주 빈도수가 높은 단어이다. 동사와 형용사까지 합하면 2천 번 이상 사용되었다. 질병의 유행과 정치 사회적인 사건, 종교 분쟁, 그리고 전쟁으로 인한 사망률이 높았던 당시를 생각하면 셰익스피어는 죽음이 지닌 정신적 · 종교적 · 사회적 의미에 대해서 깊은 사색을 하지 않을 수 없었을 것이다.

"죽는 것은 잠드는 일이다"라고 말하는 햄릿의 독백이라든가 5막의 묘지 장면, 그리고 〈겨울 이야기〉에서 보여주는 죽은 어머니의 소생, 〈로미오와 줄리엣〉의 사랑과 죽음 등은 죽음이 거론되는 주요 장면들인데, 특히 로미오와 줄리엣은 부모와 사회와 멀어지고, 연인의 죽음에 직면한 경우가 되었다. 그 죽음은 안토니와 클레오파트라의 죽음과 대비된다. 이들 연인들은 사랑을 위해 세상의 모든 것을 아낌없이 버린 경우였다.

영국의 평론가 데이비드 세실(David Cecil)은 1943년 셰익스피어 강연에서 〈안토니와 클레오파트라〉에 관해 중요한 내용을 언급했다. 안토니와 옥타비우스의 대적 상황이 작품의 주류를 이루고 있는데, 이 주제는 사랑의 주제와 "불가분의 관계"를 맺고 있다는 것이다. 그는 "셰익스피어가 현실 세계의 성공에 대해서 지극히 회의적이고 냉소적이었다"고 말했다. 베델(S.L. Bethell)은 『셰익스피어와 대중적 연극전통』(1944)에서 다음과 같은 의미심장한 말을 전했다.

클레오파트라는 이 작품의 중심이요 하나의 상징이다. 클레오파트라를 통해 셰익스피어는 여성의 신비로움, 감성의 신비, 숨겨진 생명력을 보여주었다. 셰익스피어는 자연발생적 감정과 직관은 현실적 지혜와 상반된다는 사실을 알리면서, 의무보다는 사랑을, 공적인 책임보다는 개인적 애정을 더 중시했다.

2. 셰익스피어의 로마극

그리스 로마 고전주의 문학은 셰익스피어 작품에 상당한 영향을 끼치고 있었다. 셰익스피어는 고대 로마의 정치세계를 다룬 〈타이터스 안드로니커스〉(1592), 〈줄리어스 시저〉(1599), 〈안토니와 클레오파트라〉(1607), 〈코리올레이너스〉(1608), 〈심벨린〉(1609) 등의 작품을 집필했다. 영국 역사극과 로마 역사극의 차이점은 전자의 경우는 검열 때문에 당대의 정치를 직설적으로 다루는 일은 할 수 없었다는 것이고, 로마극의 경우는 고전 시대 다른 나라의 정치이기 때문에 자유롭게 연극 무대에 올릴 수 있었다는 것이다. 셰익스피어는 기지를 발휘했다. 고대 그리스나 로마의 역사 속에 잠자는 소재를 끌어내어 그것을 통해 동시대의 정치적 문제를 거론해보자는 속셈이었다. 정말 그랬는지는 아무도 알 수 없는 일이지만, 그의 로마극이나 역사극을 읽어보면 그런 기미(氣味)를 충분히 느낄 수 있다. 1600년경부터 셰익스피어의 연극은 현실의 밑바닥을 들여다보며 인간의 본질적인 문제를 생각해보는 비극 작품으

셰익스피어의 사랑과 정치 : 〈안토니와 클레오파트라〉 〈코리올레이너스〉

로 변하고 있었다. 그 변화를 가능케 한 원인 중 하나로 당시 관객들의 취향을 들 수 있다. 관객들은 낭만적이며 희극적인 연극에 식상해하고 있었다. 자신의 나라 역사에 대한 관심을 나타내기 시작하면서 관객의 의식은 날로 높아지고 있었다. 급기야 관객들은 당대 정치와 사회적 상황을 반영하는 연극을 갈망하게 되었다. 셰익스피어는 그 요청을 무시할 수 없었을 것이다. 그의 로마극과 사극은 정치와 인간의 문제를 주제로 삼고 있는 정치연극이었다. 그 연극은 당시 관객들에게 큰 반응을 일으키면서 사회 전반에 광범위한 영향을 끼치고 있었을 것이라고 짐작된다.

〈타이터스 안드로니커스〉 이후 세 작품의 경우는 제정 시기 로마가 아니라 공화정 시대의 로마를 배경으로 삼았다. 〈줄리어스 시저〉와 〈안토니와 클레오파트라〉는 로마가 공화정에서 제정 시대로 이행하기 직전의 격동기를 극화하고 있다. 〈코리올레이너스〉는 귀족정치 공화정 시대를 배경으로 귀족과 민중의 이해관계를 통해 정치 사회적인 대립과 갈등을 내용으로 삼고 있다. 셰익스피어는 군중을 등장시켜 코리올레이너스의 입을 통해 이들을 무절제하며, 탐욕스런 폭력적 집단이라고 일갈했다. 셰익스피어의 이같은 정치 비판적인 묘사는 영국이 아니라 고대 로마였기 때문에 가능한 일이었다.

엘리자베스 시대 르네상스 문화에는 구석구석에 로마가 숨어 있다. 나는 이 문제를 탐구하면서 미올라(Robert S. Miola)의 저서 『셰익스피어의 로마』(1983)에서 귀중한 해답을 얻게 되었다. 미올라 교수는 또한 자신의 연구를 위해 참고했던 몇 가지 자료를 공개했다. 그가 인용한 매컬럼(M.W. MacCallum)은 셰익스피어가 주로 플루타르크의 전기물에서 〈줄리어스 시저〉, 〈안토니와 클레오파트라〉, 〈코리올레이너스〉의 성격창조 자료를 얻어왔다고 주장했다. 매컬럼은 『셰익스피어의 로마극과 그 배경』(1910)의 저자였다. 물론 이 문제에 관해서는 윌슨 나이트의 『제왕의 주제』(1931)를 빼놓을 수 없다. 트래버시(Derek Traversi)도 『로마극』(1963)에서 이 부분을 자세하게 다루고 있다. 엘리자베스 시대의 정치이론과 셰익스피어의 로마극을 관련지어 보려는 노력은 필립스 주니어(James Emerson Phillips, Jr.)의 『셰익스피어의 그리스극과 로마극의 상황』(1940)에서 작품별로 상세하게 다뤄지고 있다. 정치적이며 도덕적인 측면에서 셰익스피어의 로마극을 해명하는 연구 업적은 마이클 플라트(Michael Platt)의 저서 『셰익스피어의 로마와 로마인들』(1976)에서 성과를 올리고 있다.

셰익스피어는 초기에 오비디우스, 베르길리우스, 세네카를 주로 참고했고, 중기에는 플루타르코스, 말기에는 홀린셰드(Holinshed), 헬리오도루스(Heliodorus)를 집중적으로 탐색하며 자신의 작품에 활용했다. 로마는 단순히 도시가 아니라 제국이요, 그 자체가 '세계(world)'였다. 셰익스피어는 로마로부터 작품의 줄거리, 주제, 이미지를 얻어와서 자신의 작품 속에 용해시키는 작업 속에서 로마가 이집트가 되고, 이집트가 로마로 통합되는 그런 드라마가 아니라, 로마와 이집트가 서로 대립하는 이율배반의 세계를 창출했다. 〈안토니와 클레오파트라〉 1막 1장 파일로의 개막 대사는 그것을 말하고 있으며, 클레오파트라와 안토니의 성격 창조에 이 모든 것이 두드러지게 표현되고 있다. 클레오파트라는 끊임없이 변한다. 여왕은 시저로 대표되는 로마의 일사불란한 불변성과 대조를 이룬다. 시저의 확고부동한 목적의식과 공적인 책임감은 클레오파트라의 느슨하고 사치스런 사랑과 배치된다. 시저와 안토니는 서로 다르면서도 같은 점이 있다. 그들은 군인으로서 로마의 명예를 함께 짊어지고 있다. 그러나, 안토니는 시저와는 달리 공적인 사명을 버리고 사적인 공간인 클레오파트라의 품에 안긴다. 이집트의 여인은 가볍지만 번식력을 자랑한다. 자연스럽게 행동하는데 책임의식은 없다. 로마 여인은 시저에 반항하다가 죽은 안토니의 아내처럼 용감하고, 독립심이 강하고 개인적 이득에 집착한다. 브루터스의 아내 포샤(Portia)도 그러했다.

안토니와 클레오파트라의 사랑 이야기는 고대 로마 시인 베르길리우스(Virgil)의 서사시 『아이네이드(Aeneid)』에 나오는 디도와 아이네이아스의 이야기에서 소재를 얻어왔다고 전해진다. 트로이의 영웅 아이네이아스는 전쟁에 패배하고 카르타고에 표류했는데 여왕 디도는 그의 사랑을 얻지 못하고 자살했다. 셰익스피어는 『아이네이드』 4장의 이별 장면을 안토니가 로마로 향하는 이별 장면에 활용했으며, 클레오파트라의 죽음을 묘사한 데에서도 디도는 계속해서 반복적으로 사용되었다고 미올라 교수는 지적하고 있다. 『아이네이드』는 엘리자베스 시대 그래머 스쿨에서 교재로 사용되었기 때문에 셰익스피어는 이 작품을 숙지하고 있었다는 것이다.

디도와 아이네이아스는 안토니와 클레오파트라의 자살에도 반영되고 있다. 안토니의 자결은 클레오파트라와의 죽음을 초월한 재결합 과정임을 셰익스피어는 강조하고 있다. 디도가 자살하고 연옥(煉獄)에서 아이네이아스와 재회하는 경우와 비슷하다. 셰익스피어는 디도 이야기를 참고하면서도 주제와 성격 창조에서 놀라운 변용을 시도하면서 작품을 완성했다. 로마에서 군인의 자결은 용기, 결단, 자기주장, 그리고 변신의 행위였다. 안토니의 자살은 로마의 명예와 가치를 위한 순교이면서 동시에 새로운 인생에 대한 희망이었다. 안토니가 자결 직전 갑옷을 벗는 일은 로마제국과 속세를 벗어나려는 의지의 표현이었다. 죽은 줄 알았던 클레오파트라가 살아 있다는 소식을 접하고 그는 밧줄에 매달려 클레오파트라의 내전(內殿)으로 올라간다. 안토니가 정신적으로나 육체적으로 클레오파트라의 사랑의 영역으로 상승하면서 그는 새신부를 맞이하는 새신랑이 되었다.

클레오파트라의 죽음도 안토니처럼 로마와 이집트의 두 요소가 융화되었다. 클레오파트라는 로마의 격식을 모방하면서도 의상이나 의식은 이집트의 관행을 따르고 있었다. 클레오파트라는 디도이며, 비너스요, 안토니는 로마의 신 마르스(Mars)였다. 디도 죽음의 장면은 클레오파트라 죽음의 장면과 겹친다. 두 여인은 사랑의 고뇌와 그 비운으로 자살을 하게 되었다. 디도는 연옥(煉獄)에서의 정죄(淨罪) 과정을 겪고, 클레오파트라는 희생의 의례(儀禮)를 치렀다. 디도는 이니에스의 '검(劍)', 의상, 침상이 있는 폐쇄된 공간에서 일을 치른다.

클레오파트라는 묘역인 내전에 자리를 잡는다. 그곳은 혼례의 기념전이요 신에게 바치는 자기희생의 성전이다. 디도와 클레오파트라는 죽기 전에 그들 연인과의 첫 장면을 회상한다. 이들은 똑같이 사랑의 키스와 봉사의 은혜를 입었다. 디도는 비통한 마음으로 자결하고, 클레오파트라는 기쁜 마음으로 세상을 떠났다. 클레오파트라는 사랑과 아름다움의 '이브(Eve)'였다. 셰익스피어가 로마보다는 알렉산드리아에 집중한 것은 로마제국의 정치는 드라마의 배경이요 극의 중심은 안토니와 클레오파트라의 사랑에 있었기 때문이다.

〈안토니와 클레오파트라〉와 〈코리올레이너스〉는 차이점이 있지만 두 작품은 권력투쟁을 중요 내용으로 삼고 있는 유사점이 있다. 도버 윌슨은 "코리올레이너스와 안토니는 영웅으로 부각된 군인들이다. 두 사람은 격정에 사로잡혀 비운의 길을 걸었다"고 말했다. 안토니와 코리올레이너스는 로마로부터 버림받고 비극적인 종말을 맞게 되었지만, 한 가지 특이한 점은 이들에게 있어서 로마는 명예의 전당이지만 동시에 그곳은 정치적 투쟁이 감행된 잔혹한 싸움터였다는 사실이다. 안토니는 사랑에 빠졌지만, 코리올레이너스는 정치싸움에 함몰되었다. 이 문제와 관련해서 로버트 미올라는 대단히 흥미로운 점을 지적하고 있다.

로마 정치의 가족적인 계보, 정치 행사와 의식에 대한 관심은 셰익스피어의 로마극에서 새로운 것은 아니다. 〈루크리스〉는 로마공화국 수립에서 정점에 도달했고, 〈타이터스 안드로니커스〉는 새로운 통치에 매진했으며, 〈줄리어스 시저〉는 새 삼두정치의 실현이었으며, 〈안토니와 클레오파트라〉는 로마제국의 통일이었다. 그러나 〈코리올레이너스〉는 아무런 정치 변화도 이룩하지 못했다. 삼두정치는 완성되고, 반란과 침략, 로마 내부의 갈등과 외부로부터의 위협이 있었다. 셰익스피어는 다시 한번 베르길리우스의 이미지와 아이디어를 얻어왔다. 이번에는 호메로스까지 들먹였다.

마르키우스의 코리올리 함락은 『일리아드(Iliad)』(XII)에서의 헥토르(Hector)의 전투와 『아이네이드』(IX)에서의 트로이 침공을 연상시킨다. 특히, 존 벨츠(John W. Velz)는 셰익스피어의 코리올레이너스는 베르길리우스의 전사 투르누스(Turnus)를 닮았다고 말했다. 셰익스피어는 코리올레이너스를 그려내기 위해 플루타르코스의 전기로부터 호메로스의 아킬레스를 들고 나왔다고 지적하면서 브라워(Reuben A. Brower)는 말했다. "코리올레이너스는 뜨거운 자만심과 '성마름', 그리고 서로 밀접하게 얽혀 있는 "분노와 슬픔"의 감정이 마냥 이동하는 데 있어서 플루타르크가 지적한 대로 그는 아킬레스를 닮은 듯하다." 이렇게 되면, 아킬레스의 아들 피루스(Pyrrhus)와 그의 적 헥토르와 투르누스가 등장하게 되고, 투르누스는 코리올레이너스처럼 비극적인 죽음에 직면했다.

제4장

〈안토니와 클레오파트라〉 공연론

1. 피터 홀의 무대 창조 과정

─ 배역과 스태프들

피터 홀(Peter Hall)은 1987년 4월 9일 영국 국립극장 올리비에 극장에서 〈안토니와 클레오파트라〉 초연의 막을 올렸다. 공연에 참여했던 배우와 스태프는 다음과 같다.

로마의 권력자들

마크 안토니　　　　　　　앤서니 홉킨스 Anthony Hopkins

옥타비우스 시저　　　　　팀 피곳-스미스 Tim Pigott-Smith

레피더스　　　　　　　　존 블러덜 John Bluthal

안토니 친구와 추종자들

도미시어스 이노바버스　　마이클 브라이언트 Michael Bryant

파일로　　　　　　　　　마이크 헤이워드 Mike Hayward

이어로스　　　　　　　　제러미 플린 Jeremy Flynn

벤테 디어스	브라이언 스핑크 Brian Spink
스케어러스	앤드루 워즈워스 Andrew C. Wadsworth
카니더스	대니얼 손다이크 Daniel Thorndike
사일러스	데스먼드 애덤스 Desmond Adams
디크레터스	마이클 카터

시저 친구와 추종자들

옥타비아, 시저의 누이	샐리 덱스터 Sally Dexter
아그리파	바실 헨슨 Basil Henson
드미트리어스	브라이언 스핑크 Brian Spink
미시너스	그레이엄 싱클레어 Graham Sinclair
시디어스	데스먼드 애덤스 Desmond Adams
도라벨라	앤드루 워즈워스 Andrew C. Wadsworth
프로큘리어스	브라이언 스핑크 Brian Spink
갈러스	데스먼드 애덤스 Desmond Adams
옥타비아 시녀	프랜시스 퀸 Francis Quinn
섹스터스 폼페이	데이비드 쇼필드 David Schofield

폼페이 측근들

미니크라티스	피터 고든 Peter Gordon
미나스	마이클 카터 Michael Carter
바리어스	마이클 보틀 Michael Bottle
소년	피터 코리 Peter Corey, 폴 빈하스 Paul Vinhas

클레오파트라	주디 덴치 Judi Dench

클레오파트라 궁전

차미안	미란다 포스터 Mirande Foster
아이아라스	헬렌 피츠제럴드 Helen Fitzerald
알렉사스	로버트 아널드 Robert Arnold
어릿광대	존 블러덜 John Bluthal
마디안	옴즈비 녹스 Iain Ormsby-Knox
다오미디즈	로버트 아널드 Robert Arnold
시류커스	대니얼 손다이크 Daniel Thorndike
학교 선생	피터 고든 Peter Gordon
주술사	대니얼 손다이크 Daniel Thorndike
이집트인	마이클 보틀 Michael Bottle
사신과 군인들	이안 볼트 Ian Bolt, 패트릭 브레넌 Patrick Brennan, 허스 레벤트 Hus Levent, 사이먼 니즈 Simon Needs, 사이먼 스콧 Simon Scott
음악가들	마이클 브레인 Michael Brain(bombard, flute, pipes), 마이클 그레고리 Michael Gregory(drums), 하워드 호크스 Howard Hawkes(trumpet), 콜린 레이 Colin Rae(trumpet), 로데리크 스키핑 Roderick Skeaping, 니

콜라스 헤일리 Nicholas Hayley(violin, rebec),
데이비드 토쉬 David Tosh(drums), 조지 웨이
간드 George Weigand(lute, oud, archcittern)

연출가	피터 홀 Peter Hall
디자이너	앨리슨 치터 Alison Chitty
조명	스티븐 웬트워스 Stephen Wentworth
음악	도미니크 멀도니 Dominic Muldowney
음향디자인	폴 아디티 Paul Arditti
액션감독	맬컴 랜슨 Malclm Ranson
음성지도	줄리아 윌슨-딕슨 Julia Wilson-Dixon
스태프담당	알란 코언 Alan Cohen
제작매니저	마이클 카스-존스 Michael Cass-Jones
무대감독	어네스트 홀 Ernest Hall
무대감독대리	안젤라 비셋 Angela Bisset
무대감독조수	폴 그리브스 Paul Greaves
	엠마 로이드 Emma B. Lloyd
디자인조수	데이비드 니트 David Neat
조명디자인조수	폴 매클리시 Paul McLeish
제작감독조수	조지 엘러링턴 George Ellerington
의상감독	스티븐 베어드 Stephanie Baird
	안나 왓킨스 Anna Watkins
공연사진담당	존 헤인즈 John Haynes

2. 리허설 일정과 창조 과정

〈안토니와 클레오파트라〉는 피터 홀이 사임하기 1년 전 1987년에 국립극장 무대에 올린 그의 마지막 작품이다. 이 공연은 터자 로웬(Tirzah Lowen)이『피터 홀의 〈안토니와 클레오파트라〉 연출』(1990)이라는 책으로 출판해서 창조 과정의 전모(全貌)를 세상에 알렸다. 이 역사적인 공연은 안타깝게도 영상기록으로는 남지 않았다. 그나마 이 저서로 인해 공연의 형성 과정을 유추할 수 있어서 다행한 일이다.

로웬이 이 책을 쓰게 된 동기는 1984년 그가 읽은『피터 홀의 일기』(1983) 때문이었다고 말했다. 로웬은 13주간 계속된 연습을 면밀하게 관찰하고 기록했다. 첫주 연습은 1987년 1월 12일 월요일이었다. 10시 30분 연습이 시작되었다. 무대의 톤과 색은 16세기 르네상스의 고전풍으로 정했다. 무대 디자인은 앨리슨 치티가 맡았다. 피터 홀은 두 주인공으로 앤서니 홉킨스와 주디 덴치를 초빙했다. 두 명배우의 몸매는 서로 안성맞춤이었다. 회색 수염을 단 안토니와 금빛 머리칼을 한 클레오파트라는 둘 다 안경을 쓰고 탐스럽게 대사를 읽어나갔다.

연출가는 작품을 분석하면서 말했다. "작품은 복잡하고, 내용은 풍성하고 언어는 엄청나다. 이 모든 것을 안고 우리는 창조적인 여로에 나서고 있다." 홀은 연출 의도를 말하면서 이 시기에 여러 배우를 초빙해서 이 작품을 하는 이유를 설명했다. "이 작품은 셰익스피어 말기에 완성된 최고로 위대한 작품이다. 1606~1607년 사이 집필되었다. 〈리어왕〉과 〈멕베스〉 이후이고, 로맨스극 이전이다. 셰익스피어가 역사물을 집필한 목적은 윤리를 중시한 때문이다. 셰익스피어는 역사를 도덕의 사례로 보았다."

〈안토니와 클레오파트라〉는 광범위한 영역을 차지하는 활극 중심 연극이다. 홀은 계속해서 말했다. "이 작품의 테두리는 정치극이다. 권력을 잡기 위한 전투가 벌어진다. 로마와 알렉산드리아가 충돌한다. 두 권력자의 사랑이 극의 중심을 이룬다. 셰익스피어는 인생의 균형을 깨는 사랑을 인간의 광증으로 보았다. 이 작품은 중년 남녀가 벌이는 사랑의 비극이다. 그들의 사랑이 그들을 노예로 만들며 모든 이성적인 행동을 망가뜨린다. 세상은 정상인데, 그들은 미쳤다."

피터 홀은 셰익스피어가 지니고 있는 질서 중심의 세계관을 숭배했다. 일이 지나치면 안 된다는 것이 그의 지론이었다. 균형과 조화는 사회의 질서를 유지하는 근본이라고 그는 강조했다. 자기도취에 빠진 허약한 영도자는 자만심에 빠져서 허약한 사회를 만드는 원인이 된다고 보았다. 안토니와 클레오파트라의 정신적 불균형은 자신들을 망치고 나라를 패망시켰다고 그는 판단했다. 안토니와 클레오파트라는 그들이 저지른 일로 무거운 대가를 치렀다. 안토니는 로마의 패망(기원전 40~30)

을 자초했는데, 엘리자베스 시대도 같은 길을 갔다고 피터 홀은 생각했다. 로마와 이집트의 영광과 수난을 통해서 엘리자베스 시대가 직면한 문제를 바로 보자는 것이 피터 홀이 이 작품을 하는 이유였다. 문제는 현대의 영국이 엘리자베스 시대의 재판이 아니냐는 것이다. 그가 왜 '이 시기'에 이 작품을 들먹거리고 있느냐는 의문에 대한 답변이 될 것이다.

1월 14일, '블로킹(동작선)'을 시작했다. 여러 분야의 감독들이 합류해서 연습에 참가했다. 1월 20일, 2주째 화요일, 올리비에 극장과 같은 사이즈의 연습장으로 배우들이 자리를 옮겼다. 앤서니 홉킨스는 대사 한 마디, 대사 한 줄마다 신경을 쓰면서 연습에 집중하고 있다. 때때로 이른 아침, 그는 피아노 앞에서 스크리아빈의 곡을 연주하며 명상에 잠겼다. 시적 대사가 지닌 '수학'의 개념과 그 뒤에 잠겨 있는 감정과 사상을 조율하는 일은 다루기 힘든 연기술이다. 연출가 홀은 그 일을 재즈와 비교한다. "장단만 지키면 뭣이든 할 수 있다"고 홀은 리허설에서 특히 강조하고 있다. 그는 대사의 시적 억양이 중요하다면서 말했다. "모든 작중인물들·군인, 시종들, 사신들까지도 모두가 시적 감수성으로 넘쳐 있다. 그들은 풍성한 대사언어를 구사하고 있다. 우리는 아마도 이런 언어가 유통되는 마지막 50년을 살고 있는지도 모른다." 이 문제를 해결하기 위해 대사 발성 지도를 맡은 줄리아 윌슨-딕슨이 리허설에 참가해서 맹활약을 하고 있다.

홀은 배우들에게 자료 연구를 위해 플루타르크 영웅전과 그랜빌바커의 「안토니와 클레오파트라의 서론」을 읽도록 권했다. 그랜빌바커의 책은 연출가 홀의 도약대였다. 연출가와 디자이너는 엘리자베스 시대의 르네상스의 눈으로 무대를 재구성했다. 무대 미니어처는 아직도 완성되지 않았지만 넓고 큰 무대가 될 것이라고 말했다. 해전 장면을 어떻게 표현할 것인가로 고민하면서 연출가는 음악을 이용하는 문제를 음악감독과 상의 중이다. 이 문제에 관한 의견과 자문에 대해서 홀은 열심히 귀를 기울이고 있다.

연습장에서 배우들은 원을 이루고 독회를 진행했다. 홀이 독해 중에 수시로 코멘트를 했다. 피터 홀은 초반 장면에서 클레오파트라가 안토니를 회유하는 언사에 주의를 환기시키며, 2장 이후 이집트 궁정의 경쾌한 여성적 분위기에 대해서도 관심을 갖도록 배우들에게 당부했다. 시에서 산문으로, 산문에서 시로 변하는 대사언어에도 각별한 주의를 기울이도록 부탁했다. 클레오파트라가 로마로 돌아간 안토니를 기다리는 장면에 이르기까지 모든 장면은 빠른 속도로 진행하지만, 삼두정치 권력자들이 만나는 장면에서 연극은 다시 느린 속도를 회복한다고 홀은 말했다.

3막 11장. 악티움 해전 이후, 참패한 안토니는 절망적이다. 클레오파트라는 그에게 다가가서 용서를 빌고 있다. 이노바버스도 자포자기 상태이다. 첫 독해는 하루 하고도 반의 시간이 걸렸다. 독해 중간에 계속 토론이 벌어졌다.

1월 21일, 2주째가 되었다. 시저에게 결투를 하자고 제안했다가 거절당한 안토니는 황소처럼 무엇에나 뿔을 들이받을 기세다. 피터 홀이 그런 연기를 재촉했다. 홀은 밤마다 가방 가득히 서류를 들고 집에서 일을 하고 아침에는 제일 먼저 사무실로 왔다. 그는 연습 이외에도 다른 공연의 리허설이나 프리뷰, 그리고 첫날 공연을 보고 배우들과 스태프들에게 수많은 지시를 내려야 한다. 그런데, 그를 보좌했던 사람들은 피터 홀이 단 한 번도 언성을 높이는 일이 없다고 했다. 그는 지금 다른 어떤 일보다 〈안토니와 클레오파트라〉에 전력을 집중하고 있다.

1주에서 3주까지 블로킹 연습이 예정되어 있다. 첫주, 중간부터 블로킹이 시작되었다. 연습실 3호실 벽에는 기원전 800년 시대의 지중해 지도와 시저와 프톨레마이스 왕가의 가계도가 걸려 있다. 장면별 배우 배치표도 게시되어 있다. 리허설 전에 프로덕션 회의를 한다. 연출가와 장치, 의상, 조명, 음향, 무대감독, 재무담당 등이 한 자리에 모여 무대 관련 사항을 협의한다. 연습 첫날에 의상 디자인, 장치 모델, 무대 설계안 등을 배우들에게 보여주었다. 대본을 읽으면서 배우는 무대 상황을 염두에 두고 동작을 구상해야 하기 때문에 이 일은 필수적이다. 디자이너와 연출가는 6, 7개의 〈안토니와 클레오파트라〉 가상무대를 놓고 토의를 하면서 최선의 방안을 모색한다. 그랜빌바커의 평론을 참고하면서 리허설 전에 최종적인 무대 디자인을 확정지었다. 무대디자이너 앨리슨 치티는 확정된 무대 개념을 받아들고 블로킹이 시작되기 전 무대 미니어처를 만들어 배우들에게 보여줘야 한다. 연출가는 말했다. "우리는 고전적이면서 이집트적인 뜨겁고 감각적인 무대를 만들고 싶습니다. 로마의 색은 싸늘합니다. 이집트의 색은 뜨겁고 섹시하고 태양으로 가득 차 있습니다. 이집트에 있다는 존재감, 로마에 있다는 존재감을 느끼도록 해주는 무대가 필요합니다. 의상, 대소도구, 조명이 그 일을 도와줄 것입니다." 디자이너 치티가 계속해서 열정적으로 배우들에게 무대 설명을 했다. 치티는 폼페이 갤리선 장면에서 다빈치의 〈최후의 만찬〉 그림을 이용했다. 무대의상은 르네상스 스타일로 간다고 밝혔다. 그녀는 루벤스의 그림, 이집트의 역사서적, 로마시대의 초상화를 참고하면서 자신의 직관력에 의존하며 작업을 하고 있었다. 피터 홀은 강조했다. "무대는 엘리자베스 시대의 공간입니다."

1막 1장 연습 때 연출가는 말했다. "안토니와 클레오파트라를 연결하는 것은 넘치는 욕정입니다. 클레오파트라는 단 5분간도 가만히 있지 않아요. 변화무쌍하고, 열정적이어서 상대하기가 어렵지요. 안토니와 여왕은 사이가 좋았다가도 끊임없이 틀어집니다."

1막 3장, 안토니가 클레오파트라에게 로마로 돌아간다고 말하는 장면에 대해 토론이 벌어졌다. 안토니와 클레오파트라는 함께 있을 때와 떨어져 있을 때 행동이 다르다. 궁정에서 행사를 할 때는 의젓하고 예절을 지키는데, 여왕은 혼자 있으면 잔인하고, 저속하고, 심술궂고, 감정적인 동물이 된다. 이런 연기를 어떻게 할 것인가라고 덴치는 고민스러워하고 있다. 안토니는 클레오파트라가 옆에 없으면 위대한 장군 정치가의 모습을 뽐내지만, 클레오파트라 앞에서는 술에 취해 혼미 상태에 빠져 구토까지 하는 추태를 보인다.

1막 4장, 옥타비우스 시저와 레피더스가 안토니를 기다리고 있다. 폼페이가 로마를 위협하고 있는데, 안토니가 이집트에서 오지 않기 때문에 시저는 분통을 터뜨리고 있다. 연출가는 시저의 신랄하고도 과격한 언동에 대해서 문제를 제기하고 있다.

1막 5장, 첫 장면의 블로킹이 계속되었다. 클레오파트라는 안토니의 소식을 기다리고 있다.

2막 1장. 폼페이는 환성을 지르는 군중 앞에 독재군주처럼 나타나서 "나는 시저보다, 안토니보다 더 힘센 승리자가 될 것이다"라고 호언장담한다. 앨리슨 치티는 이들 장군의 군복을 강성적인 성격을 강조하기 위해 가죽제품으로 만들겠다고 말했다. 데이비드 쇼필드는 폼페이 역에 알맞는 연기를 잘 해내고 있다. 스크린이 도입되어 무대 장면이 위기감을 고조시키는 데 도움을 주고 있다.

2막 2장. 시저와 안토니와 레피더스의 첫 만남이다. "삼두정치 회담은 정상회담 같아야 한다고 연출가는 말했다. "이들은 만나서 서로 웃고 있지만 속으로는 불안감에 떨고 있다"고 연출가는 말했다. 그런 상황이기에 각자는 내면 연기를 보여줘야 한다고 주문했다. 사태가 불안한 것을 알고 안토니는 시저의 누이 옥타비아와의 결혼을 수락한다. 시저는 누이를 정치의 미끼로 이용하고 있다. 정상들이 회담을 마치고 물러난 자리에 이들의 심복들—이노바버스, 아그리파, 미시너스가 회동한다. 이 자리서 이노바버스 역을 맡은 마이클 브라이언트는 아름다운 클레오파트라 선상(船上)의 모습을 장황하게 전달하고 있다. 안토니는 자석에 끌리듯 클레오파트라 몸에 빠져들고 있는데, 클레오파트라는 느긋한 자세로 서둘지 않고 있었다고 그는 말했다.

2막 3장. 안토니는 옥타비아와 시저 앞에서는 정중하게 사랑을 맹세하지만, 이들이 떠난 후에 안토니는 이집트로 돌아갈 결심을 했다. 그는 점술사를 만난다. 점을 보면 시저가 이긴다. 안토니는 시저를 배신하고, 옥타비아 곁을 떠나기로 결심한다. "이집트로 돌아가자. 화해하려고 결혼을 했지만, 나의 기쁨은 동방에 있다." 안토니는 이렇게 실토하고 있다.

2막 4장. 로마의 길에서 레피더스, 시저 측근인 미시너스, 아그리파가 만난다. 전쟁의 긴장감이 감돌고 있다. 여러 장면이 빠른 속도로 바뀌고 있다.

2막 5장. 무대 장면이 알렉산드리아의 클레오파트라 궁전으로 바뀐다. 클레오파트라는 "음악을 연주하라. 음악은 연인들의 구슬픈 양식이다"라고 말한다. 음악은 로마에서 이집트로 장면이 전환될 때 변화의 효과를 손쉽게 발휘하는 방법이다. 사신이 클레오파트라에게 안토니의 결혼 소식을 알린다. 그 소식을 접하고 클레오파트라는 격노하며 사신을 구타하고 깊은 시름에 빠지는 연기를 계속해 보이는데, 주디 덴치가 명연기를 발휘하는 명장면이다. 관객들은 그 연기에 매몰되어 환성을 지르게 될 것이다.

2막 6장. 트럼펫의 취주악이 울려퍼지는 가운데 시저와 안토니 군대가 폼페이와의 결전을 위해 대진(對陣)하고 있다. 무대에 네 명의 장군들이 빙빙 돌고 있다. 이들은 정치적인 암투가 진행되고 있음을 알리고 있다. 피터 홀은 깃발과 트럼펫 나팔 소리를 효과적으로 이용하면서 임박한 전쟁을 알리고 있다.

2막 7장. 연출가는 폼페이 선상 파티를 통해 화해 무드를 전하고 있다. 치티의 이른바 〈최후의 만찬〉 장면이 이때 무대 그림 형성에 참고가 되고 그 효과를 발휘하고 있다. 마지막 만찬에서 사용된 듯한 긴 테이블이 밧줄로 천정에 매달려 있다가 내려와서 자리를 잡는다. 연출가는 식탁 위에 음식물을 잔뜩 놓아두라고 말한다. 얄타 회담에서 스탈린은 실컷 먹었다. 그로테스크한 춤과 소년의 노래가 파티에서 흥을 자아낸다. "마시자, 세계가 빙빙 돌아갈 때까지 마시자!" 주연(酒宴)은 계속되었다.

3막 1장. 시리아의 평원이다. 안토니가 파견한 벤티디어스 장군이 대승을 거두었다. 패망한 적군의 왕자 시체가 들것에 실려오고, 앨런 코언의 음악이 함성에 섞여 들려온다. 피터 홀은 무대에 많은 인원을 동원했다. 전쟁 승리가 실감나도록 깃발과 시체들과 부상병들이 무대를 가득 채워야 한다고 지시했다. 피터 홀은 장면 연출에서 항상 자신에게 묻는다. 지금 이 장면은 왜 필요한가? 그 장면은 인물들을 어떻게 부각시키고 있는가? 플롯은 제대로 전개되고 있는가? 장면과 장면 사이 연결은 논리 정연한가? 피터 홀은 이 모든 물음에 스스로 해답을 얻지 않으면 한 치 앞도 나갈 수 없다고 말했다.

3막 3장. 다시 클레오파트라 궁전이다. 덴치는 사신에게 옥타비아에 관해서 계속 묻고 있다. 클레오파트라는 옥타비아를 자신과 비교하면서 상대방이 열세인 것을 알고 스스로 만족하고 있다. 이 장면에서도 덴치의 연기는 눈에 띈다.

3막 4장. 아테네의 안토니 저택이다. 안토니가 옥타비아를 만나고 있다. 두 사람은 이미 사이가 멀어져서 안토니는 옥타비아를 직시(直視)하지 못한다. 안토니는 옥타비아 가까이에 접근하지 못한다. 안토니는 동선(動線)으로 거리감을 조성하고 있다. 옥타비아는 시저와 안토니 사이를 중재하려고 하는데 그 일이 안토니에게 받아들여지지 않고 있다. 그 장면 연습을 되풀이하고 있다.

3막 5장. 삼두정치가 무너졌다. 시저가 레피더스를 체포했다. 이제 안토니와 시저의 대결구도만이 남았다. 배우 제러미 폴린이 안토니 심복 이어로스 역과 안토니 결혼을 알리는 사신 역할 두 가지를 논리정연하고 자연스럽게 해내고 있다. 그러나 연출가는 그에게 충고한다. "셰익스피어는 삼두정치의 결렬을 지나치게 극화해서 부풀리지 않는다. 그 대신 이어로스 대사를 통해 근황을 전하고 있다. 그러기 때문에 이 부분을 너무 직설적으로 과격하게 연기하지 않도록 하세요. 그 대사는 시와 산문이 섞여 있어서 모음과 자음이 가득 담겨 있지요. 구두점을 두지 말고 숨을 고르고 다시 도약하는 기세로 대사를 순하게 누르면서 발성하세요."

3막 6장. 로마. 시저의 저택이다. 안토니가 알렉산드리아의 제왕처럼 행세한다고 시저는 울분을 터뜨리고 있다. 옥타비아가 아테네에서 로마로 돌아와서 시저를 만나고 있다. 시저는 누님의 쓸쓸한 귀국을 개탄하고 있다. 안토니는 이집트로 돌아갔다는 소식을 시저는 듣게 되었다. 시저는 옥타비아가 안토니로부터 모욕을 당했다고 격분한다. 클레오파트라가 안토니를 끌어들였다고 시저는 말했다. 피터 홀은 시저 역을 맡은 팀 피곳-스미스의 연기를 보고 탄성을 질렀다. "이 대사는 과장되고 격한 언사이기에 항상 나를 걱정스럽게 만들었다"고 말하면서 피터 홀은 계속했다. "그의 분노는 옥타비아에 대한 걱정과 연민, 그리고 그로 인한 시저의 고민 때문이어서 그런 복잡한 심정을 대사로 전달하는 일은 어려운 일인데 피곳-스미스는 적절한 톤으로 감정을 억누르며 대사를 잘 처리하고 있다."

3막 7장. 안토니의 진영이다. 클레오파트라는 여자가 시저와 전쟁을 일으키는 것은 옳지 못하다고 말한 이노바버스에 대해서 장광설로 반박하며 안토니의 참전을 옹호한다. 이 대목에서 피터 홀은 클레오파트라의 공격성과 옥타비아의 순종하며 자제하는 성격적 차이를 비교했다. 연출가와 배우들은 대사의 의미와 동기에 대해서 토론하면서 연기를 하고 있다. 무대 좌측은 열려 있고, 주인공들은 중앙 무대에 자리 잡고 있다. 조연들은 이들을 둘러싸고 있다.

3막 8장은 악티움 근처의 평원이다. 시저가 군대를 이끌고 등장한다. 9장은 이 평원의 다른 지역이다. 안토니와 이노바버스가 등장한다. 피터 홀과 스태프 담당 앨런 코언은 군인들 지원 문제에 관해서 토론하고 있다. 이들은 될수록 많은 인원이 필요하다는 결론을 얻었다.

3막 10장. 이노바버스가 악티움 해전의 진행 상황을 보고하고 있다.

3막 11장. 알렉산드리아 클레오파트라 궁전 장면이다. 악티움 해전에 패배한 안토니가 패배의 굴욕감을 표출하고 있다. 블로킹 연습은 계속된다. 배우들의 움직임과 집단 동작을 계속 점검하고 있다. 행동과 정지, 대소도구의 사용방법 등의 문제도 검토하고 있다. 단 한 가지 디테일도 어긋나거나 모순을 일으키면 안 된다고 연출가는 강조하고 있다. 모든 것이 조화롭게 결합되어 극을 끌고 나가야 한다고 연출은 역설한다.

앨리슨 치티의 무대 디자인은 리허설 과정을 따라 계속 진행 중이다. 디자이너는 배우들과 호흡을 맞추어야 하기 때문에 배우들의 만족감을 얻는 일이 중요하다. 클레오파트라가 피신하는 기념관을 설정하기 위해 깔판과 층계를 들여왔다. 그곳 발코니로 안토니를 끌어올려야 한다. 클레오파트라를 은신처 높이에서 아래 무대로 오도록 해서 최후 장면을 실행하는 방법에 관해서도 열띤 토론이 벌어졌다. 그 일련의 행동에 여왕의 위엄이 보존되어야 하는데, 기념관의 높이는 15피트이다. 이 모든 공간의 활용과 움직임이 이번 공연에서 가장 어려운 난관이 되었다. 어느새 리허설은 시저의 조사(弔詞) 연설 장면까지 왔다.

2주간이 끝났다. 10일이 경과했다. 1월 23일. 리허설이 진행되는 동안 무대기술 팀과 제작감독 마이클 카스-존스, 그리고 디자이너 앨리슨 치티는 바쁘게 움직이고 있다. 물자 구입과 무대 설치를 위한 시간이 빠듯한데 초연 11주를 남겨두고도 유동적인 무대장치에 관한 결론이 나지 않고 있다. 르네상스 스타일로 무대를 꾸미려면 예산도 증액되어야 한다. 리허설 룸에서는 블로킹이 끝나고 첫 '런스루(run-through)'를 예정하고 있다. 피터 홀은 이야기 줄거리가 순탄하게 흘러가면서 장면과 장면이 잘 연결되고 있는지 유의해야 한다고 배우들에게 간곡히 부탁했다. 배우들 목소리는 잘 나오고 듣기 좋았다. 몸놀림도 유연하고 자연스러웠다. 에너지는 분출되었다. 안토니와 시저의 첫 대면은 적절했다. 무대감독은 능숙하게 일을 처리하고 있었다. 앨리슨 치티는 여전히 노트와 스케치에 바빴다. 피터 홀은 대본을 주시하며 꼼짝 않고 전체 움직임을 꼼꼼히 살피고 있었다. 그는 첫 런스루에 만족한다고 말했다. '런스루'는 3시간 55분 걸렸다. 일은 착실하게 진행되고 있었다. 전문가의 직업의식이 무섭게 발휘된 시연회였다.

1월 26일, 3주가 되었다. 피터 홀은 연습 첫주에 배우들에게 "대사의 의미를 확인하고 '약강오운각'의 리듬을 지켜달라"고 했다. 그리고 나서, 그는 엘리자베스 시대의 공중극장을 설명했다. 반야외무대에서 대

낮에 1, 2천 명의 관객들 앞에서 공연하는데 '약강오운각'으로 읊어대는 대사는 관객들에게 먹혀든다. 그의 시를 읽을 줄 알아야 셰익스피어 배우가 될 수 있다는 얘기였다. RSC에서 다년간 피터 홀과 무대를 함께 했던 주디 덴치는 셰익스피어 대사를 신들린 듯 읊어댔다. 앤서니 홉킨스도 시와 산문이 뒤섞인 셰익스피어 대사에 능숙했다. 그는 당시 리어왕 역으로도 명성을 떨치고 있었다.

주디 덴치는 1962년 피터 홀이 연출한 〈한여름 밤의 꿈〉 무대에 처음 등장했다. 덴치는 영국 아카데미상을 9차례나 수상했다. 1934년 12월 9일 노스 요크셔의 요크에서 태어나서 배우로 출세한 덴치는 여성 특유의 매력을 지니고 있다. 따뜻한 마음씨와 개방적인 태도, 예리한 눈빛, 울려 퍼지는 독특한 목소리는 관객을 사로잡았다. 덴치는 52세 나이에 38세의 클레오파트라에 도전했다. 나이 때문에 걱정스러웠지만 동작은 민첩하고, 가볍고, 젊음으로 약동했다.

3주. 1월 30일. 피터 홀의 대사언어 특강이 끝나고, 배우들이 대사처리에 자신이 생기자 육체적 접촉과 움직임에 관한 연습을 시작했다. 홉킨스도 그를 압박하던 리어 왕 연기에서 벗어나기 시작했다. 그는 보다 젊고 용감한 군인의 자세를 지니게 되었다. 주말에 사진작가 존 헤인즈가 사진을 찍으러 왔다. 이날은 안토니, 시저, 레피더스가 폼페이를 만나는 장면을 연습했다. 폼페이의 갤리선 주연 장면은 실감이 났다.

리허설 4주째가 되었다. 배우들은 일주일 동안 각자 집에서 대사를 완전히 암기하도록 휴가를 줬다. 그 기간 동안, 무대장치와 의상, 대소도구, 프로그램, 포스터 작업을 진행했다.

5주. 2월 9일. 피터 홀은 연출의 속도를 늦추면서 배우들 연기와 대사 처리에 주력했다. 배우들은 안토니가 자살을 결심하는 장면을 최면술에 걸린 듯이 넋을 잃고 보고 있었다.

6주. 2월 16일. 홉킨스는 모든 장면에서 실험도 하고 위험도 무릅쓰면서 최대한도의 가능성을 모색하며 연기에 몰두하고 있었다. 새로운 요소가 계속 추가되었다. 연출가와 배우들은 최대한도의 명증성(明證性)과 극적인 가치를 확보하기 위해 계속 실험을 했다.

7주. 2월 26일. 전반부의 런스루를 진행했다. 여러 장면이 서로 이가 물리고, 잘 연결된다. 무대는 뜨겁다. 배우들은 걷고, 뛰고, 달리며 부산히 움직인다. 클레오파트라가 옥타비아와 결혼했다는 소식을 접하고 덴치는 아우성치면서 어린애처럼 눈물을 쏟아내는데, 눈물이 실제로 두 뺨에서 흘러내렸다. 그 연기에 모두들 얼어붙었다. 그날 늦게 유명 연출가 피터 브룩이 격려차 피터 홀을 보러 왔다. 그들은 속삭이며 따뜻한 대화를 나누고 즐거워했다.
2월 27일. 클레오파트라의 자결 장면에 사용하는 뱀으로 연습했다.

8주. 3월 6일. 늦은 오후, 네 사람의 배우, 연출가, 두 무대감독이 한자리에 모였다. 피터 홀은 폼페이 역을 맡은 데이비드 쇼필드에게 연기 아이디어를 전달했다. 저녁 6시가 되었다. 아무도 자리를 뜨지 않는다. 배우들은 연출가를 둘러싸고 있다. 그들은 연출가에게 질문하고, 아이디어를 요청한다. 피터 홀은 물에 빠진 배우들에게 그물을 던져주는 아버지 같다. 배우들은 그물 안에서 자유롭고 안전하다.

9주. 3월 11일. 무대감독 중심으로 올리비에 극장에서 하루를 보냈다. 깃발과 드럼의 행차를 시연했다. 배경음악으로 북소리를 넣어보고, 음악을 틀어보고, 해전의 전투 장면 소리를 감정(鑑定)했다. 엠마 로이드는 대소도구를 챙겼다. 방패와 도끼창과 칼 등을 여러 출구에 갖다 놓았다. 의상도 점검했다. 무대이동을 실연했다. 무대감독 어니스트 홀이 이 모든 일을 감독하고 있다. 홉킨스는 취중 장면 연기를 연습하고 있다. 배우들은 수많은 등퇴장 연습을 계속해서 하고 있다.

10주. 첫날 월요일, 3월 16일. 피터 홀은 뉴욕에서 주말을 보내고 화요일 아침 늦게 연습장에 도착했다. 예정대로 주디 덴치는 웨스트엔드 공연을 끝냈다. 피터가 연습을 시작하면서 단원들의 열기가 솟고, 배우들 전원이 한 마음이 되고 있다. 연출가는 로마의 '사무적인' 접근, '금욕적'인 태도, '효율적'인 감각이 살아나서 감성을 앞세우는 안토니의 이집트와 대조적인 느낌이 살아나기를 원했다. 안토니는 고함을 줄이고, 음조를 완화하고 있지만 그의 노여움은 폭발적이며 위협적이다.

전 작품의 '런스루'를 진행했다. 배우들은 기운찬 출발을 했다. 앤서니 홉킨스는 자유롭게 연기를 하고 있다. 안토니와 클레오파트라가 바닥에 뒹굴고 엉키는 장면을 보고 배우들과 피터는 웃음을 터뜨렸다. 마이클 브라이언트의 이노바버스는 놀라운 연기를 보여주고 있다. 그는 완전한 군인이 되었다. 런스루하는 동안 3막 3장 끝머리에서 여왕이 안토니에게 편지를 쓰겠다고 했을 때 궁전은 순식간에 불안감이 감돌았다. 그런 분위기를 만들어내는 일이 중요했다. 왜냐하면 연출가가 말했 듯이 "안토니가 돌아오면 전쟁이 시작된다"는 것을 모두들 알고 있기 때문이다.

영사막, 문, 대도구들이 올리비에 극장으로 옮겨졌다. 총연습 준비 로 스태프진은 바삐 움직인다. 연습 중 장면 하나하나에 피터는 일일이 기록을 했다. 장면과 장면 사이가 순조롭게 겹쳐야 하기 때문에 반복해 서 장면 전환 연습을 해야 한다. 연습실에서 연습하다가 무대에서 공연 하다 보면 다시 조정해야 하는 장면이 생긴다. 피터 홀은 특히 두 장면 에 신경을 썼다. 삼두정치 권력자들과 폼페이가 만나는 장면과 폼페이 갤리선 연회 장면이다. 두 장면을 전면적으로 다시 조정해서 연습을 했 다. 그는 전쟁이 임박하다는 불안감을 조성하고 있다. 무대에서 갤리선 으로 옮아가는 동선 연습을 되풀이했다. 아그리파 역 베실 헨슨은 1946 년부터 국립극장에서 연기를 해왔다. 날씬한 몸매에 군인다운 태도를 지닌 그는 시저의 막료(幕僚)로 캐스팅되어 어려운 역할을 잘 소화해내 고 있다.

11주. 3월 23일. 시간이 빠르게 지나가고 있다. 첫 공개 시연회 날이 다가오자 긴장감이 감돈다. 피터 홀은 템스강을 내려다보며 "나는 연습 날 새벽까지 일하면서, 극장 전체가 불타서 없어지기를 바라던 때도 있 었다"고 말했다. 총연습 날은 연출가에게는 그토록 무서운 날이다.

11주. 3월 27일. 11주간의 리허설이 끝나는 날이다. 다음은 '테크니 컬 리허설'이다. 장치, 의상, 조명, 음향을 점검하고 첫 총연습이 올리 비에 극장서 시작되었다. 도미니크 멀도니의 음악이 연극의 맛을 더해

준다. 각자 무장 차림을 점검했다, 덴치는 복잡한 혁대 장식을 시험해 본다. 국립극장은 최고의 음향시설을 갖고 있다. 일주일 후, 이 무대는 유료관객 앞에서 선을 보이게 될 것이다. 음향 디자이너 폴 아디터는 해전(海戰) 시에 사용하는 음향에 관해서 설명하고 있다. "바람소리, 파도 소리, 전쟁의 함성, 폭발음 등이 테이프에 내장되어 있습니다. 천지변동 같은 소리로 관객을 압도합니다." 이렇게 말하면서 그는 음악 담당과 면밀하게 합성음을 조율하고 있다. 음향이 전체 공연의 개념과 조화를 이루고 있는지 이들은 신경을 쓰고 있다. 연출가는 막이 오르는 순간 관객의 소음을 잠재우는 음향을 내달라고 주문했다. 음향과 음악담당 두 사람은 '윙윙거리는 우주의 소리'를 오보에 악기로 시작해서 전자음으로 확대시켰다. 르네상스 시대 사람은 어떤 음악을 원했을까? 음악 담당 멀도니는 그것을 상상하고 있다. 주로 사용된 악기는 바이올린, 호른, 탬버린, 중세시대 프랑스 현악기인 '지타(zita)'였다. 악사들이 이집트 악기를 사용해서 민속음악 연습을 했다. 클레오파트라 궁전 음악은 악사들이 무대에서 직접 연주한다. 트럼펫은 삼두정치 회담이 열릴 때는 무대에서, 다른 경우는 무대 뒤나 발코니에서 연주했다.

최종 리허설 때, 올리비에 극장은 배우, 악사, 소년 가수, 음향과 조명 기사들, 무대요원들, 의상 담당들이 모두 한자리에 모였다. 연출자의 마지막 격려의 말이 전달되었다. 오전 10시 45분 총연습이 시작되었다. 클레오파트라는 안토니 주변을 맴돌고 있다. 안토니는 그런 여왕의 움직임을 좋아했다. 후반부에서 안토니는 비운의 장군을 멋지게 해냈다. 덴치는 막판에 시저 앞에 무릎을 꿇고 그의 손을 잡는다. 클레오파트라가 사느냐, 죽느냐 마지막 위기의 순간이다. 클레오파트라는 치욕

〈안토니와 클레오파트라 3막 4장〉,
프랭크 딕시(Frank Dicksee) 삽화, 게오르크 골드베르크(Georg Goldberg) 동판화

적인 굴욕의 순간을 멀리하고 죽음을 택했다. 극장은 무거운 침묵에 휩싸였다. 덴치의 숨 막히는 연기가 먹혀들어가고 있다. 다음 주 화요일에 '테크니컬 리허설'이 있고, 금요일에는 공개 '시연회(Preview)'가 예정되어 있다.

12주. 3월 30일. 월요일. 〈안토니와 클레오파트라〉의 마지막 리허설 주간이다. 올리비에 극장은 공연이 중단되었다. 〈작가를 찾는 여섯 주인공〉 무대는 무대 뒤 저장고로 옮겨졌다. 제작 담당 매니저인 마이클 카스-존스와 그의 조수인 조지 엘러링턴이 무대 총책임을 맡고 있다. 데니스 놀란이 이끄는 15명의 무대기술자들, 두 명의 이동무대 기사, 그리고 조명기사들과 전기 기술자들이 움직이기 시작했다. 존 퍼시가 지휘하는 무대설치 인원들이 장치를 운반했다. 무대감독은 모든 무대 장치도와 가구 및 대소도구 표를 올리비에 극장 상임 무대요원들에게 넘겨주었다. 화요일 무대장치는 끝났다. 모든 무대 관련 준비도 끝났다. 전자장치로 움직이는 무대장치 이동 점검도 끝났다. 강철 케이블도 이상이 없었다. 30미터의 사이클로라마도 상하로 무난하게 작동이 되었다. 무대에 벽이 설치되고, 문도 제자리에 섰다. 450개의 전등이 매달린 저명장치를 스티븐 웬드워스가 책임지고 있다. 그는 무대장치를 설계한 치티와 끊임없이 대화를 나누고 있다. 조명발 잘 받게 설 자리를 기록해서 그는 배우에게 전달하고 있다. 연출가는 그에게 르네상스 시대의 빛을 살리도록 부탁했다. 따뜻한 빛은 이집트요, 싸늘한 빛은 로마이다.

화요일 오후 2시, 피터 홀은 배우 전원을 올리비에 극장으로 집합시

컸다. "무대가 마련되었다. 한 시간 안으로 무대 설 준비를 하라." 명령이 떨어졌다. 그는 계속해서 말했다. "이번 무대는 내 평생 처음으로 충분한 시간을 갖고 준비한 무대이다. 그 무대를 나는 내동댕이치고 싶지 않다. 우리가 어떻게 하나 지켜보자. 금요일까지 모든 준비가 안 되면 시연회는 연기가 된다." 격려와 경고가 섞인 발언이다.

오후 3시. 배우들이 연출가와 디자이너 앞에 각자 모습을 보였다. 의상은 놀랍다. 배우들은 신바람 났다. 무대에 들어서자 배우들은 의상에 알맞는 연기를 했다. 알리슨 치티는 의상을 디자인하면서 배우 한 사람 한 사람의 인물을 작중 성격에 맞추었다. 무대상의 모든 요소들이 정확하게 작품 내용과 일치하고 있었다. 각 분야의 책임이 완수되고, 연출가는 전체 효과를 결집시켰다. 피터 홀은 자신이 바랐던 목표를 어지간히 달성했다고 판단했다.

4월 1일, 수요일. '테크 리허설'은 계속되었다. 악티움 해전은 파도 소리와 폭발하는 함성으로 객석을 진동시켰다. 사이클로라마에 불꽃 튀기는 광선이 난발했다. 무대 양쪽에서 대포 연기가 솟구쳤다. 다음 장면에서 클레오파트라는 금으로 수놓은 의상을 걸치고 나타났다. 여왕이 무대 앞으로 나설 때 워석워석 나는 소리가 객석으로 슬프게 퍼져나갔다.

오후 5시. 이노바버스 죽는 장면이 끝나고 휴식 시간이 되었다. 7시, 안토니의 마지막 장면이 시작되었다. 10시 45분, 연습이 종료되었다.

다음 날 아침 11시, 단원들은 다시 연습에 복귀했다. 레피더스 역의 존 블러덜은 턱에 검은 수염을 달고 있는데 흡사 19세기 성지(聖地) 그림에 나오는 인물 같았다. 클레오파트라 죽음 장면이 계속 빗나가면서 지연되고 있다. 여왕이 걸치는 의상과 왕관이 문제였다.

7시. '드레스 리허설'이 시작되었다. 전체 흐름을 점검했다. 장면 상호 간의 관계, 의상 전환과 연기를 살피면서 내일 있을 공개 시연회에 대비했다. 홉킨스는 오늘을 위해 충분히 휴식을 취했고 몸이 편안하다. 주디 덴치는 대사 전달을 위한 공간 적응에 힘쓰고 있다. 클레오파트라 체포 장면에서 군인 역을 맡은 패트릭 브레넌이 급히 움직이다가 쇠문에 끼여 부상을 입었다. 피터는 급히 무대로 뛰어갔다. 순간 객석에는 무거운 침묵이 흘렀다. 브레넌은 쩔뚝거리며 성 토마스 병원으로 이송되었다. 군인 조연 한 사람 부족한 상태에서 무대는 다시 진행되었다. 피터 홀은 리허설에 만족했다. 또 한 사람의 군인인 사이먼 스콧이 아내 출산 연락을 받고 스코틀랜드로 날아갔다. 주디 덴치는 피신처 기념관 높이가 불안해서 걱정스러웠다. 신발이 맞지 않아서 알리슨 치티가 여러 벌의 신발을 갖고 와서 신어봤지만 마음에 드는 신발은 없었다. 덴치는 직접 사 오겠다고 말했다. 리허설 중간 중간에 커튼 콜 연습을 했다. 폴 아디티와 스티븐 웬드워스는 음향과 조명을 마지막으로 점검했다. 일상적인 소방 훈련도 끝냈다. 모든 준비가 끝났다.

12~13주. 4월 3일부터 8일 동안 관객 앞에서 공개 시연회가 시작되었다. 1월 중순부터 극장 예매는 이미 시작되었다. 매표는 잘 진행되었다. 5월 말에 공개 시연회와 전체 공연 표가 매진되었다. 제2기 예매표 발매가 시작되었다. 아침 열 시부터 매표구 앞에는 장사진이 섰다. 셰익스피어, 피터 홀, 주디 덴치, 그리고 앤서니 홉킨스 이름이 매표구를 달궜다.

연극 전반부는 힘차게 돌아갔다. 후반부, 해전 이후, 안토니가 땅에 주저앉고 클레오파트라와 고통을 나누는 장면에서 두 명배우의 카리스마가 최고조에 도달했다. 그러나 안토니가 기념관 위로 밧줄에 매달려 올라가는 장면에서 관객석에서 웃음이 터져 나왔다. 이 때문에 안토니의 죽음은 멜로드라마가 되었다. 관객들이 떠날 때 중얼대는 얘기는 공연 시간이 너무 길다는 것이었다. 출·퇴장 장면이 너무 많다는 얘기도 있었다. 공개 시연회는 공연 성과를 점검하는 무대가 된다. 피터 홀은 모든 세부 사항을 지켜보면서 침착하게 대응했다. 그는 말했다. "지난 밤 공연은 먹혀 들어갔다. 나는 흥분을 감추지 못했어. 관객을 사로잡고 흥미진진하게 진행되었다."

문제는 둘째 날에 벌어졌다. 안토니가 기념관으로 오르는 장면에서 밧줄이 엉켜 붕 떠 있는 상황이 벌어졌다. 간신히 발코니로 끌어올렸지만 그사이 관객은 집중력을 잃게 되었다. 혹자는 웃음을 터뜨렸다. 끌어올리는 일은 재검토되어야 했다. 피터와 디자이너는 차선책을 강구했다. 큼직한 그물망으로 대치하기로 했다. 덴치는 이 때문에 계속 침울했다. 공연이 순간 맛을 잃었기 때문이다. 다음 날, 피터 홀은 덴치와 홉킨스만 연습실에 불렀다. 연출가는 이들 두 주인공을 붙들고 여러 장면을 새롭게 다지면서 연습을 했다. 셋째 날, 시연회 무대는 박진감이 넘쳤다. 클레오파트라와 안토니의 낭만적 분위기도 진득하게 정착되었다. 이집트 장면은 관능적인 분위기로 충만했다. 두 연인의 열띤 흠모의 정이 관객들에게 도달했다. 피터 홀은 만족스러웠다. "그동안 일어나지 않았던 일이 어젯밤 일어났다"고 그는 말했다.

4월 9일, 화창한 봄날이다. 템스의 푸른 강물이 태양 빛으로 눈부시다. '프레스 나이트(The Press Night)'가 시작되었다. 무대로 가는 문앞에는 축하 메시지 카드가 배우들을 기다리고 있다. 주디 덴치에게 보낸 화환이 계속 도착하고 있다. 배우들은 연출가의 '팀 토크(team talk)'를 듣기 위해 전원이 모였다. 연출가는 말했다. "오늘은 배우가 특권을 누리는 즐거운 날입니다! 관객들이 여러분에게 오도록 연기를 하세요." 평소 피터 홀은 말했다. "연극하면서 어려웠던 일은 공연에 대한 판단이 도박의 순간처럼 이뤄진다는 것입니다." 1955년의 〈고도를 기다리며〉, 1965년의 〈햄릿〉 때도 그랬다. 그는 이 공연의 연습 과정을 기록한 터저 로웬에게 말했다. "내가 주시하는 것은 이 공연이 3개월 안에 어떻게 될 것인가 하는 것입니다. 3개월이면 배우들은 공연에 빠져들고 그의 피가 흐르게 되지요." 그날, 막이 내리자 피터 홀은 무대 뒤로 가서 의상실을 한 바퀴 돌면서 배우들에게 잘해줘서 고맙다고 인사를 했다. 분장실에서 홉킨스는 말했다. "이번 공연은 내 평생 가장 놀라운 무대였습니다. 처음에 장치와 의상을 보고 재미있는 무대가 되겠다고 느꼈지만 하면 할수록 어려워서 하기 힘들겠다고 생각했어요. 그러나, 지금, 나는 자신이 생겼어요, 무대로 빨리 뛰어나가고 싶어 못 견디겠어요."

'프레스 나이트'는 저녁 6시 45분에 시작되었다. 평론가들이 도착했다. 어빙 워들(Irving Wardle, 『타임스』), 밀턴 슐만(Milton Shulman, 『스탠더드』), 마이클 빌링턴(Michael Billington, 『가디언』), 마틴 애플비(Martin Appleby, BBC) 등 신문 잡지의 기자들과 평론가들이 프레스 데스크에서 프로그램을 집어 들고 극장 안으로 들어간다. 피터 홀이 평론을 중시하는 이유는 그 논조 때문에 관객이 늘거나 줄어들기 때문이며, 평론이 부정적으로 평가되면 배우들이 타격을 받기 때문이다.

7시 정각에 공연이 시작되었다. 객석 불이 꺼지고, 북소리가 진동한다. 관객은 숨을 죽이고 기다리는데, 돌연히 무대의 출입문이 활짝 열린다. 안토니의 충신들이 등장하며 첫 대사를 던지고, 이어서 이집트 궁전이 열리면서 음악이 연주되고, 무대는 뜨거운 열기로 가득 찬다. 순식간에 이 공연의 두 가지 대조적 상황이 형성되었다. 공연이 끝나 막이 내리는 순간 객석은 기립박수로 요동쳤다. 공연은 대성공이었다.

공연이 끝난 후, 올리비에 무대에서 첫날 파티가 열렸다. 초청객들과 연출가, 배우들, 그리고 스태프진이 서로 어울리며 담소를 나누었다. 배우들은 기쁨에 넘쳤다. 다음 날 아침 신문은 첫 리뷰 소식을 대서특필로 전했다.

> 황금시대의 르네상스(『선데이 타임스』)
> 궁극적인 로맨스(『가디언』)
> 디테일에 감전되고 비극으로 흥분되다(『타임스』)
> 나일강의 죽음은 승리였다(『옵저버』)

"〈안토니와 클레오파트라〉는 내가 지금껏 본 중 가장 만족스러운 무대였다."『파이낸셜 타임스(Financial Times)』의 마이클 코버니(Michael Coveney)는 그의 평론에서 말했다. 찰스 오즈본(Charles Osborne, 『데일리 텔레그래프』)은 "만족스럽고 감동적인 공연"이라고 격찬했다. 다른 평론가들은 피터 홀이 올리비에 극장을 능숙하게 활용했다고 칭찬했다. 존 피터

(John Peter, The Sunday Times)는 "연극의 황금시대는 과거에 있었지만, 오늘 날에도 우리는 그런 시대에 살고 있다. 피터 홀의 연극은 영국 연극의 장엄하고 눈부신 성과라 할 수 있다"라고 격찬했다. 특히, 그는 앤서니 홉킨스와 주디 덴치의 감동적인 대사 전달과 진정한 연기술을 높이 평가했다. 덴치에 대한 대대적인 찬사는 연일 폭주했다. 이들 이외에도 이노바버스 등 주변 배우들의 연기를 칭찬하는 논평도 계속되었다. 알리슨 치티의 장치와 의상에 대해서도 상찬(賞讚)의 글이 이어졌다. 스디픈 윈드워스의 조명도 주목을 받았다.

〈안토니와 클레오파트라〉 입장권은 날개 돋친 듯이 판매되었다. 6주 동안의 입장권이 순식간에 매진되었다. 대기표 구입을 위한 행렬이 아침 7시부터 장사진을 이루었다. 1988년 2월 6일까지 1백 회 공연을 했는데, 11만 명의 관객이 이 연극을 봤다. 1987년 11월 '이브닝 스탠더드 연극상'에서 피터 홀이 〈안토니와 클레오파트라〉로 연출가상, 주디 덴치는 최우수여우상을 수상했다. 앤서니 홉킨스는 최우수남우상 후보로 거명되었는데, 국립극단 공연 아서 밀러의 〈다리에서 본 풍경〉의 주연 배우 마이클 감본이 그 상을 수상했다. 로렌스 올리비에상에서도 주디 덴치는 클레오파트라 연기로 최우수여우상을 수상했다. 마이클 브라이언트는 이노바버스 역과 〈리어 왕〉에서의 글로스터 백작 역으로 조연상을 수상했다. 1월에 덴치는 대영제국의 '데임(Dame)' 칭호를 받았다. 1956년 여배우 페기 애시크로프트와 1975년 웬디 힐러에 이어 여배우로서는 세 번째 영광이었다. 클레오파트라 연기가 크게 작용했다고 알려지고 있다.

3. 리허설에서의 성격 창조

앤서니 홉킨스와 함께하는 무대에서 같은 장면의 연기가 똑같은 것이 없다는 것을 주디는 알고 있었다. 앤서니는 같은 장면을 늘 다르게 해보았다. 리허설은 그에게는 이른바 실험실이었다. 이 연극의 처음 두 장면에서 앤서니의 두 면을 볼 수 있다. 알렉산드리아에서 안토니는 마냥 열정적으로 애정 생활을 계속했다. 그는 그 당시 로마적인 모든 것을 털어버렸다. 그러나 이노바버스 앞에서는 태도가 달라진다. 사령관의 위엄을 지키며 삼두정치의 권력자로 변한다. 주디 덴치는 클레오파트라의 다양한 성격적 측면을 받아들이고 있다. 클레오파트라의 에너지, 기민한 지성과 영민한 지혜, 여성다움, 장난기, 여왕다운 권위, 시름에 잠기는 모습, 상처받기 쉬운 성격 등이다. 클레오파트라는 공격을 받으면 코브라처럼 달려드는 성격이다. 3막 3장 옥타비아 소식을 전하는 장면은 클레오파트라의 숨겨진 성격이 드러나는 순간이기에 주디 덴치는 그 장면에 도전하며 연기력을 발휘하는 기회를 포착하고 연습에 심혈을 기울였다.

　작은 역할의 연기가 때로는 주인공보다 더 어려울 때가 있다. 간단한 대사지만 상상력과 뜻밖의 연기력을 발휘해야 되는 경우가 있다. 장면마다 클레오파트라 주변에서 서성대면서 이리 가고 저리 가는 단역도 최고의 집중력이 필요한 역할이다. 그들은 대부분 침묵으로 주인공의 연기에 반응한다. 그러나 주인공의 연기에 대해서 서로 간에 묵시적인 호응이 있어야 이 일도 가능하다. 돌부처처럼 서 있으면 안 된다. 차미안은 새롱대는 역(役)이다.

　로마인들이 들이닥치면 눈짓만으로도 클레오파트라에게 모성적인 배려를 한다. 시녀 차미안은 항상 여왕의 기분에 민감하다. 여왕과 함께 고통을 나누고, 여왕의 노여움에 동조한다. 그러면서 간혹 충고의 말을 훌쩍 던진다. 시녀 아이아라스는 섬세한 감정을 지니면서도 시종 여일하게 입을 다물고 있다. 별로 하는 일이 없지만 존재감이 뚜렷하다. 내시 역의 마디안은 항상 위엄을 유지하면서 여왕 곁에 서 있어야 한다. 프랜시스 퀸은 말 한마디 없이 미소를 머금고 여왕을 수행하는 신하의 역을 맡고 있다. 알렉사스 역의 봅 아널드는 매력적인 신하이다.

　작중인물의 성격이 정해지고, 정확한 대사 언어가 사용되면서 동작은 차분하게 흐르고, 드라마는 복잡한 구성에서 단순화 과정을 밟게 된다. 무대는 리허설을 통해 최종선택의 과정을 겪으면서 상징적 영상이나 이미지로 전환되는 효과를 점치고 있다. 폼페이 일당이 작동되는 장면에서 처음에는 걸상 주변에서 폼페이와 부하들이 개전 여부에 관한 토론을 하도록 했다가 이를 취소하고 온갖 무기들이 쌓여 있는 무기고에서 모임을 진행하도록 하는 변화 등을 그 예로 들 수 있다. 시저와 레피더스는 폼페이의 참전을 걱정하고 있기 때문에 이런 장면의 최종선택은 장면 전환의 타당성이 있다.

삼두정치와 폼페이의 대립 장면(2막 6장)이 토론의 대상이 되었을 때, 피터 홀은 지침을 내렸다. "이 장면은 속마음을 털어놓지 않는 정치가들 모임이다. 마음속의 적대감을 매력적인 외모의 베일로 감추어야 한다"고 역설했다. 다음에 계속되는 장면은 배우들을 괴롭히는 장면이었다. 피터 홀은 말했다. "안토니는 정략적으로 결혼하지만 옥타비아에 대해서 따뜻한 마음을 지니고 있다. 지금, 시저와 안토니는 한 마음이 되었다. 시저는 옥타비아를 배려하고 있다. 이들의 결혼으로 정치적 목적이 달성된 것을 그는 기뻐하고 있다. 옥타비아는 전형적인 로마의 귀부인이다. 정치가 무엇인지 알고 있다. 난봉꾼인 장군과 낯선 땅에 가는 불안감을 느끼면서도 동생의 정치를 몸으로 도와주고 있다. 이들은 각자 어려운 길을 가고 있어서 고통을 느끼지만 이별을 지나친 연기로 처리하지 말아야 한다."

2막 2장에서 시저는 안토니에게 "사랑하는 누님을 우리들 왕국과 우정을 위해 그대에게 양보한다"고 말했다. 이후 이별의 장면이 연출된다. 3막 2장 로마의 시저 저택이다. 이들의 이별 장면은 텍스트에서는 이노바버스가 아그리파에게 전하는 대사로 처리되는데, 연출가는 이를 무대 장면으로 실현해서 보여주었다. 옥타비아는 등을 관중에게 돌리고, 로마를 떠나고 싶지 않다고 눈물을 흘리며 시저에게 매달린다. 시저도 눈물을 참고 있다. 그 순간 안토니가 두 사람 사이를 헤치고 들어와서 시저를 끌어안으며 말했다. "보세요, 나는 당신을 사랑합니다. 그러니 당신은 가도 좋아요." 안토니의 연기와 대사로 이들의 착잡한 관계가 순조롭게 풀렸다. 레피더스가 옥타비아 손에 키스를 했다. 더 이상 감정이 누적되기 전에 안토니는 옥타비아를 데리고 무대 바깥으로 퇴장했다. 피터 홀은 나중에 옥타비아를 연기한 셀리에게 "안토니에게 더 가까이 가지 마세요. 옥타비아와 안토니는 죽은 결혼식이에요"라고 말했다. 연출가의 이런 코멘트는 연기를 자극하는 원점(原點)이다.

리허설 6주 때, 피터 홀은 이 연극에는 두 가지 큰 흐름이 있다고 말했다. 안토니가 성공을 확신하며 클레오파트라와 사랑을 맺는 부분과 안토니의 해전 패배와 처참한 몰락, 그리고 자결의 부분이다. 운명의 전환점은 악티움 해전의 참패였다. 3막 6장은 전반부가 끝나는 지점이다. 안토니가 옥타비아를 떠나는 순간이 전환의 계기가 되었다. 3막 7장, 안토니가 클레오파트라와 재회하며 해전을 결심하는 순간이 안토니 실책의 출발이었다. 전반부는 공연시간이 1시간 40분이었다. 후반부는 1시간 50분이었다. 1부와 2부 사이 휴식시간을 20분 갖기로 했다.

레피더스는 몰락하고 옥타비우스는 로마의 전권을 차지했다. 클레오파트라는 이시스 여신처럼 금빛 의상을 걸치고 안토니와 함께 알렉산드리아에서 공개적으로 나타났다. 시저 역을 맡은 피곳-스미스는 무대 하수 중간에서 관중들에게 등을 보이고 있다. 이때, 옥타비아가 시저를 바라보며 상수에서 등장한다. 시저는 순간 버림받은 누이에 대한 감정이 폭발하면서 안토니에 대한 복수심이 불타오른다. 안토니는 이들 둘을 배신했다. 옥타비아는 전쟁이 불가피하다는 것을 알고 남동생 시저 편에 섰다. 앞으로 다가오는 전운(戰雲)을 예고하면서 무대는 암전된다.

3막 7장에서 주디 덴치는 연출가에게 말했다. "멋진 전투복으로 갈아 입을까요?" 피터 홀은 말했다. "전반부에서는 안토니에 대한 클레오파 트라의 확신이 없었습니다. 안토니는 아내 풀비아가 있었지요. 오랫동 안 이집트를 떠나 있을 동안 안토니는 옥타비아와 결혼했습니다. 그러 나 후반부에 들어서서 클레오파트라의 성적 구속력이 안토니를 압도했 습니다. 안토니는 돌아와서 알렉산드리아가 자신의 새로운 권력기반이 라고 공개적으로 언명했습니다. 이 일로 삼두정치는 무너졌습니다. 이 후, 클레오파트라는 안토니 우위에 군림합니다. 안토니는 사사건건 여 왕과 상의를 합니다. 안토니는 이른바 '여자에 감긴' 신세가 되었습니 다. 신복 이노바버스는 이 상황을 걱정스럽게 보고 있습니다. 때로는 안토니와 클레오파트라는 서로 대립하고 갈등을 빚기도 합니다."

제2부 '런스루'가 시작되었다. 장면이 로마에서 이집트로 변하면서 '남성적인' 냉철함에서 '여성적인' 감성 위주 무대로 바뀐다. 군사와 정치에서 사랑의 몽상과 집념의 무대가 된다. 제1부에서 장면과 장면 의 연결이 논리적으로 처리되는 과정에 만족한 피터 홀은 여전히 로 마적인 것과 이집트적인 것의 차이가 드러나는 연기를 하도록 배우들 에게 부탁했다. 배우들은 그런 대조의 느낌을 부각시키기 위해 안간 힘을 썼다.

이 작품에는 무용과 검투가 도입되고 있기 때문에 안무가와 검투 코 치가 초빙되었다. 7주서부터 검투 연습이 시작되었다. 군중 장면 연습 도 시작되었다. 제7주, 2월 25일, 처음으로 올리비에 극장에서 전투연 습을 했다. 1,100석의 오픈 무대이다. 3막 8장, 시저가 군대를 이끌고 진격해온다. 3막 9장은 안토니가 이노바버스와 등장한다. 제10장은 양군이 혼전상태가 된다. 해전에서의 전투, 함성 소리가 무대에 진동한다. 11장은 안토니 패전의 장이다.

안토니가 땅에 앉아 있는데 클레오파트라가 입장한다. 피터 홀은 안토니에게 "아니야, 아니야, 아니야, 아니야, 아니야"라는 대사를 또박또박 천천히 하도록 지시한다. 대사 한 마디마다 조종(弔鐘)처럼 들리도록 하라는 것이다. 주디 덴치는 손으로 얼굴을 파묻고 땅 위에 온몸을 눕히고 눈물을 흘리고 있다. 클레오파트라는 말한다. "오, 전하, 나의 전하여, 나의 겁먹은 범선을 용서하세요." 이에 대해서 피터 홀은 일주일 후 말했다. "그 대사를 마치 비가(悲歌)처럼 읊조리는데, 사실은 그 대사를 뜨겁게, 팽팽하게 말해야 해요." 그들은 이제 더욱더 뜨겁게 뭉쳐야 하기 때문이다. 안토니가 클레오파트라에게 키스를 할 때, 두 사람의 관계는 더욱더 불가피해졌다. 클레오파트라는 강해지고 안토니는 여왕에게 예속(隷屬)되었지만, 안토니는 본능적으로 여왕으로부터 벗어나서 홀로 있고 싶어한다.

13장에서 클레오파트라는 이 문제로 고민한다. "이노바버스, 어떻게 하면 좋아?" 이노바버스는 "죽으세요"라고 대답했다. 클레오파트라는 결국 안토니에게 무릎을 꿇고 자신의 사랑을 맹세한다. 해전의 패배로 안토니는 자신을 비하하는데 주디 덴치는 이런 안토니에 어떤 연기로 대처할 것인지 고민한다. 피터 홀이 말한 대로 안토니는 로마에서 돌아온 후 전과 같지 않았다. 이들 간의 긴장감은 매 장면마다 눈에 띄었다. 주디 덴치는 잠시도 안토니 걱정에서 벗어나지 못하는 심정으로 후반부 연기에 매달려 있다. 3막 13장에서 그런 느낌은 확연히 드러났다. 이런 감정의 흐름은 연출이 원하는 것이었다.

　4막 12장서부터 안토니는 피터 홀이 말한 대로 "그의 투지는 꺾이고 쫓기는 몸이 되었다." 안토니는 자신의 함대가 시저에 투항한 것을 알고 완전히 기력을 잃었다. 이 때문에 클레오파트라와의 관계도 벌어졌다. 9주째 4막 14장은 이어로스의 죽음과 안토니 자살 기도(企圖) 장면이다. 이어로스 역의 제러미 플린은 관중의 눈이 닿지 않는 각도에서 팔 사이로 깊이 파고드는 칼 위로 쓰러진다. 그의 뒤를 따라 홉킨스는 관객을 향해 자신의 배를 칼로 찌른다. 홉킨스는 무릎을 꺾고 쓰러지면서 고통으로 헐떡거린다. 피터 홀은 무대 중앙에서 죽는 이어로스와 무대 중앙에서 약간 벗어난 공간에서 자결하는 안토니에 대해서 만족하고 있다. 연출가는 사전에 안토니와 죽음의 연기에 대해서 충분히 이야기를 나누었다. 연출가는 안토니의 죽음이 영웅적인 광경이 되지 않도록 당부했다. 역설적으로 표현하기 위해서다. 세상 사람들 눈에 영웅으로 비치는 안토니는 자신의 자결이 어설프게 보이도록 한다는 것이다. 반면에 행실이 분방(奔放)한 클레오파트라는 고결한 분위기에서 장엄한 최후를 맞도록 한다는 역설적 표현이 연출의 속내였다.

　5막은 시저 진영이다. 시저는 클레오파트라를 살려서 로마 개선 때 전시용으로 동행하려고 했다. 여왕은 그 기미를 알아챘다. 시저 역을 맡은 팀 피곳-스미스는 감성적인 연기를 잘 해내고 있다. 5막 2장, 피신하고 있는 별전(別殿)에서 클레오파트라는 안토니의 죽음에 충격을 받는다. 클레오파트라, 차미안, 아이아라스가 등장한다. 클레오파트라는 입을 연다.

혼자 남은 적적한 삶에서 오히려 더 나은 생활이 시작된다.
시저가 된다는 것은 부질없는 짓이다. 그도 운명이 아니라
운명의 여신을 받드는 하인이다. 운명의 손에 잡혀 있다.
위대한 해위는 다른 모든 행위를 끝장내는 일이다.
그렇게 하면 우연을 막아내고 변화를 멈추게 한다.
그렇게 하면 깊은 잠에 빠져, 거지와 시저를 키우는
더러운 먹이에 두 번 다시 걸려들지 않아도 된다.

클레오파트라는 시저의 포로가 되지 않기 위해 죽음을 생각하고 있다. 주디 덴치는 이 장면에서 절제된 연기를 하고 있다. 도라벨라가 도착해서 시저는 여왕을 로마행에 동행한다는 소식을 알리자 클레오파트라는 절망의 늪에 빠진다. 도라벨라는 한때 클레오파트라의 연인이었다. 그의 점잖은 행동은 클레오파트라의 마음을 움직일 수 있다고 생각해서 시저가 보냈다. 그의 뒤를 이어 트럼펫이 울리고 시저가 등장한다. 클레오파트라는 무릎을 꿇고 몸을 수그린다. 시저는 여왕에게 일어나라고 말한다. 연출의 문제는 이들이 만나는 공간이었다. 클레오파트라는 다락 위에 피신하고 있기 때문에 이들의 회동을 위해서는 무대 공간을 다시 설정해야 하는데 그 일을 연출은 무난하게 해결했다.
안토니 죽음 이후, 클레오파트라의 언동과 대사를 면밀하게 분석한 주디 덴치는 자신의 처지에 분노를 느끼는 고통에서 벗어나 환희를 느끼는 카다르시스 상태의 연기를 해냈다. 피터 홀은 주디에게 말한 적이 있다. "관객은 안토니가 죽은 후, 여왕도 함께 죽기를 원합니다. 여왕은 안토니 없는 인생이 무의미하다고 생각했습니다."

4. 피터 홀, 주디 덴치, 앤서니 홉킨스

피터 레지널드 프레더릭 홀 경(Sir Peter Reginald Frederic Hall)은 1930년 11월 22일 영국 웨스트서퍽 베리세인트에드먼즈에서 태어나 2017년 9월 11일 86세로 런던에서 사망했다. 그는 연극과 오페라 무대를 연출하고 영화감독으로 일했다. 『타임스』는 피터 홀을 "지난 반세기 동안 영국 극계에서 활동했던 가장 중요한 인물"이라고 평했다. 로열 셰익스피어 극단을 창단한 그는 20세기 영국 문화예술계만이 아니라 세계 연극에도 큰 영향을 끼친 인물이었다.

1953년, 케임브리지대학교 재학 시절 피터 홀은 아마추어 연극 클럽에서 활동했다. 그해, 그는 몸(W. Somerset Maugham)의 소설 「편지」를 각색해서 로열 윈저 극장에서 공연했다. 1954~1956년, 그는 옥스퍼드 플레이하우스에서 연출 활동을 했다. 1955~1957년, 그는 런던에서 아츠 디어터를 운영하면서 1955년에 영어권 최초로 〈고도를 기다리며〉를 무대에 올렸다. 이 공연의 성공으로 그는 영국 극계의 주목을 받게 되어 테네시 윌리엄스의 요청으로 1957년 〈카미노 리얼〉, 1958년 〈뜨거운 양철지붕 위의 고양이〉를 런던에서 공연하게 되었다. 계속해서 그는 해럴드 핀터와 장 아누이의 작품을 공연해서 더욱더 널리 알려지게 되었다.

홀은 1956년 〈사랑의 헛수고〉를 스트랫퍼드의 셰익스피어 기념극장에서 공연하면서 명배우 페기 애시크로프트가 등장하는 〈심벨린〉, 로렌스 올리비에가 출현하는 〈코리올레이너스〉, 찰스 로튼이 출연한 〈한여름 밤의 꿈〉을 연출했다. 1960년, 그는 영국 무대의 유망주로 각광을 받으면서 로열 셰익스피어 극단(Royal Shakespeare Company, RSC)을 창단했다. 홀은 이 극단에서 데이비드 워너와 〈햄릿〉(1965), 폴 스코필드와 〈검찰관〉(1966), 해럴드 핀터의 〈귀향〉, 〈장미전쟁〉(1963) 등을 무대에 올려 격찬을 받았다. 홀은 1968년 RSC를 떠났다. 1973년 국립극장(NT) 예술감독으로 취임해서 1988년까지 15년간 33개 작품을 연출했다. 〈안토니와 클레오파트라〉는 이곳에서의 마지막 연출 작품이 되었다.

국립극장을 떠난 후, 홀은 자신의 극단을 운영했다. 그는 1997년 올드빅(Old Vic)에서, 그리고 2003~2011년 디어터 로열(Theatre Royal)에서 연출 활동을 계속했다. 2003년, 홀은 템스 강변에 재건된 엘리자베스 시대의 극장 '로즈 극장'의 창립 이사장이었다. 그곳에서 홀은 체호프의 〈바냐 아저씨〉(2008)와 〈한여름 밤의 꿈〉(2010, 주디 덴치 출연)을 무대에 올렸다.

피터 홀의 저서는 『필요한 극장』(1999), 『가면 보여주기』(2000), 『연기자를 위한 셰익스피어의 충고』(2003), 『피터 홀의 일기』(1983), 『나 자신을 보여준다』(1993) 등이 있다.

홀은 레슬리 카론(Leslie Caron), 재클린 테일러(Jacqueline Taylor), 마리아 어윙(Maria Ewing), 니키 프레이(Nicki Frei) 등과 결혼했다. 이들 사이에 여섯 자녀와 열한 명의 손자 손녀를 두었다. 홀은 이들 자녀들을 출연시키면서 함께 공연 활동을 했다.

1987년, 〈안토니와 클레오파트라〉 공연으로 영국 국립극장은 국내외의 이목을 집중시켰다. 극장은 일주일 6일 동안 공연, 음악회, 전시회가 열리고 서점과 식당에는 연일 사람들이 붐볐다. 국립극장 안에 있는 세 개 극장은 매회 80%의 입장객이 들었고, 연중 1,200회 공연의 막이 올랐다. 국립극장을 움직이려면 극단 인원을 포함해서 550명의 풀타임 직원이 필요하다. 배우 150명도 가동되어야 한다.

1987년, 피터 홀과 총무담당 데이비드 오킨, 기획담당 존 포크너 세 명이 모여 회의를 했을 때, 홀은 국립극장 공연의 다양성을 주장했다. 1984년 10월부터 그는 이 일을 실천에 옮겼다. 국립극장 공연을 5개 제작팀으로 분리했다. 각 팀장은 20명에서 25명의 배우를 지니며 한 해 최소 3개 작품을 각각 다른 극장에서 공연하도록 했다. 이 일은 성과를 올렸다. 다양한 작품을 각기 다른 극장에서 앙상블 연기로 보여주기 때문에 관객들은 이 일을 신선한 충격으로 받아들였다.

홀은 이런 방식이 전체 극장 운영면에서도 재정적으로 이득이 된다는 것을 알았다. 이것은 그가 60년대에 RSC에서 했던 방침이었다. 〈안토니와 클레오파트라〉 연습이 시작될 무렵, 국립극장 세 무대에서는 〈리어 왕〉, 〈동물농장〉, 〈파이드 파이퍼〉, 아서 밀러의 〈아메리칸 클로크〉 등이 공연되고 있었다. 〈안토니와 클레오파트라〉는 4만 장의 예약 전단(傳單)이 연습이 시작되기 일주일 전에 전국으로 발송되었다.

홀은 〈안토니와 클레오파트라〉를 1940년대에 마로 협회가 공연한 것을 본 적이 있다. 그는 이후, 이 작품을 해보려고 마음먹고 있었는데, 문제는 두 주인공 역을 맡을 배우를 만나지 못했다. 셰익스피어 대사 가운데서도 가장 발성이 어려운 이 작품을 능수능란하게 해낼 수 있는 배우를 찾는 일이 어려웠다. 주디 덴치는 국립극장에 들어오기 4년 전에 홀이 그녀에게 클레오파트라 얘기를 꺼낸 적이 있다고 실토했다.

주디 덴치는 1957년 연극학교를 졸업하고 올드빅 극장에서 오필리어로 무대에 등장했다. 이후, 제필레리 연출 무대에서 연극계의 전설이 된 줄리엣으로 세상을 놀라게 했다. 홀은 주디를 스트랫퍼드에서 티타니아 역에 기용한 적이 있다. 주디는 셰익스피어 여자 주인공 역할을 RSC에서도 여러 번 해냈다. 그러나, 지금까지 클레오파트라는 해본 적이 없었다. 셰익스피어 이외에도 세계명작과 고전작품의 여주인공 역을 두루 거치면서 주디는 영화와 텔레비전에도 수없이 출연했다. 〈안토니와 클레오파트라〉를 연습하고 있는 중에도 주디는 주당 9개의 공연에 출연하고 있었다. 놀라운 재능과 기력이 아닐 수 없다.

앤서니 홉킨스는 웨일스 출신이다. 주디와는 달리 앤서니는 영국 극장과는 오랜 애증관계로 풍파를 겪었다. 1975년, 연출가 존 덱스터와 충돌하고 그는 미국으로 갔다. 떠나기 전, 텔레비전에서 〈전쟁과 평화〉로 최우수 남우주연상을 수상했다. 그는 미국에서 〈에쿠우스〉에 출연해서 명성을 떨쳤는데, 그 작품은 덱스터 연출이었다. 미국에서 10년 동안 명배우로 활약하다가 그는 조용히 영국으로 돌아왔다. 연출가 데이비드 헤어가 그를 국립극장 무대에 초빙했다. 그는 대성공을 거두면서 계약이 두 번이나 연장되었다. 특히 〈리어 왕〉으로 그는 관객들에게 널리 알려지게 되었다. 피터 홀은 그의 명연기를 보면서 안토니 역으로 캐스팅했다.

이들 두 배우가 남녀 주인공으로 배역이 결정되자, 다른 배역들도 순조롭게 배역이 진행되었다. 28명의 배우들이 국립극단에서 배출되었다. 외부에서 영입된 약간의 배우 가운데는 제리 플린, 존 블러딜, 사이먼 스콧(이들은 전에 국립극장 무대에 출연한 적이 있다), 프랜시스 킨, 아이언 녹스 등이 있다. 40명이 출연하는 이 연극에서 이중역할은 필요했다. 모든 역할에는 대리역할이 정해져 있다. 샐리 덱스터는 옥타비아 역이지만 클레오파트라 대리역이었다. 만약에 그녀가 클레오파트라를 맡게 되면 옥타비아 역은 프랜시스 킨이 맡게 된다.

1987년, 국립극장 봉급은 주당 160파운드에서 시작되었다. 공연 무대에 서면 9파운드가 추가되었다. 최고액은 450파운드였고, 공연수당은 45파운드였다. 평균해서 배우들은 주당 250파운드였다. 웨스트엔드 극장이나 텔레비전, 또는 영화의 경우보다는 액수가 적었다. 그러나 이들 배우들이 국립극장을 선호하는 이유는 명작이나 고전극에 출연하는 기회 때문이요, 수련과 명예가 수반되는 장점 때문이었다. 그리고 명배우와 명연출가를 만나는 이득도 있었다.

제5장

셰익스피어의 정치연극 격론

1. 권력과 저항

    정치연극은 연극적 관점에서 본 정치가 된다. 정치는 셰익스피어 극에서도 중요한 주제가 되었다. 연극은 셰익스피어가 〈햄릿〉에서 말한 대로 사회와 인생과 자연을 비추는 거울이요, 그 소산(所産)이기 때문에 끊임없이 정치를 표적으로 삼고 무대에 올렸다. '권력자들의 흥망성쇠를 극화한 셰익스피어의 역사극은 물론이거니와 비극, 희극을 포함해서 그의 전 작품은 지배자와 피지배자, 상층과 하층 간의 갈등, 유력한 사람과 무력한 사람의 충돌, 개인과 사회, 국민과 국가 상호 간에 발생하는 다양한 문제를 다루고 있기 때문에 정치연극이라 정의할 수 있다.

    라이먼(Stanford M. Lyman)과 스콧(Marvin B. Scott)의 저서 『사회적 현실로서의 드라마』에서 이들이 주장한 내용은 정치극 이해에 도움이 된다고 생각한다.

    사회생활 연구 방법론으로서 연극의 접근은 현대 심리학과 사회학에 깊은 뿌리를 내리고 있다. 무의식의 연극, 의식의 연극, 자기 제시의 연극은 인생의 드라마인데, 그것은 일련의 장면, 배우, 대본의 형식으로 표현되고 있다. 인생은 극장이다. 정치적 인생도 연극이다. 연극에 의한 통치를 '연극정치(theatrocracy)'라고 명명할 수 있다.

라이먼과 스콧은 정치연극의 선구자로서 러시아 극작가 니콜라이 예브레이노프(Nikolai Evreinov, 1879~1953)를 거론하고 있다. 예브레이노프는 저서 『생의 연극』(1927)에서 정치연극을 심도 있게 분석했다. 예브레이노프 이전에는 정치가이며 극작가인 니콜로 마키아벨리(Niccolo Machiavelli, 1469~1527)가 있다. 마키아벨리는 정치술과 무대술을 하나로 보았다고 예브레이노프는 말했다.

마키아벨리는 이념적이며 철학적인 해답을 주는 것이 아니라 실제적이며 사회적 해답을 주고 있다. 권력을 획득하고 유지하는 기법으로 정치는 마키아벨리의 경우 하나의 연극적 기법이 된다.

독일의 정치사상가 칼 슈미트(Carl Schmitt)는 정치의 세계는 '적과 동지'의 세계라고 규정했다. 슈미트는 인생의 영역을 '선과 악'의 도덕적인 영역, '미와 추(醜)'의 미학적인 영역, '이(利)와 손(損)'의 경제적 영역, 그리고 '적과 동지'의 정치적 영역으로 구분했다. 정치권력은 동지적 결합을 토대로 동지를 규합하고 적을 무찌르며 정권을 장악하려고 한다. 그로 인해 정치싸움은 계속된다. 음모를 꾸미고, 갈등을 조성하고, 투쟁을 한다. 이 판국에 평화는 물거품이요 망상이다. 적과 동지의 대립에서 적은 영원히 적으로 남는다. 적이 옳고, 이롭다 하더라도, 적은 항상 규탄의 대상이요 앙숙이다. 그래서 정치적 대립은 불가피하고 계속된다. 정치권력이 적과의 싸움에서 이기려면 자신의 지배력을 강화해야 한다. 그렇게 하려면 우선적으로 자신의 권위를 세워야 한다. 권력의 위기는 권위의 상실에서 시작된다. 권위는 지배계층에 속하는 소수의 이익과 권리를 합법화하기 위해, 그리고 다수를 지배하기 위해 만들어내는 정치 조작이다. 정치가의 성패(成敗)는 이 일의 성과 여부로 결판난다.

권력 다툼의 재앙은 인간의 원초적 비극이다. 전쟁의 역사는 그것을 입증하고 있다. 적과 동지의 인간관계는 너무나 복잡하게 거미줄처럼 엉켜 있다. 어제의 동지가 오늘의 적이 되는 경우는 〈안토니와 클레오파트라〉의 이노바버스의 배신에서도 목격되었다. 셰익스피어는 정치적 이합집산의 상황은 정치의 생태요 본질이라고 생각했다. 〈줄리어스 시저〉를 살해한 브루터스를 보면 그것을 알 수 있다. 헤겔 등 일부 철학자는 인간의 시련을 역사 발전의 불가피한 조건이라고 보았다. 그는 부정과 긍정의 변증법적 과정을 통해 인류 발전의 밑거름이 형성된다고 주장했다.

조르조 스트렐러(Giorgio Strehler)가 연출한 〈코리올레이너스〉는 그런 역사 철학을 바탕으로 표현한 정치연극의 무대였다. 정치 권력자는 위선의 가면을 쓰고 있다. 일반 대중은 권력의 가면에 속고 복종하거나 저항한다. 정치연극의 역사는 이런 상반되는 상황의 기록으로 넘쳐 있다. 정치극은 권력에 맞서는 저항의 연극이다.

그리스 시대 민주제도를 도입했던 도시국가 아테네는 의사당과 극장이 마주 보고 있었다. 연극은 정치를 반영하며 비판의 대상으로 삼고 있었으며, 정치가들은 극장에 와서 자신들의 행적을 성찰하며 나라를 다스렸다. 그리스 시대 연극을 교훈으로 삼았던 르네상스 시대 영국 튜더 왕조의 엘리자베스 여왕도 사회적·경제적·정치적으로 시대를 반영하는 연극을 중요시하며 지배하는 자와 지배당하는 자의 관계를 연극을 통해 주시하고 있었다. 갈등, 반목, 조율, 전쟁의 긴장 관계는 셰익스피어 작품의 핵심적인 주제가 되어 글로브극장 등 당대의 공설극장에서 관객의 박수갈채 속에서 꾸준히 공연되었다. 국가를 장악한 정치 권력이 셰익스피어 작품에서 어떻게 표현되고 있는가라는 문제를 다루는 것이 이 글의 주제가 된다.

셰익스피어의 정치극은 역사적 진실을 밝히는 일에 진력(盡力)했다. 연극이 공연되고 있는 시대를 조준하고 표현하는 작품은 사회극이요 정치극이다. 정치극은 역사적 현상을 이해하는 한 가지 방법이 된다. 놀라운 것은 과거의 현상이 현재의 현상으로도 파악될 수 있다는 연극의 기능이다.

역사의 교훈을 안겨주는 정치극은 인간에게 삶의 진정한 가치는 무엇인가를 깨닫게 해준다. 역사에서 우리가 목격한 정치는 국가, 권력, 지배체제, 소유, 폭력, 해방, 자유, 그리고 끊임없는 전쟁이었다. 그 정치가 관객들에게 제시되면 관객은 현실을 객관적으로 새롭게 성찰하는 방법을 얻게 된다.

정치극은 논단이 형성되는 비판적 연극이다. 현실의 위선을 폭로하고, 정의와 진실을 입증하는 연극이다. 정치연극이 실현되려면 언론과 표현의 자유가 보장되어야 한다. 민중의 자유와 항의를 억압하는 권력은 부패한 정권이다. 정치 권력에 의해 악용되고 도구화되는 연극은 올바른 정치극이 아니다. 독일의 극작가요 시인인 실러의 다음과 같은 명언은 정치극의 본질을 요약하고 있다. "세속의 법이 그 영역에서 끝날 때 무대의 재판이 시작된다." 권력자는 선악의 영역 안에 있지 그 위에 군림할 수 없다. 브레히트는 진실을 밝히는 과정에 관객이 동참하기를 갈망했다. 그는 관객이 관찰과 사색, 그리고 토론을 통해 현실을 인식하고 개혁하는 과업에 힘써야 한다고 주장했다. 정치극은 이런 관점에서 볼 때 지극히 이성적이다.

연극은 2,500년 동안 인간이 세상의 진상을 파악하고 경험하는 일에 공헌했다. 정치극은 현실을 방치하는 일을 용서하지 않는다. 정치극은 항상 시대를 경고한다. 멜힝거(Siegfried Melchinger)는 그의 저서『정치연극사』(1971)에서 정치연극을 상세하게 서술하고 있다. 셰익스피어와 정치연극에 관해서도 심층적으로 분석하며 해명하고 있다. 그 내용의 일부를 압축해서 이 글에서 소개하고자 한다.

셰익스피어가 런던에 왔을 때, 그는 교회 개혁을 둘러싼 투쟁을 경험했다. 이 와중에 배우 한 사람이 교수형 당하고, 작가 한 사람이 옥사(獄死)했다. 이 사건은 메리 스튜어트 처형 후 2년이 지나서였다. 수많은 교황주의자들이 처형되면 런던의 교회 종소리가 울리고, 대포 소리가 진동하며, 거리를 행진하는 대중의 환호 소리가 시가지를 흔들었다. 이런 상황 속에서 셰익스피어가 원고를 쓰면 검열을 받았다. 종교 관련 내용은 금기 사항이었다. 성서연극은 금지와 인가를 되풀이하다가 소멸되었다. 그래도, 튜더 왕조 시대에는 셰익스피어의 작품을 위시해서 도덕극과 우의극(寓意劇)을 통해 민중의 함성과 한(恨)은 표현되고 있었으며 자비와 평화를 전하는 기독교 신앙은 전파되고 있었다.

　엘리자베스 여왕은 청교도들과는 달리 연극과 무용을 좋아해서 궁중에 공연단을 초청해서 연극을 감상했다. 셰익스피어는 정치적인 내용은 우의와 상징 속에 숨기고 위장해서 무대에 올리는 천재적인 작가였다. 햄릿 성격 속에 숨겨진 채 표현되고 있다는 그의 후원자 에식스 백작은 처형된 후 2년 지나서 햄릿의 모습으로 재현되었다는 주장이 제기되었다. 헨리 8세의 충신 토머스 모어는 교황파로 낙인 찍혀 사형 당했는데, 그의 저서 『유토피아』가 셰익스피어 작품 속에 숨어 있다고 평론가들은 주장하고 있다.

　셰익스피어 연극의 배경은 세계 여러 나라에 설정되고 있어도 무대는 항상 영국이었다. 그의 작품에는 동시대 사건과 인물들이 깊숙이 숨겨져 있다. 중요한 것은 인물들의 행동 양식과 사회적 조건이다. 리처드 3세, 맥베스, 코리올레이너스, 시저 등 권력자들의 정치는 영국 왕조 시대에 그와 비슷한 상황을 흔하게 볼 수 있는 일이고, 악독한 독재권력의 횡포는 히틀러나 스탈린 등에서 확인될 수 있다. 얀 코트는 셰익스피어 역사극의 역사는 작품의 시대적 배경이 아니라 그 자체가 "비극의 주역"이라고 말했다. 얀 코트가 제시한 두 가지 역사 개념 중 한 가지는 "역사에는 의미가 있고, 객관적인 목표를 향해 발전하고 있다"는 것이고, 또 다른 것은 "역사는 의미가 없고, 정지하고 있으며, 잔혹한 순환을 되풀이하고 있다"는 것이었다. 얀 코트는 후자의 입장을 고수했다. 얀 코트는 셰익스피어의 비극과 역사극, 그리고 후기작에 대해서 비관적 역사관을 적용했다.

　그의 입장에서 셰익스피어를 접하면 우리는 오늘의 시대 상황에 대해서 절망감을 감출 수 없게 된다. 셰익스피어 역사극은 왕권 탈취의 비극이기 때문에 더욱더 그런 느낌이 든다. 그의 작품에서 권력투쟁에 휘말린 인사들은 모두 처참한 죽음을 맞게 된다. 셰익스피어는 자신의 역사적 체험이 주는 중압감을 털어버리기 위해 그의 작품을 통해 "비극적 총결산을 하고 있다"고 얀 코트는 보았다. 셰익스피어 극의 보편성에 관해서 언급한 얀 코트의 다음의 주장은 이런 관점에서 볼 때 쉽게 납득이 간다.

셰익스피어는 이 세상 모든 인생을 닮고 있다. 역사상 어떤 시대에도 셰익스피어 작품에서 관객은 자신의 시대가 구하려고 하는 것과 자신의 시대가 보고 싶은 것을 발견할 수 있다. 20세기 중반의 독자들과 관객들은 자신의 경험을 통해 〈리처드 3세〉를 해석한다. 그렇게 하면서 우리는 셰익스피어의 잔혹성을 무서워하거나, 또는 엄밀히 말해서 그 잔인성을 놀라워하지도 않는다. 등장인물들의 권력투쟁이나 살인행위를 현대인은 19세기 여러 세대의 관객과 비평가와 비교하면서 아주 태연스럽게 받아들이고 있다. 태연하지 않다 하더라도 이성적으로 받아들이는 것은 확실하다. 등장인물 대다수가 잔혹한 죽음을 맞는 것은 오늘날의 눈으로 보면 비극적인 필연성도 아니고, 카타르시스의 원리도 아니며, 관객의 기분을 혼란시키는 셰익스피어 천재성의 특징이라고도 말할 수 없다. 주요인물의 잔혹한 죽음은 오늘날에 이르러서는 오히려 역사적인 필연성이며, 자연스러운 것이라고 인정되고 있다.

에식스 백작은 25세 연장인 엘리자베스 여왕이 사랑한 충신이었다. 젊은 세대의 권력을 대표하던 그는 왕위를 노리며 반란을 일으켰지만 실패하고 1601년 2월 25일 런던탑 뜰에서 처형되었다. 이때 그의 나이 34세였다. 2년 후, 엘리자베스 여왕은 백작이 선물한 반지를 끼고 세상을 떠났다. 셰익스피어는 햄릿의 성격을 그와는 정반대로 묘사했지만 반역자의 부패상을 왕권의 부패상으로 바꾸어서 권력의 말로를 다루었다. "덴마크는 부패하고 있다"라는 햄릿의 대사는 당대 영국인들에게 큰 반향을 일으켰을 것이다. 에식스 반란 전날 오후, 셰익스피어 극단은 정치조직의 요청으로 궁정에서 왕의 폐위를 다룬 〈리처드 2세〉를 공연해서 민중을 선동하려고 했다. 한때, 엘리자베스 여왕은 "나는 리처드 2세"라고 말한 적이 있었기 때문이다. 이 문제로 극단은 큰 곤욕을 치렀다. 극단은 반란 사건을 인지하지 못했다는 법정의 판단으로 혐의를 벗었지만, 이 연극을 허락한 메이리크 경(Sir Gilly Meyrick)은 처형되었다. 이 작품은 셰익스피어의 정치극이다.

셰익스피어는 정의가 없는 권력이란 무엇인가라는 주제를 역사극에서 끊임없이 다루고 있었다. 〈리처드 2세〉는 중세적인 왕권신수설을 주장한 작품이다. 리처드 2세는 국왕의 특권을 남용했다. 국민의 불만이 쌓이면서 리처드 2세는 볼링브로그(후에 헨리 4세)와의 싸움에서 패배하고 퇴위당한 후 본프렛성에 갇혀 있을 때 암살당했는데, 이 사건이 장미전쟁의 발단이 되었다. 셰익스피어는 이 작품을 튜더 왕조 말기인 1595년에 썼다. 엘리자베스 여왕 치세 말기였다. 〈헨리 4세〉(2부)는 1598~99년에 쓴 작품으로 권력 찬탈을 주제로 한 작품이다. 셰익스피어는 민중을 권력자로 인정했다. 그런데 이들도 권력자와 마찬가지로 부패하고 몰락한다. 〈헨리 5세〉는 1599년 작품인데, 왕권의 행운과 찬란한 업적을 추구한 작품으로서 역사극 연작의 정점을 차지하고 있다.

셰익스피어는 역사와 정치의 문제를 파고들면서 〈햄릿〉, 〈줄리어스 시저〉, 〈안토니와 클레오파트라〉, 〈코리올레이너스〉를 연달아 세상에 내놓았다.

〈햄릿〉(1601)은 정치극인가? 그렇게 해석될 수 있다고 나는 생각한다. 이 작품은 12세기 덴마크 엘시노 왕성에서 전해지는 전설을 소재로 하고 있다. 심야 성벽에 선왕의 망령이 나타나서 햄릿 왕자에게 자신의 억울한 죽음을 전하고 복수할 것을 명령한다. 이 작품의 중요 내용은 클로디어스 현왕에 대한 햄릿의 복수이다. 클로디어스와 어머니 거트루드의 근친상간, 오필리어와의 사랑, 레어티즈와의 결투, 두 친구들의 배신, 폴로니어스를 자살(刺殺)한 햄릿의 영국 유형(流刑), 클로디어스의 음모 등 모든 일들이 클로디어스의 정치적 행동에서 일어나고 있다. 왕의 동생이 형을 죽이고 왕권을 차지한 잔혹한 정치폭력은 나라를 혼란에 빠트리고 있는데, 이 기회에 노르웨이 왕자는 선왕의 복수를 위해 덴마크에 진격하려고 전세(戰勢)를 갖추고 있다.

햄릿은 부패한 사회를 바로잡기 위해 클로디어스 제거라는 정치적 목표를 세우고 일을 진행하고 있다. 개인적 복수와 부정한 정치권력과의 투쟁이라는 이중의 무거운 과업을 햄릿은 짊어지고 있다. 복수는 사적인 일이지만, 그가 말한 대로 '헝클어진 나라의 매듭'을 바로잡는 일은 공적(公的)인 일이면서 정치적 행위가 된다. 테렌스 이글턴(Terence Eagleton)은 그의 저서 『셰익스피어와 사회』(1967)에서 행동의 매개체로서의 '대리인' 문제를 거론하면서 다음과 같이 정치적 인간으로서의 햄릿의 입장을 설명하고 있다.

인간이 다른 인간을 제압하고 이용하면서 원인과 결과의 그물망 (network)이 형성된다. 그런 인과 관계는 인간의 사회성이며, 그런 사회성은 정치가 작동되는 토대가 된다. 오필리어는 클로디어스와 폴로니어스의 대리인이다. 오필리어는 연인 햄릿을 만나면 간혹 대리인의 역할을 잊어버린다. 레어티즈는 클로디어스의 대리인이다. 햄릿의 친구 로젠크랜츠와 길든스턴은 클로디어스의 대리인이다. 햄릿은 망령이 된 부왕의 복수 대리인이다. 햄릿은 또한 나라를 구출하고자 하는 국민의 대리인이다.

〈햄릿〉과 〈줄리어스 시저〉 간의 창작연도의 근접성은 두 작품의 주제가 동일한 상황에서 전개되고 있다는 것을 말하고 있다. 한쪽은 범죄를 저지른 권력자에 대한 왕자의 반항이요, 또 다른 쪽은 공화국의 자유를 부정한다는 이유로 시저에게 반기를 든 정객의 경우가 된다. 브루터스와 레어티즈도 대조적이다. 모두들 제왕과 왕을 부정하고 있다. 3막 1장 독백에서 햄릿은 "무도한 폭군의 횡포를, 오만한 자들의 책망을, 버림받은 사랑의 아픔을, 재판의 지연을, 관리들의 불손을, 악인으로부터 받으며 참고 있는 착한 사람들의 모욕을 어떻게 견딜 수 있단 말인가"라고 분통을 터뜨리고 있다.

셰익스피어는 햄릿과 시저의 문제를 철학적이며 실존적인 입장에서 접근하고 있다는 느낌을 갖게 한다. 햄릿은 정치적 행위를 논하고 있는 것이 아니라 "정치에 관한 철학"을 제시하고 있다고 멜힝거는 지적했다. 햄릿의 독백을 분석하면서 햄릿을 움직이는 "중심 요인은 정치"라고 그는 단정했다. 왕권을 찬탈한 국왕이 내정 문제로부터 국민의 관심을 대외정책으로 돌리려고 군비를 독촉하는 일이라든가 포틴브라스의 덴마크 침입은 에식스의 반란을 상기시킨다고 멜힝거는 언급했다.

시대의 먹구름이 몰려왔다. 1600년에 철학자 조르다노 브루노가 로마에서 공개적으로 화형을 당했다. 독일에서는 가톨릭에 대항하는 프로테스탄트 연합체가 결성되었다. 영국에서는 교황파의 아들인 칼뱅주의자가 왕위에 올랐다. 1605년, 가이 포크스 의사당 폭파 음모 사건이 발생했다. 이 사건은 엘리자베스 여왕 시대 억압되었던 신교와 구교 간의 권력투쟁이 점화된 사건이었다. 가톨릭과 청교도의 탄압이 시작되면서 이단자들을 추적하는 인간사냥이 시작되었다. 이 시기에 셰익스피어는 〈햄릿〉, 〈줄리어스 시저〉, 〈안토니와 클레오파트라〉, 〈코리올레이너스〉, 〈아테네의 타이몬〉, 〈리어 왕〉, 〈맥베스〉 등의 작품을 집필했다. 이들 작품에서 두드러진 주제는 기묘하게도 사랑과 정치였다. 사랑과 정치의 역사를 다루면서 셰익스피어는 세계와 대결하고 비판하는 정치극을 집필했다.

〈안토니와 클레오파트라〉는 세계정치와 문명의 갈등을 다루면서 사랑의 주제를 확대시켰다. 라이먼은 "이집트 문명과 로마 문명의 충돌을 그리면서 셰익스피어는 '아폴론적인 것'과 '디오니소스적인 것'을 대조시켰다"고 말했다. 말하자면 자아와 사회의 갈등이다. '아폴론적인 것'의 원리는 생의 형식과 질서를 중시한다. '디오니소스적인 것'의 원리는 생의 형식과 질서에 얽매이지 않는 자유를 중시한다. 시저는 아폴론적인 생존의 원리이며, 클레오파트라는 디오니소스적인 생존의 원리가 된다. 안토니는 이 두 원리 사이를 죽을 때까지 오가며 방황한다. 셰익스피어는 이 두 가지 원리가 만나서 부딪치는 투쟁과 그로 인한 상황과 결과를 극화하고 있다.

두 세계의 차이는 음식물에 관해서도 엿볼 수 있다. 이집트의 주연(酒宴)이나 알렉산드리아의 향연(饗宴)은 로마 장군들이 가장 부러워하는 식사 자리가 된다. "열두 명 아침 식사 자리에 여덟 마리 돼지를 굽는"다는 소문은 로마를 들썩거렸다. 그러나 시저는 음식의 유혹에 휩쓸리지 않는다. 4막 2장에서 안토니가 내일의 전쟁을 잊고 "자, 오늘 밤, 환락의 시간을 보내자"고 말하면서 먹고 마시는 술판이 군진(軍陣)에서 벌어지는데 이러한 알렉산드리아의 향연이 디오니소스적인 과잉과 낭비라면 로마의 식탁은 아폴론적인 절제가 특징이다. 음식은 사람의 기질을 바꾼다. 로마가 사슴으로 표현되는 안토니라면 이집트는 뱀으로 비유되는 클레오파트라이다.

문명과 문화, 인간의 기질과 성격은 두 나라 간에 소통 불가능의 담을 쌓게 했다. 하지만, 그 심연을 건너뛴 것은 사랑이었다. 안토니는 외쳤다. "로마여, 티베르 강물에 흘러가라. 이 세상에서 가장 귀한 것은 사랑이다." 이집트는 안토니에게 사랑과 태양의 은혜로운 대지였다. 로마는 광활하지만 그곳은 정치와 군사의 동토(凍土)였다. 이집트는 사랑의 향연으로 지새는 농밀한 삶의 공간이요, 로마는 권력 다툼으로 사람이 죽어가는 잔혹한 흙더미 공간이다.

이 모든 대립은 로마와 알렉산드리아를 영원한 앙숙이 되도록 만들었다. 알프스산맥을 넘고, 지중해를 건너, 중동과 유럽을 석권한 로마 제국의 통치자 중 한 명이었던 안토니가 마지막 숨을 거둔 공간은 아이로니컬하게도 이집트 왕궁의 좁다란 별전(別殿)이었다. 그의 죽음은 정치가 사랑에 흡입되는 역사의 순간으로 기록될 것이다.

라이먼은 그의 저서에서 "안토니와 클레오파트라의 사랑은 세계 붕괴의 비극이다. 안토니의 죽음은 한 인간, 또는 한 영도자의 죽음이 아니라 그 죽음은 세계의 일부가 멸망하는 것을 뜻한다"라고 말했는데, 사실상 안토니의 죽음은 정치 종말의 참사이고, 정치가 사랑을 누를 수 없다는 증거라고 생각된다. 안토니는 죽음 직전에 말했다. "시저의 용기가 안토니를 넘어트리지 않았다. 안토니의 용기가 나를 제패했다." 그 용기는 무엇인가. 로마를 버리고 클레오파트라를 사랑한 용기를 말한다. 안토니가 죽는 순간 클레오파트라는 말했다. "세상의 왕관은 녹아서 무(無)로 돌아갔다. 전쟁의 꽃망울은 시들고 전사(戰士)의 기둥은 쓰러졌다." 여왕은 이 대사로 정치의 허무를 개탄했다.

여왕은 전쟁을 싫어했다. 안토니와 해전(海戰)에 참가했다가 혼자서 회군(回軍)할 정도였다. 나중에 안토니에게 이 일을 사과하지만 클레오파트라 마음에는 사랑하는 안토니 한 사람이 중요했다. "나는 여왕이 아니다. 그저 한 사람의 여자이다. 내 불씨도 다했다. 불은 꺼졌다!" 여왕은 안토니가 죽고 없는 세상은 무의미하다고 생각하면서 그가 없으면 여왕의 자리도 없다고 결연하게 말했다. 사랑과 정치의 관계를 여실히 보여주는 장면이다. 사랑은 밝고 정치는 어둠이다.

셰익스피어는 이 작품에서 사랑의 주인공들이 차지하고 있는 사적(私的)인 영역은 로마의 영토만큼이나 넓고 복잡하다는 것을 보여주면서 개인의 고독한 삶의 깊이를 전달하고 있다. 이런 측면이 〈코리올레이너스〉가 높이 평가되는 이유 중 하나가 된다고 나는 생각한다. 라이먼은 이것을 "안토니가 구축한 독자적인 사랑의 영토"라고 말하면서 "그 세계는 현실적인 정치 세계에 역행한다고 말했다. 안토니는 사랑과 명예

의 정점에 도달하려다가 자신을 파멸시켰다. 사적인 자기 충족과 공적
인 사회적 책임 양자 중 안토니는 전자를 선택했다"고 라이먼은 덧붙였
다. 정확한 지적이었다.

라이먼은 〈안토니와 클레오파트라〉의 사랑과 정치에 관해서 다음과
같은 결론을 내렸다.

> 안토니는 셰익스피어가 사랑한 최고의 비극적 영웅이다. 안토니와
> 셰익스피어의 관계는 헤라클레스와 그에 대한 관계와도 같다. 안토니
> 가 이 세상을 하직할 때, 인생을 값지게 만드는 영광, 열정, 환희, 그
> 리고 행복 등을 몽땅 들고 갔다. 안토니의 정복자는 신중하고 엄정하
> 고, 냉정하고, 지루하고 힘 있는 옥타비우스이다. 그는 평화와 발전을
> 이룩한 아우구스투스 제왕 시대의 전조(前兆)가 된다. 셰익스피어 시
> 대의 코페르니쿠스의 과학적 발견, 몽테뉴의 냉소적인 에세이, 마키
> 아벨리(Niccolo Machiavelli)의 냉철한 정치과학으로 열린 시대와 같다.
> 셰익스피어는 투철한 예언적 안목으로 한 장면에서 합리주의와 관료
> 주의 베일을 베끼고 신세계에서 펼쳐지는 추악한 정치의 이면을 폭로
> 하고 있다. 레피더스, 옥타비우스, 그리고 안토니를 살해하는 방법을
> 봄페이와 메나스는 은밀하게 의논하고 있다. 우리는 이 장면에서 부
> 패한 현대정치의 장면을 연극무대에서 보고 있다.

한편 이글턴은 〈안토니와 클레오파트라〉에 대해, 안토니의 행동은
두 가지 측면에서 '자기패배'의 길을 갔다고 말했다. 첫째는 클레오파트
라와의 사적(私的) 관계에서 '자기소멸'이 시작되었고, 둘째는 그의 공적
(公的) 행동에서 이성을 잃고 있어서 자기 파멸의 길로 들어섰다는 것이
다. 그 예를 해전의 경우에서 볼 수 있다. 그는 공적인 일을 항상 클레오

파트라와 연관시키고 있다. "안토니는 코리올레이너스처럼 자기완성과 사회적 책임 양단간에 한 가지 선택을 해야 하는데, 안토니는 코리올레이너스와는 달리 전자를 선택했다. 안토니가 사적 영역에서 벗어나지 못한 것이 그의 비극의 원인"이라고 라이먼은 단정했다.

2. 정치에 관한 명언

국내의 두 세력이 팽팽하게 싸울 때는,
사소한 일에도 서로 물고 뜯는 당파가 생긴다.

〈안토니와 클레오파트라〉, 1.3

세 사람의 통치자, 세 사람의 동료가
당신의 배(船) 안에 있습니다. 닻줄을 끊읍시다.
바다에 나가서 그놈들의 숨통을 끊읍시다.
여보게! 그 일은 조용하게 해치워야 하네.
내가 하면 배반자가 되고, 네가 하면 충성이지.

〈안토니와 클레오파트라〉, 2.7

이 더러운 정치가야.

〈헨리 4세 제1부〉, 1.3

사자가 새끼양에게 아양을 떨어도,
새끼양은 절대로 사자를 따르지 않는다.

〈헨리 6세 제3부〉, 4.8

왕관을 쓴다는 것은 얼마나 달콤한 일인가,
왕관 둘레 안에는 극락세계가 있다.
시인들이 읊는 행복과 기쁨이 있다.

〈헨리 4세 제3부〉, 1.2

이 세상 다 준다 해도
나는 왕비가 되지 않겠다.

〈헨리 8세〉, 2.4

왕자는 거울이요, 학교요, 책이다.
신하들은 거울 보고, 읽고, 배운다.

『루크리스의 겁탈』, 615

거칠고 험한 바닷물이 아무리 쓸고 들어와도,
성스러운 왕관의 향유(香油)를 씻어낼 수 없다.

〈리처드 2세〉, 3.2

급히 큰불을 일으키는 사람도
시작은 지푸라기 모닥불로 시작한다.

〈줄리어스 시저〉, 1.2

왕관을 쓴 머리는 불안하다.

<헨리 4세 제2부>, 3.1

내 속에는
영원불멸에 대한 갈망이 있다

<안토니와 클레오파트라>, 5.2

위대한 사람이 되는 것을 겁먹지 마라. 어떤 이는 태어나면서 위대하고, 또 어떤 이는 일을 해서 위대해진다. 그리고 어떤 이는 강요당한 몸으로 억지로 위대한 사람이 된다.

<십이야>, 2.5

위대한 인간도 몰락하면, 충신들은 그를 버리고 달아난다.
가난한 사람이 출세하면 원수들도 몰려와서 친구가 된다.

<햄릿>, 3.2

제6장

〈코리올레이너스〉 작품론

1. 플롯 시놉시스

〈안토니와 클레오파트라〉는 1608년, 46세 때 쓴 작품이다. 셰익스피어는 같은 해에 로마극 〈코리올레이너스〉를 쓴 것으로 추정되고 있다. 나는 이 사실을 중요시한다. 두 작품의 연관성 때문이다. 〈코리올레이너스〉는 셰익스피어의 마지막 비극작품이다. 인간의 비극적 운명에 관한 셰익스피어의 사상을 담고 있다. 그 당시 정치 상황에 대해서 셰익스피어는 깊은 좌절감을 느끼고 있었던 것이 아닌가 싶을 정도로 비극적인 작품이다. 〈줄리어스 시저〉와 〈안토니와 클레오파트라〉의 시대인 기원전 1세기보다 훨씬 이전인 기원전 5세기를 작품의 배경으로 삼고 있다. 당시 로마는 군소 도시국가였는데, 로마의 권력을 잡으려면 시민의 동의가 필요했다.

이 작품은 1681년 테이트(Nahum Tate)의 번안극으로 무대에 올랐다. 18세기와 19세기 공연을 지나, 20세기 초반에 주목받은 공연은 민중 반란에 역점을 둔 1934년 파리 코메디 프랑세즈 공연이었다. 1938년,

로렌스 올리비에가 주연한 올드빅(Old Vic) 무대에 올린 〈코리올레이너스〉는 여배우 시빌 손다이크(Sybil Thorndike)의 벌럼니어 명연기로 명성을 떨쳤다. 21년 후, 올리비에는 이 작품의 주인공 역에 다시 도전을 했다. 피터 홀이 연출한 스트랫퍼드 무대였다. 이 무대에 등장한 벌럼니어 역할은 이디스 에반스(Edith Evans)였다. 연출가 타이론 거스리(Tyrone Guthrie)의 1963년 무대는 정신분석학으로 해석한 작중인물의 성격 묘사와 코리올레이너스와 오피디어스의 애증 관계를 집중적으로 조명한 것으로 화제가 되었던 공연이었다.

1막 1장은 로마 거리에서 시작된다. 시민들이 무기를 들고 카이어스 마셔스를 민중의 공적(公敵)이라고 외치면서 폭동을 일으키고 있다. 시민 집단은 정치가의 호소력 있는 연설에 군중심리가 작동해서 그에게 쏠리면서 환성을 지른다. 한 시민은 말했다. "모두들 각오는 되어 있지. 굶어 죽느니 싸우고 죽자." 그의 선동에 호응하는 시민은 외친다. "각오는 되어 있다." 카이어스 마셔스는 국가를 위해 혁혁한 공로를 세웠지만, 자만심에 들떠서 모친 말만 듣는 것이 그의 약점으로 지적되고 있다. 마셔스의 친구 메니니어스 아그리파가 등장해서 시민들에게 마셔스를 옹호하는 말을 하면서 시민들과 토론을 하는 사이 마셔스가 등장해서 시민들의 사태에 관해 메니니어스와 협의를 한다. 마셔스는 시민들의 반란에 강경한 조치를 취하겠다고 말한다. 그때 사신이 등장해서 마셔스에게 볼샤이인들이 반란을 일으켰다는 메시지를 전달한다.

1막 2장서부터 1막 8장까지는 볼샤이군과 전투를 벌이는 마셔스의 전황과 그의 승전을 전하고 있다. 1막 9장에서, 토벌대장 코미니어스가 로마군을 이끌고 등장할 때 반대쪽에서 마셔스가 등장한다. 코미니어스는 전쟁을 승리로 이끈 마셔스 장군을 찬양하면서 그에게 '코리올레이너스'라는 칭호를 드린다고 선언한다. 마셔스의 승리는 오피디어스의 원한을 사게 되어 그는 마셔스를 파멸시키겠다고 맹세한다.

2막. 메니니어스와 두 사람의 호민관 시시니어스, 브루터스가 등장한다. 이들 두 호민관은 메니니어스에게 마셔스가 지나치게 오만하다고 비난한다. 이에 대해서 메니니어스는 "그대들이 의지하는 것은 다수의 시민들이다. 그대들은 혼자 힘으로 한 걸음도 나갈 수 없다"고 호민관들을 나무란다. 마셔스는 시민들의 환영을 받으면서 로마로 개선했다. 그는 장군으로서 '코리올레이너스' 칭호를 받게 되는데, 최고 권력자 집정관이 되려면 누더기를 걸치고 시민들 앞에 무릎을 꿇은 채 시민들을 위해 일하겠다는 맹세를 해야 한다. 그는 이 일을 할 수 없다고 거절했기 때문에 시민 대표 호민관들은 그를 배척하게 되었다. 이들 호민관들은 마셔스가 시민들에게 곡식 분배를 거부했다고 비난했다. 마셔스는 시민들이 적과 대항해서 싸우는 것을 거부했기 때문에 곡식을 무료로 받을 자격이 없다고 말했다. 격노한 시민들은 마셔스를 체포하려고 했지만 원로원 의원들은 시민들을 물리쳤다.

3막. 코리올레이너스는 오피디어스가 다시 로마로 향해 진격한다는 소식을 접하고 대책을 강구한다. 시시니어스와 브루터스는 시민들에게 마셔스의 호민관 추천을 철회한다고 언명했다.
시시니어스는 선언했다. "민중 부재의 로마는 로마가 아니다." 시민

들은 이 선언에 찬성한다. "그렇다, 그렇다. 민중이 로마다." 브루터스
는 말한다. "우리는 민중의 총의로 선출되었다. 우리는 민중의 권리를
대행하고 있다." 시민들은 그 말에 찬동한다. "그렇다. 그렇다." 브루터
스는 선언한다. "민중을 대표해서 선고한다. 마셔스를 즉각 사형에 처
한다." 이른바 인민재판이 실행되고 있다. 메니니어스는 시민들을 진정
시키며 마셔스를 포럼에 불러 시민들의 불만에 응답하도록 하자고 제
안한다. 마셔스는 이 제안에 반대한다. 그는 모친의 충언을 받아들인
다. 모친은 "정책과 명예는 전쟁 시에나 평화 시에나 언제나 함께 간다"
고 강조했다. 3막 2장은 마셔스가 왜 모친의 충고를 경청할 수밖에 없
는지 그 내용을 상세하게 전하고 있다. 제3장에서 마셔스는 광장의 민
중 앞에서 떳떳하게 말했다.

> 너희들 민중은 지옥의 화염 속에 빠져버려라!
> 내가 민중을 배반한 자라고 말하느냐! 무례한 호민관들아!
> 너희들 눈 속에 수백만 인간을 말살하는 힘이 있다 하더라도,
> 너희들 손에 수백만 인간의 목숨이 달려 있다 하더라도,
> 너희들 혓바닥에 그 이상의 죽음을 부르는 마력이 있다 하더라도,
> 나는 무서워하지 않고 말한다. "너희들은 거짓말쟁이다"라고
> 나는 하느님께 기도하는 깨끗한 목소리로 외친다.

결국 마셔스는 집정관에 오르지 못하고 국외로 추방되었다. 4막은 코
리올레이너스 재기와 복수의 장(場)이요, 5막은 영웅의 원통스런 비극적
종말이 된다. 코리올레이너스는 어머니가 눈물을 흘리며 이별을 슬퍼
하고 있는 가운데 로마를 떠났다. 그는 과거 숙적이었던 볼샤이의 장군

다라스 오피디어스를 찾아가서 망명의 내력을 설명하고 협조를 구하며 힘을 합쳐 로마를 공략하자고 제안했다. 그의 동의를 얻고, 병력의 반을 지원받은 코리올레이너스는 공격을 개시해서 로마는 괴멸 직전에 놓이게 되었다. 그의 동료였던 메니니어스는 코리올레이너스에게 로마의 구제를 요청했지만 그는 거절했다.

그런데, 문제가 생겼다. 로마를 구제하라는 어머니의 호소와 아내의 탄원이었다. 이를 거부하지 못한 코리올레이너스는 로마와 평화조약을 맺었다. 코리올레이너스가 나라를 위해서 전쟁을 하는 것은 어머니를 위해서 하는 일(1.1.37)이라고 말했다. 코리올레이너스의 존재는 어머니와 떼어놓을 수 없다. 사랑과 정치가 이 경우 기묘한 관계를 유지하고 있다. 어머니와 아내가 탄원해서 로마 침공을 중단한 코리올레이너스는 뜻밖의 궁지에 몰리게 되었다. 오피디어스는 로마 정복 직전에 코리올레이너스가 화평조약을 맺은 것에 대해서 용납할 수 없었다. 그는 승승장구하는 코리올레이너스 때문에 자신의 지위가 위협받는 일도 두려웠다. 오피디어스는 민중을 선동하고, 자객을 동원해서 코리올레이너스를 배신자로 몰아서 살해했다.

코리올레이너스와 오피디어스는 기묘한 애증 관계로 연결되어 있다 (1.1.231~237). 그 관계는 사랑과 정치의 모순을 명백히 드러내는 사례가 된다. 정치를 위해서는 접근하지만, 정의를 위해서는 떨어져야 하는 경우가 된다. 코리올레이너스는 때로 적을 가까이 품어야 하는 모순도 감수해야 하고, 오피디어스는 코리올레이너스의 이 같은 진퇴양난의 궁지를 은근히 즐기고 있는 정치가이다. 오피디어스는 제자리에 편안하게 앉아서 코리올레이너스와 로마에 대한 원한의 정치적 보복을 감행하고 있다.

메니니어스 같은 중용의 정치는 대중 영합주의 집정관들 앞에서는 무력하다. 집정관은 코리올레이너스가 시민들을 억압하고 일인 독재로 가는 것을 경계하고 있다. 그들은 민중의 여론을 대변하고 있다고 주장한다. 이는 민주주의 대의정치라 할 수 있는데, 그런 견해에 대해서는 셰익스피어도 동조하고 있다고 데이비드 베빙턴은 주장하고 있다. 극 초반부터 코리올레이너스는 시민들을 '불량배들'이라고 경멸하면서 적대감을 불러일으키는데, 이 같은 그의 다혈질 기질과 호전적인 성격은 대중들의 반발을 산다. 이런 결함이 있음에도 그에게는 정의감이 있고, 위선을 참지 못하는 순수한 마음과 로마를 지키는 결단력이 있어서 일부 계층으로부터 그가 지도자로서 존경받는 이유가 된다.

셰익스피어의 정치극은 권력자의 등장과 퇴장이 끊임없이 되풀이되는 드라마이다. 정치 선동의 무대에 민중이 등장하고, 그들은 권력자를 수시로 바꾼다. 강자가 정권을 잡아도 적수가 나타나서 민중을 앞세우고 정권을 탈취한다. 이토록 거듭되는 변란으로 사회는 안정과 평화를 잃고 시대는 전란 속에서 위기를 맞이하게 된다. 권력자가 정권을 잃게 되는 이유로서 당사자의 인격적인 결함이 주로 거론된다. 권력자는 자만심에 빠져 세상을 보는 혜안을 잃고 지도력을 상실하는데 아리스토텔레스가 지적하는 지도자의 '비극적 결함'이 된다.

코리올레이너스의 상황은 개인의 성격과 정치적 현실이 갈등을 빚는 경우가 된다. 연극은 〈줄리어스 시저〉를 연상케 하는 그런 정치적 문제를 제기하고 있다. 시저는 절대 권력을 지향하고 있다. 브루터스는 민중을 등에 업고 포퓰리즘 정치를 하는 공화주의자이다. 브루터스에 살해당한 시저 시체를 놓고 시민들 앞에서 안토니와 브루터스는 웅변으로 대중을 선동한다. 대중들은 집단 심리에 영합해서 중심을 잃고 이리저리 움직인다. 판세는 안토니 쪽으로 기울었다. 결국, 브루터스는 민중의 공적이 되어 안토니에게 패배한다. 로마는 삼두정치로 돌아갔다. 그 이야기는 〈안토니와 클레오파트라〉에서 계속되었다.

코리올레이너스는 정치적 기회를 잘 포착했다. 로마 시민은 귀족정치에 신물이 났다. 식량난과 물가고 때문에 시민 폭동이 감지되었다. 민주주의 정치에 대한 갈망이 강하게 시민들 사이에서 유포되었다. 이런 상황은 당시 영국의 정치 상황을 반영하고 있다고 평자들은 지적하고 있다. 1607년, 영국 노샘프턴셔, 워릭셔, 레스터셔에서 똑같은 이유로 농민 반란이 일어났다. 1603년 왕위에 오른 제임스 1세는 영국교회를 민주적으로 개방하려는 청교도의 노력을 탄압하고 저지했다. 로마 호민관은 시민의 요구를 등에 업고 로마의 법을 외치고 있다. 코리올레이너스는 시민과 호민관을 로마 귀족사회의 적으로 보았다. 그는 이들이 나라를 위태롭게 한다고 생각했다. 어느 쪽이 옳은지에 대해서는 셰익스피어가 아무런 판단을 내리지 않고 있다. 데이비드 베빙턴은 이 상황을 다음과 같이 설명했다.

플루타르코스처럼 그는 양쪽의 강점과 약점을 똑같이 파헤치고 있다. 셰익스피어는 극단적으로 가는 정치적 폭력은 중용을 지향하는 계층이 지키려는 문명권의 조직을 해체하게 된다는 사실을 〈줄리어스 시저〉의 경우처럼 확실하게 연극으로 보여주고 있다.

〈로마 성문 앞의 코리올레이너스〉, 프란츠 안톤 말베르츠(Franz Anton Maulbertsch), c.1795

셰익스피어의 사랑과 정치 : 〈안토니와 클레오파트라〉〈코리올레이너스〉

2. 다양한 해석과 평가(1710~1974)

〈코리올레이너스〉는 생동감 넘치는 성격 창조, 이질적인 요소의 통합적 구성, 주인공의 비극적 운명이 다뤄진 명작으로 높이 평가되고 있다. 모든 평론가들이 공통적으로 지적하는 이 작품의 특성은 정치연극 토론을 위한 귀중한 참고자료가 된다는 것이다. 셰익스피어는 귀족계급의 권력자들과 시민들 간의 충돌에 초점을 두고 개인보다는 정치사회의 문제를 이 작품에서 집중적으로 거론했다고 생각된다. 문제는 코리올레이너스라는 인물의 성격론이다. 그는 열정적이면서도 냉정하다. 냉소적이면서 고결하다. 불굴의 영웅인데 어머니에게 쉽게 굴복하고 순종한다. 충직하지만 때로는 배신한다. 겉으로 냉혹하지만 내심은 인자롭다. 이토록 모순된 성격을 지닌 역설적인 인간을 어떻게 이해해야 하는가라는 것이 평론가들이 곤혹스러워하는 부분이다.

초기 평론은 세 가지 문제를 집중적으로 거론했다. 셰익스피어가 의

존하는 신고전주의 연극원리와 성격창조론, 그리고 역사적 사건의 표현이다. 1710년, 찰스 길던(Charles Gildon)은 1710년대에 셰익스피어 전 작품에 대해서 논평을 했던 최초의 평론가였다. 그는 다른 신고전주의 평론가들처럼 셰익스피어를 상상력 넘치는 극작가로 평가했다. 길던 자신은 민중들의 반항을 긍정적으로 받아들이면서도 셰익스피어는 대중들의 집단행동을 부정적으로 처리했다고 그의 『셰익스피어 연극론』(1710)에서 주장했다. 존 데니스(John Dennis)는 1712년 『셰익스피어의 천재성과 작품론』에서 〈코리올레이너스〉를 언급하면서 "선은 계속해서 번영을 누리고, 악은 반드시 처벌되어야 한다"고 강조했다. 셰익스피어 비평사에서 신고전주의를 대표하는 새뮤얼 존슨(Samuel Johnson)은 1765년 발표한 평론에서 "〈코리올레이너스〉는 작중인물의 다양한 성격 창조와 운명의 몰락을 실감 나게 보여준 작품"이라고 격찬했다. 엘리자베스 그리피스(Elizabeth Griffith), 제임스 허디스(James Hurdis) 등도 존슨의 의견에 찬동하면서 탁월한 작품론을 발표했던 신고전주의 평론가들이다.

저명한 독일 낭만주의시대 평론가인 빌헬름 슐레겔(August Wilhelm Schlegel)은 유럽 셰익스피어 논단의 중심인물이다. 그가 번역한 16편의 셰익스피어 작품은 독일에서 최고의 업적으로 평가되고 있다. 그는 독일 낭만주의 운동을 선도하는 평론가였다. 19세기에 이르러 〈코리올레이너스〉에 대한 평가에 변화가 일어났다. 작품의 구성이 일관성이 있고, 작중인물의 복잡한 심리 표현이 새롭게 살아났다는 주장이 제기된 것이다. 어머니의 역할과 아들의 비극, 그리고 작품의 정치적 요소가 구체적으로 거론되었다. 슐레겔은 이 작품을 긍정적으로 평가한 평단의 선두주자였다. 낭만주의 시대는 〈코리올레이너스〉에 대해서 전반적으로 호평했다. 슐레겔은 특히 비극 속에 도입된 역사적 사건의 능숙한 처리를 좋게 보았다. 그는 『셰익스피어 역사극 평론』(1811)에서 이렇게 말했다.

세 편의 로마극인 〈코리올레이너스〉, 〈줄리어스 시저〉, 〈안토니와 클레오파트라〉는 특히 격찬하고 싶은 작품이다. 고대 로마의 사회생활이 무대에서 자유롭고 장엄하게 재현되고 있다. 감동적인 시적 대사로 플루타르크의 영웅이 되살아나고 있다. 〈코리올레이너스〉는 다른 어떤 작품보다도 희극적 요소가 잘 섞여 있다.

1817년, 윌리엄 해즐릿(William Hazlitt)도 이 작품을 격찬했다. "적게 가진 자는 적은 대로 살고, 많이 가진 자는 남이 남긴 모든 것을 갖는다"라는 해즐릿의 코멘트는 찬반양론의 격론을 불러일으키면서 오랫동안 정치논쟁으로 번졌다. 해즐릿은 대표적인 영국 낭만주의 시대의 평론가이다. 1817년에 간행된 그의 책 『셰익스피어 작품에 등장하는 인물론』 '서론'은 작품을 논리적으로 분석하고 해명하는 것이 아니라 감성적인 직관력으로 해석해서 전달하는 전형적인 낭만주의 평론이었다. 해즐릿은 대중이 혐오감을 느끼는 코리올레이너스의 입장을 옹호하는 『코리올레이너스 비평론』(1817)을 발표했다.

〈코리올레이너스〉는 정치이론이 가득 차 있는 창고라 할 수 있다. 정치이론을 공부하는 사람에게는 이 연극을 보면 버크의 정치이론 서적(Burke's Reflections)이나 페인의 책(Pain's Rights of Man)을 읽는 수고를 덜어준다. 민주주의냐 귀족주의냐에 대한 찬반 이론, 소수의 특권과 다수의 요구, 자유와 노예, 권력과 그 낭비, 평화와 전쟁의 문제 등이 이 작품에서 시인의 정신과 철학가의 날카로운 지성으로 잘 다뤄지고 있다. 인간의 역사는 로맨스요, 가면이요, 권선징악 원리에 토대를 둔 비극이다. 소수의 인간에게는 오락이지만 다수에게는 죽음의 역사이다.

1833년, 안나 브라우넬 제임슨(Anna Brownell Jameson)은 코리올레이너스 몰락의 동인(動因)이 된 어머니 벌럼니어를 집중적으로 연구한 최초의 평론가이다. 안나 제임슨이 다룬 평론의 대상은 낭만주의 종말 시기와 빅토리아 시대에 공연된 사실주의 무대였다. 1832년 발표한 글에서 주로 다루고 있는 내용은 셰익스피어 작품에 등장하는 여성 성격의 문제와 작품에 표현된 역사에 관한 내용이다. 제임슨은 로마시대 귀족계층 여성과 오만한 아들의 성격적 유사성을 해명하는 일에 집중했다.

셰익스피어는 벌럼니어의 성격을 묘사하면서 로마 귀족 여성의 초상을 보여주었다. 코리올레이너스는 이 작품의 주인공이지만, 대부분의 극적 활동과 최종적인 파국은 어머니 벌럼니어로 인해 발생한다. 벌럼니어는 "로마를 건지고 아들을 잃었다." 그녀의 고결한 애국정신, 귀족적인 자만심, 어머니로서의 권위, 충천하는 정신은 효과를 발휘하면서 여성으로서의 아름다움을 유지하고 있다. 나는 어머니와 아들의 자리와 감정을 밝히는 것으로 시작하려고 한다. 왜냐하면 이 문제는 극의 전개에 중요한 요소이며 그 특성이 인물의 성격에 두드러지게 나타나 있기 때문이다. 벌럼니어는 로마 귀족 여성이고 로마의 구제는 그녀의 공로이지만, 벌럼니어의 자부심과 애정은 그녀의 애국

심보다 더 강하다. 아들이 유형당하자 그녀는 로마와 시민들에게 저주의 말을 퍼붓는다(4,1,13-14). 극의 첫 장면(1,1,38-91)에서도, 그리고 제1막 3장에서도 코리올레이너스의 어머니와 아내는 고전시대 여성의 고상한 성격을 보여주고 있다.

독일 평론가 헤르만 울리치(Hermann Ulrici)는 헤겔의 연극론에서 영향을 받았다. 울리치는 기독교의 미학을 연극 해석의 방법으로 도입했다. 코리올레이너스는 로마의 타락을 막기 위해 대중을 비판하고 멀리했지만, 그의 몰락은 인간의 실존과 정치적 실체로서의 시민을 분간하지 못한 것이 원인이었다고 말했다. 그는 1839년 그의 평론에서 이 작품은 민주주의와 귀족주의 간의 갈등을 다룬 연극이었다고 말했다.

19세기 평론가 스윈번(Alernon Charles Swinburne)은 이 작품을 "인간이 창조한 최고의 작품"이라고 격찬했다. 그는 〈코리올레이너스〉를 정치적 측면에서가 아니라 어머니 벌럼니어와 아들 간의 "격정의 쟁투"로 보았다. 주인공은 비극으로 끝났지만, 어머니는 승리를 거두고 막을 내렸다고 주장했다. 1880년, 에드워드 다우든(Edward Dowden)도 이 작품을 정치적 시각에서 판단하는 것을 비판했다. 다우든은 아일랜드의 평론가요 전기작가였다. 그의 책 『셰익스피어 : 그의 정신과 예술에 관한 비평적 연구』는 1875년에 간행되었다가 1881년에 수정 보완되어 재출간되었다. 이 책은 19세기 영어권에서 출판된 셰익스피어 전기 연구의 결정판이 되었다. 전기 연구는 작품 연구를 통해 셰익스피어의 생애와 극예술의 발전과정을 탐구하는 일이다.

다우든은 코리올레이너스의 고민은 귀족과 평민들 간의 투쟁의 문제가 아니라 코리올레이너스 자신의 내면적인 갈등과 정신적 분열의 문제라고 보았다. 이 작품은 셰익스피어의 다른 비극작품처럼 '개인의 드라마'라고 그는 결론지었다. 다우든은 코리올레이너스의 치명적인 결점은 자신에 대한 지나친 '자존심'과 하층민에 대한 잘못된 '편견'이라고 말했다. 다우든은 그의 저서 『로마연극』(1881)에서 다음과 같이 말했다.

이 작품의 중심은 정치가 아니라 개인의 성격이요 삶이다. 이 작품에서 치러지는 비극적인 투쟁은 귀족과 평민 사이에서 벌어지는 것이 아니고 코리올레이너스 자신의 마음속에서 진행되고 있다. 로마인들이 그의 몰락을 자초한 것이 아니라 코리올레이너스 자신이 고집하는 귀족적인 자만심과 자기중심 애착심이 그의 비운(悲運)을 불러왔다. 셰익스피어가 정치 문제에 관심을 집중했다면 호민관 장면의 규모를 늘렸을 것이다. '여우놀이(foxship)' 이상이 되었을 것이다. 셰익스피어의 작품은 '개인적 특성'을 다루는 연극이다. 개인의 의미에는 이웃에 대한 개인의 의무와 애정의 '유대'를 포함한다. 비인간적인 원리와 이념의 관계가 아니다. 정치적 이론이나 사상보다는 고결하고 열정적인 애국심 쪽으로 셰익스피어는 기울고 있다.

19세기 말, 미국의 철학자 스나이더(Denton J. Snider)는 헤겔 철학 전문가였는데 호메로스, 단테, 괴테, 그리고 셰익스피어에 관한 평론을 발표해서 유명해졌다. 그는 셰익스피어 작품의 유기적인 통합성과 도덕의 문제를 중점적으로 다루었다. 그의 셰익스피어 연구 3부작이 된 『셰익스피어 연극론』(1887~90)에서 그는 셰익스피어의 윤리관을 자세히 해명했다. 그는 코리올레이너스가 국가와 가족과 충돌하는 상황을 면밀하게 분석하면서 이 작품을 "정치와 개인의 갈등이 빚은 비극작품"이라고 단정했다. 덴마크의 저명한 평론가 브란데스(George Brandes)는 그의 저서 『윌리엄 셰익스피어』(1895~96)를 발표해서 독일과 영국 논단에 큰 파문을 일으켰다. 브란데스는 셰익스피어가 코리올레이너스의 개인적 특성을 통해 대중에 대한 그의 경멸감과 귀족에 대한 자신의 '영웅숭배' 사상을 전달했다고 말했다. 사실상, 코리올레이너스는 작품 곳곳에서 끊임없이 시민들을 도가 지나칠 정도로 매도했다.

20세기 평론가들은 이 작품에서 표현된 정치와 개인의 문제를 파헤치면서도 이 작품이 지닌 수사(修辭)와 이미저리, 작중인물의 심리, 비극의 본질, 코리올레이너스 파멸의 의미 등 새로운 주제에 대한 연구를 계속했다. 버나드 쇼(Bernard Shaw)는 이 작품을 『셰익스피어 최고의 희극』이라고 찬양했다. 1904년, 브래들리는 〈코리올레이너스〉를 비극과 로맨스극 사이에 자리 잡은 '중간극'이라고 규정했다. 그는 셰익스피어 비극의 주인공들이 겪는 내면적 번뇌를 이 작품에서도 느낄 수 있지만, 악한의 부재라든가 화해 무드가 조성되고 있는 것은 로맨스극의 특징인 "후회와 용서의 힘" 때문이라고 말했다.

1912년 7월 1일 강연에서 브래들리는 〈코리올레이너스〉가 다른 비극작품과 구별되는 점은 주인공의 내면적 갈등을 알 수 있는 독백이 없다는 것이다. 우주적인 이미저리가 없고, 정치적 갈등에 중점을 두고 있는 부분도 특이하다고 언급했다. 브래들리는 또한 코리올레이너스가 자기성찰과 반성이 부족한 것도 파멸의 원인이 된다고 말했다. 이 때문에 그는 로마를 구하라는 어머니 하명에 따를 수밖에 없었다. 브래들리는 〈코리올레이너스〉를 화해의 비극이라고 지적했다. 다음에 인용하는 브래들리의 〈코리올레이너스〉 비극론은 20세기 셰익스피어 평론의 분수령이 되었다.

이 작품은 격렬한 열정을 품은 비극이다. 다른 어떤 작품에도 운명의 변전이 이토록 극심할 수 없다. 힘이 충천하는 작품이요, 고상한 품격의 작품이다. 주인공도 그렇지만 작품 자체가 셰익스피어 작품 가운데서 최고의 명작에 속한다. 그런데 이 작품은 대중적 인기가 없다. 무대에 올리는 일도 드물다. 독자들도 좋아하지 않는다. 교육적으로는 활용되고 있다. 〈아테네의 타이몬〉 다음으로 드물게 읽는 비극작품이다. 〈로미오와 줄리엣〉보다도, 〈줄리어스 시저〉보다도 이 작품이 더 우수하다고 평가하면서도 비평가들은 위 두 작품을 더 좋아한다.

그 이유는 작품을 보면 알 수 있다. 결함이 있기 때문이다. 결함의 이유는 역사물에 있다. 그런데, 모든 비극도 결함이 있다. 〈안토니와 클레오파트라〉는 더욱더 큰 문제를 안고 있다. 이 작품에 사랑 이야기가 없다는 것도 이유가 된다. 그런데 〈맥베스〉도 사랑이 없다. 〈리어왕〉도 사랑이 없다. 폴리오판 텍스트라든가, 언어의 모호성이라든가, 운율에 관한 것이라든가 등의 문제가 있지만 〈오셀로〉도 그런 결함이 있는데 인기에는 아무런 지장도 없다. 주인공의 성격적 결함이 독자의 거부감과 냉대를 불러일으킨다고 말할 수 있다. 맥베스도 살인 말고는 코리올레이너스보다 더 나은 점이 없어도 문제가 되지 않는다. 이 작품이 4대 비극이나 〈안토니와 클레오파트라〉만큼의 인기가 없는 더 근본적인 이유가 따로 있다. 그 중요한 이유는 셰익스피어가 로마 이야기를 쓸 때 주인공의 성격을 특정한 측면에 치중해서 해석하고 작품을 그런 개념에 일치하도록 만들었기 때문이다. 그렇게 하면서 그는 다른 측면에서 거둘 수 있는 효과를 잃었다. 그 효과를 상실한 작품은 비극의 활력을 잃게 된다.

대부분의 비극 작품에서 우리가 얻는 것은 '최상의 가치에 대한 상상적 인상'이다. 우리가 비극에서 인식하는 것은 몇몇 인물의 열정이나 비운이 아니다. 비극에서 우리가 만나는 힘은 소소(肖小)한 인물이나 집단보다, 그들이 등장하는 협소한 공간보다, 그들이 향유하는 짧은 시간보다 훨씬 더 초월적인 영역 안에 있다. 그 영역에 깔린 어둠이나, 그 영역을 비추는 광선은 우리들의 일상적인 낮과 밤을 초월하고 있다. 주인공의 운명은 어떤 의미에서는 쉽게 이해할 수 있다. 왜냐하면 그것은 그의 성격이나 그가 놓인 상황에서 일어난 일이기 때문이다. 그럼에도, 그 인물의 성격, 상황, 그리고 그가 직면한 문제는 미스테리로 남는다.(*Coriolanus*, Oxford University Press, 1912, p.19)

엘리엇(T.S. Eliot)은 〈코리올레이너스〉에 대해서 "셰익스피어 작품 가운데서 가장 확실하게 예술적 성공"을 거둔 작품이라고 찬사를 보냈다. 체임버스(E.K. Chambers)는 이 작품이 셰익스피어 최후의 비극이라고 강조하면서도 로맨스극의 특징인 '재생(renewal)'의 기쁨을 전혀 느낄 수 없다고 말했다. 그는 이 작품이 "자기중심의 삶에서 생긴 욕망의 죄"를 주제로 다루고 있는 비관주의 작품이라고 말했다. 매컬럼(M.W. MacCallum)은 1910년 발표한 논문에서 코리올레이너스가 겪는 비극적 운명은 가족, 계층, 그리고 국가와 자신 간에 벌어진 내면적 갈등 때문이라고 지적했다.

1920년, 크로체(Benedetto Croce)는 이 작품을 역사극으로 규정했다. 20세기 셰익스피어 연구에서 가장 영향력을 발휘한 평론가는 윌슨 나이트(G. Wilson Knight)이다. 그는 작품의 원천, 성격분석, 심리, 미학 등의 이론을 배척하면서 셰익스피어의 시적 이미지와 상징의 사용에 주목했다. 그는 저서『제국의 주제』(1931)에서 코리올레이너스가 추구했던 이상적 가치로서의 명예라든가, 그가 깨닫지 못한 사랑의 가치는 그가 비참하게 몰락하는 원인이었다고 말했다. 모자(母子) 관계는 자만심에 기반을 둔 것이지 진정한 사랑의 관계가 아니었다고 그는 역설했다. 그러나 이 부분에 대해서 우리가 주목해야 되는 점은 코리올레이너스는 어머니의 호소에다 아내의 탄원도 참작했고, 그는 로마의 귀족들 가정이 그러했듯이 가정적 유대감과 단합을 매우 중요시했던 장군이었다는 사실이다. 윌슨 나이트는 그의 저서『제국의 주제』에 수록된「코리올레이너스론」에서 코리올레이너스가 어머니에게 바치는 사랑에 관해서 심층적인 분석을 하면서 그 본질을 파헤치고 있다. 열정적인 찬사를 보내고 있다.

〈안토니와 클레오파트라〉에서 '전쟁과 사랑'은 서로 맞서고 있다. 이런 대조적 두 가치(價値)의 중요성은 〈코리올레이너스〉에서 핵심적인 내용이 되고 있다. 전쟁은 이들 두 작품에서 조잡한 이념이 된다. 전쟁에서는 긍정적인 가치만이 살아남는다. 모든 냉소적이며 겁먹은 부정적 가치는 거부당한다. 허지만 전쟁의 가치는 어느 정도의 한계에서 실체가 드러난다. 넓은 의미에서 이 가치는 귀족계급을 나타낸다. 현실적 효과, 권력과 야망은 거의 모든 긍정적인 생의 가치인데, 그 속에 사랑은 없다. 그래도 그것은 적당한 수준에서는 좋다고 할 수 있지만 과도하게 추구하면 고립되고 오만해진다. …야망은 여기서는 '군인의 미덕'일 뿐이다. 〈오셀로〉에서 전쟁이 '야망을 미덕으로 만드는' 경우를 보았다(3.3.350). 그러나 이 같은 야망은 야망이 자만심을 유도해서 성공은 어떤 한계점에 도달하는 것을 보았다. 이런 일은 자기모순이요, 자기 중독이요, 군인의 야망이 갖는 가치일 뿐이다. 그래서, 폭넓게 이해한다면, 야망에는 본질적인 결함이 있는 것인지, 아니면 사랑이 아닌 다양한 어떤 가치가 있는 것인지, 이것이 〈코리올레이너스〉에서 전개되는 주제가 된다. 이 작품은 쉽게 즐길 수 있는 작품이 아니다. 다채로운 윤색도 없다. 넘치는 정서도 없다. 감미로운 멜로디로 들리는 대사도 없다. 물론 약간은 작품 전반에 깔려 있긴 하다. 그래도 우리는 금속의 이미지와 쇠붙이 소리 요란하게 울리는 넌덜머리 나는 싸움판, 그리고 냉혹한 죽음의 소리를 지나서 황홀한 종말에 도달한다, 그 순간, 모든 것은 뜨거운 사랑으로 타오른다. 코리올레이너스가 어머니에게 자신의 자존심을 버리면서 사랑의 마음으로 전하는 대사만큼 집중적인 정감을 더 잘 표출하는 작품이 셰익스피어에게 달리 어디 있는지 나는 의심스럽다. 그가 죽음 앞에서 마지막 승리를 외치는 소리보다 더 절묘한 환희의 스릴을 느끼게 하는 대사가 셰익스피어 작품에 달리 있는지 나는 의심스럽다.

루이스(Wyndham Lewis)는 1927년 비극에 있어서의 '부모-자식' 관계를 고찰하면서 영웅적인 군인이 어머니에게 복종하는 〈코리올레이너스〉 작품을 예로 들었다. 그의 이론에 영향을 받은 해럴드 고다드(Harold C. Goddard)는 코리올레이너스의 몰락을 가속화시킨 어머니 벌럼니어의 역할을 세밀하게 분석한 1951년의 논문에서 '드물게 민감하고 감성적인' 코리올레이너스는 군인 같은 어머니의 훈육을 받고 잔혹한 군인으로 성장했다고 주장했다. 고다드의 심리주의 비평 연구는 호플링(Charles K. Hofling)으로 계승되었다. 호플링은 코리올레이너스의 정신 상태는 '음경장애신경증'이라는 '정신분석학적 진단'을 내렸다. 코리올레이너스의 공격성, 용기, 비이성적 기질은 벌럼니어의 정신질환 때문이라고 주장했다. 마델론 스프렝더(Madelon Sprengenther)도 정신분석학 분야의 연구를 더욱더 발전시키면서 코리올레이너스의 자기 파괴적인 정신은 벌럼니어의 전제적(專制的) 힘에 이끌려 자신의 정체성을 잃게 된 결과라고 해명했다.

브래들리의 1912년 연구를 기점으로 셰익스피어 연구 분야가 확장되고, 연구주제가 다양해지면서 셰익스피어 연극 공연이 눈부신 발전을 거듭하게 되었다. 20세기의 정치 사회의 변화와 과학의 발전, 그리고 정신분석학 이론의 개발에 따른 무의식 세계의 탐구와 추상예술의 발전으로 셰익스피어는 지구촌 문화의 중요한 도전의 대상이 되었고, 셰익스피어 연극 공연과 그 평가를 담당한 공연비평은 전 세계에서 눈부신 발전과 성과를 올리고 있었다. 그 가운데서, 특히 관심을 집중시킨 연구는 1930년, 영국의 셰익스피어 학자 스퍼존(Caroline F.E. Spurgeon)의 '이미저리' 연구가 된다. 스퍼존의 셰익스피어 이미지 연구를 시작으로 '이미지 패턴 분석' 방법으로 셰익스피어 희곡을 분석하는 연구가 활발하게 시작되었다. 스퍼존은 이 책의 서문에서 "이 연구는 셰익스피어의 이미지가 시인과 그의 작품을 새롭게 조명하는 몇 가지 방향을 제시하고 있다"고 말했다. 그 방향은 두 가지였다. 하나는 셰익스피어의 인간성, 기질, 사상을 해명하는 일이요, 둘째는 작품의 주제와 작중인물의 성격을 해석하는 일이었다. 이 책에 수록된 〈코리올레이너스〉의 육체와 병에 관한 이미지 연구는 1930년에 발표한 논문이었다.

〈코리올레이너스〉 작품에는 핵심적인 상징물이 있다. 이 상징물은 노스가 영어로 번역한 플루타르코스의 『영웅전』에서 나온 것이다. 육체와 병의 이미지는 전체 이미지의 5분지 1을 차지한다. 왕, 정치가, 군인, 말과 나팔수 모두가 머리, 눈, 심장, 팔, 다리와 혀 이미지로 비교되고, 민중은 손이요, 호민관은 혀로 표현된다(3.2.23). 코리올레이너스는 말했다. "너희는 그들의 입인데, 왜 그들의 이빨은 되지 못하는가?"(3.1.36). 이런 외침은 끊임없이 코리올레이너스의 대사에서 들을 수 있다. "민중은 원로원의 은혜를 탐욕스런 뱃속에 어떻게 집어넣나?"(3.1.131). 코리올레이너스는 계속해서 말한다. "대중을 대변하는 혓바닥을 뽑아버려라. 저들에게 달콤한 권력의 맛을 안기지 말라. 저들에게는 독이 된다."(3.1.156~157). 로마에 대한 그의 행동에 대해서 어머니는 "나라의 창자를 잘라낸다"(5.3.102~103)라고 묘사하고 있으며, 오피디어스는 육체에 치명적인 해를 끼치는 이미지로서 "배은망덕한 로마의 창자 속에/ 전쟁을 쏟아붓는다"(4.5.129~130)라고 표현하고 있다. 코리올레이너스는 대중을 '홍역'에 비유하고 있다.

> 아니? 그만하라고?
> 어떤 외부의 적도 무서워하지 않고, 조국을 위하여 피를 흘리며
> 싸워온 나다. 홍역에 걸린 놈들이 되질 때까지 나는 힘껏
> 욕바가지를 퍼붓겠다. 놈들 돕다가 우리가 병에 걸리는 것은
> 어쩔 수 없이 견딜 수 없는 일이지만. (3.1.74~80)

호민관들은 코리올레이너스 자신을 "맹독성 병을 옮기는" 본체로 묘사하고 있다(3.1.294~295). 시대는 '몹시 발작'을 일으키는 병에 걸려 있어서 의사의 치료가 요망되지만, 브루터스는 코리올레이너스에 대해서

더 강경한 조치를 선언한다.

> 그런 안일한 조치는
> 신중한 치료법이라 생각되지만 병이 심각해지면
> 더 악화될 염려가 있습니다. 그자를 체포해서
> 벼랑으로 끌고 가라.(3.1.251~254)

4막 종결 장면은 5막의 여섯 장면을 얼어붙게 만들고 있다. 코리올레이너스, 그의 가족, 그의 친구들 모두에게 비운의 검은 그림자가 드리워지고 있다. 코미니어스는 적의 진영에서 막 돌아왔다. 그는 코리올레이너스에게 읍소했지만 로마 구제의 약속을 받아내지 못했다고 보고하고 있다. 그는 코리올레이너스가 신처럼 군 진영에 있는 모습을 전하고 있다. 코리올레이너스의 '눈'의 묘사와 '손'의 이미지 표현은 두드러지고 공포스럽다.

> 그는 황금의 옥좌에 앉아 있다. 그의 눈은
> 로마를 태워버릴 듯이 불타고 있고, 그 원한은
> 자비를 감옥에 매달고 있다. 나는 무릎을 꿇고 있었다.
> '일어서라'고 말했지만 잘 들리지 않았는데,
> 그의 말없는 손짓으로 돌아가라고 했다.(5.1.63~67)

5막 2장에서 우리는 비운의 코리올레이너스와 만나게 된다. 로마 근처 볼샤이군 진영이다. 메니니어스가 코리올레이너스를 만나러 왔다. 메니니어스는 코리올레이너스를 만나 로마의 동포를 용서하고 노여움을 풀어달라고 청원한다. 그 말을 듣고 코리올레이너스는 "아내도, 어머니도 아이도 나는 모른다"고 단번에 거절한다.

제3장은 코리올레이너스 진영이다. 어머니와 아내가 아들을 데리고 등장한다. 아내가 "아, 당신, 나의 소중한 남편!"이라고 말하자, 코리올레이너스는 "이 눈은 로마 있을 때의 나의 눈이 아니다"라고 응답한다. 어머니는 그에게 "이 아이, 너의 아내, 그리고 내가 너에게 탄원하러 왔다"고 말한다. 어머니는 "이것이 마지막 탄원인데, 받아들여지지 않으면 로마로 돌아가서 모두 죽어버리겠다"고 말한다. 코리올레이너스는 어머니 손을 잡고 침묵하더니 입을 연다.

> 아아, 어머니는 로마를 위해 행운의 승리를 쟁취했습니다.
> 그런데, 당신의 아들은 정말이지, 정말이지,
> 목숨을 잃게 되는 한계에 다다르지는 않았지만,
> 위험한 지경에 놓이게 되었습니다.(5.3.186~189)

코리올레이너스는 어머니의 승리는 자신의 패배라고 말하고 있다. 코리올레이너스는 화평의 약속을 했다. 볼샤이군은 로마 정복을 포기하고 철군했다.

제5장은 로마의 원로원이다. 원로의원, 귀족들, 민중들이 등장해서 "로마 만세!"를 외친다. 제6장. 안티움 광장에 오피디어스가 종신들과 함께 등장한다. 오피디어스는 코리올레이너스를 "권력을 남용한 대죄를 저지른 반역자"라고 규탄한다. 군중들과 공모자들은 "죽여라, 죽여라 죽여버려라!" 아우성친다. 공모자들은 칼을 뽑아 코리올레이너스를

살해한다.

월슨 나이트를 위시해서 데릭 트래버시(D.A. Traversi)는 영국의 셰익스피어 학자이며 평론가이다. 월슨 나이트는 『셰익스피어 개관』(1938), 『셰익스피어 : 최후의 작품』(1954), 『셰익스피어 : 〈리처드 2세〉에서 〈헨리 5세〉까지』(1957), 『셰익스피어 : 로마극』(1963) 등의 저서를 남겼다. 트래버시는 〈코리올레이너스〉에 대한 평론 「코리올레이너스」(1937)에서 "이 작품은 난해한 부분이 있고, 작품이 특이하며, 작중인물이 거칠고 그로테스크 하지만 셰익스피어가 성숙기에 도달한 〈맥베스〉 수준의 예술적 성공을 거둔 작품"이라고 평가했다. 트래버시는 셰익스피어 작품 속에 표현된 상호 대조적인 이미지를 찾아내서 해명하는 논문을 발표해서 20세기 셰익스피어 논단의 관심을 집중시켰다. 그는 코리올레이너스의 갈등과 패배의 원인은 자신만이 아니라 그의 가족과 로마라는 '사회 유기체' 때문이라는 이론을 제시했다. 이런 논의가 치열해짐에 따라 어머니가 아들의 재난을 불렀다는 주장이 거세게 제기되었다.

1961년, 차니(Maurice Charney)는 음식 이미지와 인간의 계층 간 분쟁의 관련성을 조사해서 작품의 내밀한 갈등구조를 밝혀냈다. 차니는 동물적인 음식 섭취 이미저리를 '거칠고 풍자적인 작품의 특성'과 관련짓는 특이한 연구를 진행했다. 1973년, 베리(Ralph Berry)는 〈코리올레이너스〉의 언어와 이미저리는 전쟁을 성적 활동의 이미지로 표현한다는 사실을 밝혀냈다.

그랜빌바커(Harley Granville-Barker)는 배우, 극작가, 연출가, 평론가였다. 그는 셰익스피어의 작품을 문학으로서가 아니라 연극으로서 접근했다. 대사 언의의 시(詩)는 인물의 성격 창조에 도움을 주며 극적 행동과 긴밀한 관계를 유지하고 있다는 사실을 그랜빌바커는 지적했다. 그는 셰익스피어의 도발적인 '침묵'의 효과적인 사용을 '상상력의 협조'라고 규정했다. 연출가로서 그는 셰익스피어 연극의 연출, 무대 디자인, 의상의 발전에 힘썼다. 그는 지나치게 정교한 무대미술은 셰익스피어 연극의 핵심인 시(詩)를 약화시킨다고 말했다. 그는 엘리자베스 시대의 무대기술을 재현한 연출가로 명성을 떨쳤다. 다음의 인용문은 그의 저서 『셰익스피어 서문 II』(1946)에서 추린 것이다. 그는 시와 인물의 성격과 극적 행동이 상호 연관되어 이루어지는 무대를 지향했다. 축소된 간결한 대사와 셰익스피어의 도발적인 침묵의 사용은 배우의 상상력을 돕는다고 말했다.

> 셰익스피어는 침묵을 다양하게 사용하고 있다. 비록 3막 3장에서 "민중의 적"이라고 규탄을 받았지만, 코리올레이너스는 침묵을 지킨다. 침묵은 쌓여서 분노가 폭발한다. "이 들개 같은 놈들아! 너희들이 뱉어내는 입김은 썩은 늪지의 추악한 냄새로 퍼지고 있다."(3.3.120~121). 클레오파트라의 자리에 벌럼니어가 있다. 이국적인 여인의 자리에는 로마의 어머니가 있다. 이들은 각자의 방식대로 연인과 아들을 파멸시킨다.

1954년, 엘리스퍼머(Una Ellis-Fermor)는 코리올레이너스의 언어 패턴과 리듬을 분석하고 주인공의 감성과 언어를 비교하는 평문을 발표했다. 인물 상호 간의 심층의식 연구는 행동의 동인(動因)을 알아내는 일에 도움이 되었다. 1960년, 두 명의 학자 프라이(Northrop Frye)와 콜더우드(James L. Calderwood)는 이 작품의 언어와 수사(修辭)를 연구했다. 1961년, 프라이는 작품 속 로마 시민들이 어떻게 평화를 유지하고 협동하고 있었는지 그 상황을 알아냈다. 5년 후, 콜더우드는 코리올레이너스의 언어 사용에 관한 조사 연구 결과를 발표했다. 프라이는 20세기 세계 문학 연구에 지대한 공로를 세운 평론가이다. 그는 인류학과 신화를 문학 연구 방법으로 채택했으며, 문학작품은 모든 문화권에서 유입된 신화나 원형에서 발단되었다는 신화비평이론을 확립했다.

그는 문학비평을 과학의 단계로 격상시킨 평론가이다. 문학비평은 작품 속에 존재하는 신화 구조를 해독하는 일이라고 그는 말했다. 그의 비평방법론은 신비평이나 전기비평, 또는 역사비평을 훨씬 뛰어넘는 수준의 보편적이며 세밀한 연구방법론이었다. 프라이는 셰익스피어의 희극과 로맨스극 해석에 지대한 업적을 남겼다. 다음의 인용문은 프라이가 1961년 강연한 내용의 결론 부분이다. 이 강연에서 그는 "사회가 코리올레이너스 주변에서 무너졌다"고 말했다. 이유는 코리올레이너스가 평민을 멸시한 미숙한 행동, 자기중심적 행동, 고집스런 성격, 그의 언어 속에 내포된 사회 파괴적인 힘이 작용했기 때문이라고 지적했다. 프라이는 코리올레이너스의 자만심과 귀족적 성격이 자신을 좁은 울타리 속에 가두었다고 해명했다.

수레바퀴 돌아가는 이 세상은 물질이 질서를 유지하고 있다. 인간은 그 속에 있지만, 그것에 소속되어 있지는 않다. 그 세계에서는 아무런 도덕적 의미도 찾을 수 없다. 그 위에 인간의 정상적 세상이 있다. 인간성의 세계, 법으로 개명(開明)된 세계, 교육, 종교, 예술로 발전된 세상이다. 하지만, 이 세상에서도 선과 악은 함께 있다. 그리고 사랑과 충성심은 거짓과 위선과 완전히 분리되어 있지 않다. 선과 악을 구별 못하는 세상의 조건을 중시하지 못한 실패가 가는 길은 비극이다.

제임스 콜더우드(James L. Calderwood)는 『셰익스피어의 메타드라마』(1971)에서 도덕적이며 사회적이며 정치적인 주제뿐만 아니라 예술적 측면인 작품의 소재, 언어와 극장, 작품의 형식과 인습, 사회적 질서 등의 문제도 논의해야 된다고 말했다. 콜더우드는 사회 공동체의 언어는 로마의 사회적 혼란 속에서는 무의미한 것이 되었다고 말했다. 그런 공익적 언어를 믿지 못한 코리올레이너스는 안정되고 믿을 수 있고, 그릇되게 해석되지 않는 사적인 언어를 사용하게 된다. 그런데, 콜더우드는 작품을 읽으면서 그런 개인적 전달방법은 공적으로 표현되지 않으면 아무런 가치가 없다는 것을 알게 되었다. 코리올레이너스는 자신에 대한 사회적 평가를 믿지 않았다. 그래서 자신의 실체와 명예만을 믿으며 내면 깊숙이 숨어들었다. 그는 무서운 존재가 되었다. 그는 철두철미 로마의 군인이요 정치적 인간이다. 정치가는 권력의 힘을 숭상한다. 적과 대적하며, 적을 죽이는 힘이다. 그 힘은 그의 내면과 외부에 있는 파괴적인 정치가의 힘이다. 그의 비극은 자신이 정치와 죽음의 희생양이 되었기 때문이다.

1976년, 메자로스(Patricia K. Meszaros)는 그의 논문 「다른 곳에도 세상은 있다 : 〈코리올레이너스〉의 비극과 역사」(1976)에서 셰익스피어가 고대 로마의 정치적 변화를 작품 속에서 다루었다고 설명했다. 이는 당대 제임스 1세 시대의 영국의 정치 정세를 비유해서 말한 것이었다. 메자로스는 이 작품이 중세시대와 근대의 정치적 갈등을 극화한 것이라고 설명하면서 코리올레이너스가 변화하는 정치 정세에 적응하지 못한 것은 그의 비극이었다고 결론지었다.

　　많은 독자들을 현혹시킨 이 작품의 위대성과 독창성은 셰익스피어가 비극을 쓰면서 체험했던 자신의 생각으로 로마의 정치 상황을 판단했기 때문이다. 안토니의 승리와는 대조적으로 코리올레이너스가 실패하는 원인은 그의 감성의 실패, 생활의 실패, 사회 전체의 실패 때문이다. 주인공은 항상 사회적 상황 속에서 자신을 드러내고 있다. 코리올레이너스는 사회의 조건 속에 있다. 사회가 그를 설명하고 있다. 그의 비극은 그가 처한 사회의 정체를 알리고 있다.(『Coriolanus』 in Scrutiny, Vol. VI, No.I, June, 1937)

　　윌리드 파넘(Willard Farnham)은 미국의 학자이자, 편집인, 평론가이다. 그는 저서 『엘리자베스 시대 비극작품의 중세 유산』(1936)에서 중세의 비극 개념이 르네상스 시대 역사극 속에 어떻게 수용되었는가라는 문제를 추적했다. 파넘은 이 중세 문화유산이 셰익스피어 비극작품에 영향을 끼쳤다고 논술했다. 그의 저서 『셰익스피어 비극의 미개척 영역 : 비극 최종작품의 세계』(1950)에서 파넘은 코리올레이너스의 역설적인 자만심을 분석하면서 승리한 전쟁영웅으로서의 코리올레이너스의 자질과 그의 통치력 실패의 결함을 분석하고 해명했다. 그는 이 문제를 규명하면서 어머니 벌럼니어의 역할을 다음과 같이 해독했다.

이 작품은 비극의 한복판에 주인공이 자리하고 있는 것이 아니라, 그 자신이 비극 자체이다. 그는 자신이 파멸당하는 과정에 다른 인물을 개입하지 않고 있다. 자신의 실체만으로도 실패 이유를 충분히 설명할 수 있다. 그 어떤 초자연적인 힘도 그의 몰락을 자초하지 않았다. 호민관과 오피디어스의 은밀한 모의로 그를 함정에 빠뜨린 것이 아니다. 그들은 코리올레이너스가 자신의 결함 때문에 잘못을 저지르도록 만들어서 그의 파탄을 이끌어냈다. 코리올레이너스의 비극적 결함은 자만심이다. 그에 반대하는 작중인물을 통해 우리는 이 사정을 여러 번 듣게 되었다.

존 홀로웨이(John Holloway)는 저서 『셰익스피어 중요 비극작품 연구 : 코리올레이너스, 아테네의 타이몬-밤의 이야기』(1961)에서 코리올레이너스는 사회의 희생양으로 살해되었다고 주장했다. 신과 같은 존재인 코리올레이너스의 자랑스런 인간상을 서술하면서 홀로웨이는 코리올레이너스가 '자연의 절정'에서부터 사회의 적으로 전락하는 과정을 면밀히 추적하고 해명했다. 버트런드 에반스(Bertrand Evans)는 저서 『셰익스피어의 비극 실천』(1979)에서 코리올레이너스를 논평하면서 군중의 문제를 논평했다.

우리는 로마 시민들이 확실히 믿지 못할 집단이라는 것을 시인해야 한다. 그들은 살아남기 위해 곡식이 필요했다는 것은 두말할 필요가 없다. 코리올레이너스는 그들의 요구에 당당히 맞서고 있었다는 것은 확실하다. 그런데, 그 주인공을 배척한다고 해서 곡식이 늘어나는 것은 아니다. 대중들의 거칠고 무책임한 경제적 환상은 제1시민의 두 번째 경고에 요약되어 있다. "그 사람을 죽이자, 그렇게 해서 곡식을 우리들 값으로 확보하자." 호민관들도 유별난 악당들이다. 흔히 작품에서 묘사되고 있는 다른 악당들보다 더 지독한 악한들이다. 셰익스피어 자신도 분명히 이들을 싫어했을 것이다.

제1막 1장은 로마 거리 장면이다. 폭동을 일으킨 시민 집단이 곤봉과 무기를 들고 등장한다. 시민 1은 말한다. "각오는 되어 있지. 굶어 죽느니 싸워서 죽자고? 카이어스 마셔스(코리올레이너스)는 민중의 제1적이다." 제5막 6장을 보자. 공모자들은 외치고 있다. "그놈을 죽여라, 죽여라, 죽여버려라!" 군중은 외친다. "갈가리 찢어라. 곧 처치하라. 우리 아들을 죽인 놈이다. 우리 딸도 죽였다. 내 조카 마커스도 죽였다. 우리 아버지도 죽였다." 어제의 영웅이 군중들의 집단심리 회오리바람 속에서 오늘의 역적이 되는 처참한 장면이다. 이 경우 대중들은 옳았는가라고 에반스는 의심하고 있다. 호민관들의 정치적 편향과 대중영합주의는 정의로웠는가라고 에반스는 이의를 제기하고 있다. 나는 그의 견해에 동조하면서 〈코리올레이너스〉 작품 속에 깔린 포퓰리즘 정치 현상을 불안하게 지켜보았다.

이 작품은 정치 비극이다. 기원전 400년, 로마에서 벌어졌던 계급투쟁을 다루고 있다. 평민과 귀족, 빈자와 부자, 약자와 강자 간의 투쟁을 극화했다. 셰익스피어에게는 대단히 흥미 있는 주제였을 것이다. 그 정치적 사건은 당대 영국의 정정(政情)과도 무관하지 않았기 때문이다. 셰익스피어 자신도 토지와 부동산을 소유한 부자였다. 그 시대에는 소작농의 가난과 농민들의 생활고가 있었기 때문이며, 시대상을 반영하는 작품은 관객들의 갈채를 받았을 것이다. 작중인물이 '곡식의 부족'이라는 경제적인 문제를 거론하는 것은 셰익스피어의 다른 작품에서 볼 수 없는 특이한 사례가 된다. 셰익스피어는 경제 위기 문제를 다루면서 주인공의 정치적 실패를 거론하고 있다. 코리올레이너스는 군인이지 정치가는 아니었다. 그의 행보는 국민을 자신의 자녀들처럼 다루어야 한다는 르네상스 시대의 정치윤리와는 거리가 멀었다. 그는 아랫사람들에게 독설을 퍼부었다.셰익스피어는 이 점을 놓치지 않았다.

> 남쪽 나라 온갖 독기(毒氣)가 너희 놈들 몸에 퍼져라.
> 너희들은 로마의 수치! 염병에 걸려
> 온몸이 진물로 부어터져 사람들이 피한다. (1.4.30~32)

코리올레이너스는 대중들의 난동을 맹비난했다.

> 어찌된 영문이냐, 불평분자 깡패들아,
> 쓸모없는 불평을 긁어부스럼 내서
> 상처투성이가 되겠는가?(1.1.167~169)

> 너희들에게 아양 떨며 달콤한 얘기를 하는 자들은
> 혐오감을 속으로 감춘 자들이다. 이놈들아, 무엇을 원하는가,
> 평화도 전쟁도 다 싫지? 전쟁은 무섭고, 평화는 자랑스러운가.
> (1.1.171~174)

〈가족의 탄원에 설득당하는 코리올레이너스〉, 니콜라 푸생(Nicolas Poussin), ci.1652~c.1653

셰익스피어의 사랑과 정치 : 〈안토니와 클레오파트라〉 〈코리올레이너스〉

3. 코리올레이너스, 그는 누구인가?

그는 매우 심각한 개인적 결함을 지니고 있다. 군중들 속에 낀 반동적인 두 시민은 코리올레이너스의 국가에 대한 봉사와 그의 애국심에 관해서 토의하고 있다. 첫 시민은 "그의 행동은 어머니에게 기쁨을 주기 위해서였다"고 말했다. "그의 자만심도 일부 발동했다"고 덧붙였다 (1.1.37~41). 그의 자만심은 일반적으로 말하는 개인적 의식이 아니고 계급적인 자부심에서 나온 것이었다. 그는 평민들과 호민관들의 반대를 참을 수 없었다. 그의 성급한 격정과 자신만의 주장은 그의 정서적 미숙함을 드러내는 일이었다. 인내와 절제를 외면한 그의 고집스런 자세는 정치가로서는 어울리지 않는 성격이었다. 그 자부심이 침해당하면 그의 노기(怒氣)가 폭발했다. 호민관들은 그의 성급한 기질을 이용해서 그가 성깔을 부리도록 추종자들을 부추겼다. 코리올레이너스는 어김없이 그들에 놀아나며 노발대발하면서 자멸의 길로 갔다.

어머니 벌럼니어의 역할은 컸다. 처음에는 어머니의 호소를 단호히 거부했다. 그러자, 벌럼니어는 아들을 꾸짖고 타이르기 시작했다. 아들이 고집을 부리자 어머니의 분노가 터졌다. 결국은 코리올레이너스는 놀란 소년처럼 힘없이 중얼댔다. "어머니, 진정하세요. 야단치지 마세요" 하면서 로마와 평화조약을 맺었다. 누구도 못한 일을 어머니가 해냈다. 어머니의 힘이 정치를 이겼다. 코리올레이너스는 결정적인 순간에 꼭두각시처럼 되었다. 어머니가 줄을 당겨 인형극 다루듯이 다스리고, 조종한다. 그의 최후는 어이없이 끝나는 "비극적 풍자극" 같다고 한 존슨(Jonson)의 말은 일리가 있었다. 정치의 종말은 어느 것 없이 모두 이런 것이 아닌가라고 되묻게 된다.

얀 코트는 그의 〈코리올레이너스〉론에서 이 비극에는 두 주인공이 있는데, 코리올레이너스와 전체 29장면 가운데서 25장면에 등장하는 군중이라고 말했다. 정치 영도자와 군중의 대결이 극의 중요 내용이 되기 때문에 그렇게 말하고 있다. 12장면은 로마 거리와 광장 또는 신전에서 벌어진다. 두 장면은 코리올라이, 10개 장면은 전쟁터와 진영이다. 이 모두가 로마 시대 정치의 현장이 된다. 군중들은 이름이 없다. 그들은 한 가지 뚜렷한 정치 이념 집단이 아니기 때문이다. 군과 정계의 지도자들은 일순간 군중들 틈에 나타났다가, 다음 순간에는 사라지고 없다. 그들은 선동정치의 밀사(密使)처럼 움직인다. 이들 군중은 계급투쟁을 내세운 근대 정치의 일면을 보여준다. 이 작품이 18세기 고전주의 시대와 19세기 낭만주의 시대에 천대를 받으며 무시당하다가 현대에 와서 주목을 받으며 계속 절찬 속에 공연되는 이유가 된다.

플라톤은『국가론』에서 국가를 지배하는 권력자는 비범한 지식과 지혜를 갖추고 있어야 한다고 말했다. 지배자의 최고의 능력은 지식이며, 그 지식에 따른 올바른 지배권의 행사라고 말했다. 그렇게 되어야 정의로운 정치를 인식할 수 있으며, 선한 정치를 행사할 수 있다고 말했다. 이런 자질을 갖추지 못한 코리올레이너스가 국가 지배자 자리에 끝내 오르지 못한 것은 당연한 일이었다. 그러나, 코리올레이너스의 경우는 한 가지 다른 점이 있다. 세상 모든 것보다도 어머니에 대한 사랑이 우선한다는 신념이었다. 그런 고집 앞에서는 정치는 힘을 잃게 된다. 안토니가 사랑을 위해 로마를 버린 것처럼, 코리올레이너스는 어머니를 위해 로마를 버렸다. 셰익스피어는 이 점에 착안해서 작품을 완성했다고 본다.

4. 조르조 스트렐러의 〈코리올레이너스〉

1974년 조르조 스트렐러(Giorgio Strehler)는 1921년 8월 14일 트리에스테의 바르콜라에서 태어났다. 조부는 호른 연주자요, 오페라 극장 지배인이었다. 어머니는 바이올린 연주자였다. 트리에스테는 역사적으로, 지리적으로 라틴족, 게르만족, 슬라브족 문화가 섞인 곳이었다. 1938년, 그는 골도니의 〈카니발 최후의 밤〉을 보고 연극에 매료되어 밀라노 연극학교에 입학했다. 1940년 졸업 후 순회극단의 배우가 되었다. 이듬해, 그는 피란델로의 소품을 연출했다. 전쟁이 심해지자 군에 입대했다. 1943년 이탈리아 내전이 일어나자 군에서 이탈하고 저항운동을 하다가 스위스로 망명했다. 1944년, 망명 수용소에서 나와서 제네바로 가서 '가면극단'을 결성하고 〈성당의 살인〉을 연출했다. 1945년, 종전이 되자 그는 밀라노로 돌아와서 『밀라노 석간』에 극평을 쓰면서 연출 활동을 시작했다.

1946년, 그의 정력적인 연출 활동이 세상에 알려지면서 이듬해 그는 밀라노 시 당국을 설득해서 이탈리아 최초의 공립극장 '피콜로 테아트로(Piccolo Teatro, PT)'를 설립했다. 5월 13일 고리키의 작품 〈밑바닥 인생〉으로 개관의 막을 열었다. 1948년, 그는 스칼라극장에서 최초의 오페라 연출을 했다. 1956년, 브레히트의 작품 〈서푼짜리 오페라〉를 연출했다. 이를 계기로 브레히트와의 교우가 시작되었다. 1958년, 그는 PT의 조직을 강화하고, 배우학교와 연극문화센터를 열어서 18,000명의 고정관객을 확보했다. 1968년 2월, 그는 동베를린에서 개최된 '브레히트 토론'에 참가해서 브레히트의 이론을 깊이 파고들었다. 1969년, PT를 떠나 '연극집단행동'을 창단했다. 1972년, 그는 PT에 복귀했다. 이후, PT에서 〈리어 왕〉, 〈코리올레이너스〉, 〈벚꽃동산〉, 〈권력자들의 희롱〉, 〈일 칸피에로〉, 〈발코니〉, 〈갈릴레오의 생애〉 등 연극사에 남는 명작 공연을 연출했다.

1974년, 그는 연극적 자서전 『인간의 연극』을 출간했다. 이 책의 일부는 스트렐러의 연극 생활에 관한 회고록이다. 그가 시대적 상황에 대응하면서 어떻게 연극 활동을 해왔는가라는 내용이 중심을 이루고 있다. 자신의 피콜로 테아트로 극단 설립과 운영에 관한 내용은 연극사의 귀중한 자료가 된다. 특이한 것은 브레히트의 서사극을 존중하면서 부조리연극을 기피한다는 그의 입장이다. 이 책에서 그는 골도니와 밀라노의 작가 카를로 베르톨라치 재발견에 관한 내용을 공개하고 있다. 특히 브레히트와의 만남을 회상하는 글은 감동적이다. 그의 스승에 관한 추억, 연출가와 배우에 관한 글, 젊은 연출가에게 보내는 편지 등은 스트렐러의 연극적 신념을 알리고 있다. 배우 마르첼로 몰레티 추도문, 〈갈릴레오의 생애〉에 출연했던 배우들에게 보낸 편지, 음악을 사랑하고,

오페라 연출을 진행했던 이야기는 연극인들이 귀 담아 들어야 하는 교훈을 담고 있다.

책의 다른 부분에 수록된 작가론은 이 책에서 가장 눈에 띄는 부분이다. 그는 골도니, 고리키, 체호프, 피란델로, 페터 바이스, 브레히트 등 유명 작가의 명작을 연출하면서 느꼈던 절실한 감동을 전하고 있다. 이 부분에서 셰익스피어가 등장한다. 그가 무대에 올린 〈코리올레이너스〉에 대한 격론이 점화되었다. 나는 그 내용을 요약해서 전하고자 한다.

스트렐러는 〈코리올레이너스〉를 역사극이며, 정치극이며, 비극이라고 정의했다. 권력 쟁탈을 둘러싼 집단 간의 쟁투, 그리고 개별적인 인생의 역정을 다루고 있으니 역사극이요, 귀족과 평민 간의 계급투쟁을 극화하고 있으니 정치극이요, 복잡하고도 근원적인 인간의 존재 문제로 주인공이 참살당하는 참극이 벌어지기 때문에 비극이라고 그는 단정했다. 스트렐러는 이 작품을 두 부분으로 나누어서 무대를 구상했다. 첫 부분은 등장인물의 역사적이며 정치적 측면이다. 둘째 부분은 인물들의 심리적인 내면의 측면이다. 그는 이 작품의 내용을 다음과 같이 인식했다. 개인은 집단의 일부분이다. 귀족과 평민의 갈등과 투쟁은 비극의 핵심적인 내용이다. 인간의 이런 상황은 로마 역사만이 아니라, 인간 역사의 영원하고도 전형적인 비극적 생존의 상황이다. 그는 주인공 코리올레이너스는 오만한 성격의 인물로 보았다.

그가 본 코리올레이너스는 평민과 적대하며 자기 자신과도 갈등하고 있다. 그는 편협하고 세상사에 둔감하다. 그가 파악하고 있는 현실은 전쟁뿐이다. 전투 행위에 민감하지만 전쟁에 대한 도의적인 책임은 없다. 그는 매사에 독단적이다. 코리올레이너스의 배후에는 어머니가 있

다. 이 비극에서 이들 모자(母子) 관계는 비극의 핵심이 된다. 또 다른 일
이 있다. 그것은 평민들의 내부 상호관계이다. 호민관과 평민의 관계이
다. 평민의 공존 불가능, 판단력 부족, 도덕적 무관심과 무정견(無定見)
이 비극을 초래했다고 스트렐러는 판단했다.

오피디어스는 코리올레이너스의 성격을 꿰뚫어보고 있다. 그 때문
에 그는 코리올레이너스를 살해할 수 있었다. 4막 7장 오피디어스의 대
사는 코리올레이너스의 성격, 운명, 그리고 정치 권력의 실체와 허무한
말로를 알리고 있다. 그 언어는 폐부(肺腑)를 찌르는 명언이다.

> 인간의 미덕은 각 시대의 해석에 달려 있다
> 권력의 자리는 아주 편안해 보이지만
> 공덕을 쌓아서 그가 차지한 그 자리는
> 결국은 무덤이 되는 것을 알아야 한다.
> 불길은 불길로 소멸되고, 대못은 대못으로 쫓겨난다.
> 권력은 권력이 뒤흔들고, 힘은 힘으로 망한다.(4.7.51~57)

스트렐러는 위 대사를 권력의 남용과 거부에 대한 최고의 표현이라
고 격찬했다. 하나의 정치권력의 파국은 또 다른 정치적 파국과 비극을
유발한다고 말했다. 말하자면 인간의 역사는 변증법적 발전 과정을 되
풀이한다는 것이다. 귀족과 평민의 대립은 평민의 승리로 돌아가고, 코
리올레이너스는 고립되었다. 그는 망명하면서, 어머니 곁을 떠나고, 감
정적으로나 정치적으로나 '복수'의 길로 들어선다. 그것은 다른 한편으
로 보면 로마에 대한 반역 행위였다. 그는 과거의 적수인 오피디어스
의 지원을 요청하게 된다. 오피디어스는 이를 받아들였다. 코리올레이

너스 파국의 시작이었다. 그러나, 이미 파국은 벌럼니어와 그의 아내가 코리올레이너스를 설득할 때 이미 시작되었다. 코리올레이너스는 이 장면에서 현실을 직시하면서 인간적인 질서의 세계로 돌아온다. 제3막 제4장에서 코리올레이너스가 "아아, 어머니, 어머니! 당신이 로마의 찬란한 승리를 쟁취했습니다"라고 말하는 장면이 그것을 입증했다. 코리올레이너스는 수많은 전쟁터에서 짓밟고 온 시체의 산을 넘고 넘어 군중의 절규와 매도(罵倒)의 함성 속에서 타살되었다. 스트렐러는 이렇게 작품을 해석했다.

스트렐러는 코리올레이너스의 죽음에 초점을 두고 브레히트의 서사극 방법을 도입하면서 무대를 형상화했다. 서사적 연극은 현실에 관한 토론을 추구하며 사회 개혁을 달성키 위한 교육적 연극이라는 것을 그는 알고 있었다. 그는 무대 장면과 의상, 음악을 간결하고 명쾌하게 처리하면서 추상적인 반연극(反演劇)을 배척했다. 스트렐러는 스승을 논하면서 브레히트는 자신의 종착점이었다고 말했다. 브레히트는 그에게 역사와 연(緣)이 없는 연극은 존재할 수 없다는 가르침을 주었다고 말했다. "모든 예술은 최고의 예술인 삶의 기술을 돕는다"는 브레히트의 명언은 스트렐러의 좌우명이었다.

SHAKESPEARE

로열 셰익스피어 극단

1. 셰익스피어 기념극장의 출발

셰익스피어 생존 시에 스트랫퍼드에서 연극 공연이 있었다. 셰익스피어 작품이 공연된 것은 1746년이었다. 스트랫퍼드 그래머스쿨의 교사였던 성직자 조지프 그린(Joseph Greene)이 셰익스피어 기념물 복원을 위한 기금을 위해 자선공연을 했다. 존 워드가 버밍엄에서 만든 워위크셔극단이 그 공연에 참가해서 〈오셀로〉를 공연했다. 셰익스피어 공연을 위해 건립된 첫 건물은 데이비드 게릭(David Garrick)이 세운 1769년의 축제회관(Jubilee Pavilion)이었다. 1827년, 뉴 플레이스(New Place) 공원에 셰익스피어 연극을 위한 극장이 건립되었는데 지금은 흔적도 없이 사라졌다.

찰스 플라워(Charles Edward Flower)는 1864년 스트랫퍼드 시장이었던 에드워드 플라워(Edward Fordham Flower)의 아들이었다. 그는 1870년대에 셰익스피어 탄생지에 셰익스피어 기념극장(Shakespeare Memorial Theatre)이 있어야 한다고 주장했다. 그는 극장 건립을 위해 1769년 게릭의 원형 건물이 있던 밴크로프트(Bancroft)의 토지 2에이커를 기증했다. 그 자신이 2만 파운드를 희사하고 그 밖에 모금한 성금으로 극장 건립을 시작했다. 극장 내부에 도서관과 전시실도 설치했다. 1879년 4월 23일 〈헛소동〉 공연으로 극장 문을 열었다. 2주일간 열린 개관 축제에서 〈햄릿〉과 〈당신이 좋으실 대로〉가 계속 공연되었다. 이후, 해마다 셰익스피어 탄생일에 이 극장에서 셰익스피어 기념 축제가 열렸다.

이 극장에서 프랭크 벤슨(Frank Robert Benson)의 극장장 겸 예술감독 시대가 시작되었다. 그는 27세였다. 옥스퍼드대학 출신으로서 배우 경력이 있었다. 열렬한 셰익스피어 찬양자였던 그는 벤슨극단(Bensonian Company)을 설립하고 젊은 배우들을 양성하며 극단 발전에 힘썼다. 1886년 봄부터 1919년 봄까지 행사가 취소된 것이 총 다섯 번이었는데, 그중 1917~1918년 행사는 1차 세계대전으로 중단되었다.

1892년 찰스 플라워가 사망했다. 그의 뒤를 이은 동생 에드거(Edgar)도 1903년에 사망했다. 그의 아들 아치볼드 플라워(Archibald Dennis Flower)가 셰익스피어 기념극장의 회장직을 계승했다.

1904년 봄 축제는 3주간 계속되었다. 벤슨은 13편의 셰익스피어 연극을 무대에 올렸다. 아이스킬로스의 〈오레스테이아 3부작(Oresteian trilogy)〉도 공연되었다. 그가 올린 셰익스피어 작품 가운데서 세상을 놀라게 한 명작공연은 〈아테네의 타이몬〉, 〈코리올레이너스〉, 〈안토니와 클레오파트라〉, 무삭제 〈햄릿〉 등이었다. 그는 1901년에 역사극 6편을 공연했다. 그는 이 기간에 리처드 2세 역을 맡아 출연도 했다. 벤슨은 스트랫퍼드 축제에 유명 배우들을 초빙했다. 엘렌 테리, 포브스-로버슨, 루이스 월러 등이 무대를 빛냈다. 봄 시즌에 이어 여름 시즌도 마련되어

한 달 동안 공연을 지속했다. 1916년, 런던 드루리레인극장에서 개최된 셰익스피어 300주년 기념공연 때 벤슨은 조지 5세 왕으로부터 기사 칭호를 받았다.

전쟁 후, 어려운 시기에는 주지사와 런던의 셰익스피어기념국립극장 위원회가 공동 관리를 맡으면서 스트랫퍼드 행사를 지원했다. 이 위원회는 후에 건립된 영국 국립극장의 모태가 되었다. 벤슨이 물러나자 브리지스-애덤스(W. Bridges-Adams)가 축제 사업을 이어나갔다. 그는 경험이 풍부한 셰익스피어 연출가였다. 1925년, 스트랫퍼드 기념극장은 새로운 국가 헌장(憲章)에 따라 국왕이 후원자가 되었다. 앨더만 플라워(Alderman Flower)는 이 기구와 연결된 기념사업 이사회의 회장으로 취임했다. 그는 실질적 운영자였다. 1926년 3월 6일, 기념극장 건물이 실화로 소실되었다. 풍향 때문에 도서관과 갤러리의 소장품은 소실되지 않아서 다행이었다. 이후 6년 동안, 브리지스-애덤스의 슬기로운 대처로 스트랫퍼드 영화관에서 축제 공연을 계속했다. 그 기간 동안 극단은 미국과 캐나다로 해외공연을 떠났는데, 이 공연에 감동받은 미국은 새로운 기념극장 건립을 위해 31만 6천 파운드의 막대한 후원금을 보내왔다. 새 극장은 설계안 현상 공모에 당선한 건축가 엘리자베스 스콧(Elisabeth Scott)의 작품이었다. 극장이 준공되어 1932년 4월 23일 개관되었다. 건축비 17만 7천 파운드가 소요된 이 극장은 1천 명의 관객을 수용할 수 있는 대극장이었다. 프로시니엄 무대를 갖춘 이 극장은 음향과 시각성이 제 기능을 충분히 발휘한 모범적인 극장이었다. 모든 것은 성공적이었지만 기념극장이 제 자리를 잡으려면 앞으로 14년 동안 계속되는 끈질긴 노력이 더 필요했다.

1932년과 1939년 사이 관객은 115,000명에서 200,000명으로 늘었다. 배우들은 새 극장의 무대에 익숙해지지 못해 불만이었다. 그러나 관객은 계속 늘어났다. 1934년 말, 주지사의 오만한 횡포에 불만을 느낀 브리지스-애덤스가 사표를 내던졌다. 아이덴 페인(B. Iden Payne)이 그 뒤를 이었다. 그는 옛 벤슨 사람이었다. 한동안 미국에서 활동한 연출가였다. 전설적인 연출가 윌리엄 포엘(WIlliam Poel)의 영향을 받은 연극인이었다. 그는 어려운 시기에 스트랫퍼드에 왔다가 1942년 말 미국 대학으로 가버렸다. 이후, 밀턴 로즈머(Milton Rosmer)가 한 시즌(1943), 로버트 앳킨스(Robert Atkins)가 두 시즌(1944~45)을 맡아서 공연을 지속하도록 도와주었다. 그들은 전력을 기울였지만 일이 여의치 않아서 사임했다.

1946년, 베리 잭슨 경(Sir Barry Jackson)이 버밍엄레퍼토리극단에서 스트랫퍼드로 와서 세 번의 놀라운 축제 공연을 주관했다. 1944년, 부친 아치볼드를 계승한 포덤 플라워(Fordham Flower)가 이 당시 기념사업회를 맡고 있었다. 잭슨은 첫 8년 동안 8명의 연출가를 초빙했다. 그는 무대를 개선하고 제작 여건을 보완했다. 그가 재임 시 연출가 피터 브룩(Peter Brook)을 초빙한 것은 대성공이었다. 1946년, 브룩의 〈사랑의 헛수고〉 공연은 관객의 열광적인 격찬을 받았다. 명배우 폴 스코필드(Paul Scofield)의 등장도 화제가 되었다. 잭슨의 후계자로 앤서니 퀘일(Anthony Quayle)이 부임했다. 그는 34세였다. 이후 10년 동안 영국 공연사의 화제작은 모두 스트랫퍼드 축제극장에서 나왔다. 명배우 길거드(John Gielud)는 1950년 〈헛소동〉에서 베네디크 역으로 명연기를 보여주었다. 여배우 페기 애시크로프트(Peggy Ashcroft)는 베어트리스 역으로 출연했다. 길거드는 브룩이 연출한 〈자에는 자로〉에 안젤로 역으로, 〈리어 왕〉에서

리어 왕 역으로 무대에 섰다.

1951년, 기념극장이 새로 내장(內粧) 공사를 했다. 그해에 관객의 절찬을 받으며 네 편의 역사극이 무대에 올랐다. 이들 무대에 마이클 레드그레이브(Michael Redgrave), 앤서니 퀘일(Anthony Quayle), 리처드 버튼(Richard Burton)이 무대에 섰다.

1953년, 글렌 쇼(Glen Byam Shaw)가 퀘일과 함께 기념극장의 공동 연출가로 부임하고, 1956년 말부터 1959년 12월까지 연출 활동을 했다. 1950년에 축제극장은 끝났지만 스트랫퍼드 연극의 명성은 계속되었다. 1953년, 페기 애시크로프트와 마이클 레드그레이브의 기념비적인 〈안토니와 클레오파트라〉 공연이 있었고, 1955년, 쇼와 브룩의 연극이 공연되었다. 로렌스 올리비에가 타이터스 역으로 출연한 〈타이터스 안드로니커스〉의 무대도 화제가 되었다. 같은 해 여름 시즌에 맥베스 연기로 선풍을 일으켰던 올리비에는 1959년 코리올레이너스 역으로 다시 돌아왔다. 1958년, 레드그레이브는 햄릿으로, 1959년, 찰스 로턴(Charles Laughton)은 25년 만에 셰익스피어 무대로 돌아와서 리어 왕으로 관객을 열광시켰다.

2. RSC와 피터 홀

1960년 1월 14일, 29세 젊은이 피터 홀(Peter Hall)이 기념극장 예술 감독이 되었다. 부임하고 그가 세운 운영 목표는 유럽과 미국 극작가들 작품 공연이었고, 앙상블 중심의 레퍼토리 극단의 창단이었다. 그는 1955년부터 1959년 사이 스트랫퍼드에서 셰익스피어 작품을 연출한 적이 있다. 당시 그는 바이엄 쇼가 아끼는 신동이었다.

1960년 당시 피터 홀은 새 시대의 귀재(鬼才)로 평가되고 있었다. 부임하면서 반가웠던 일은 그의 주변에 신진 극작가들이 모여들었다는 점이다. 존 아든(John Arden), 로버트 볼트(Robert Bolt), 피터 셰퍼(Peter Shaffer), 존 휘팅(John Whiting) 등 앞으로 연극 지평(地平)에 파문을 일으키는 극작가들이었다. 1962년, 세인트-데니스(Michel Saint-Denis), 피터 브룩(Peter Brook), 클리포드 윌리엄스(Clifford Williams)도 상주 연출가로 피터 홀에 합세했다.

피터 홀이 부임하자 셰익스피어 기념극장이 로열 셰익스피어 극단

(Royal Shakespeare Company, RSC)으로 이름이 바뀌었다. 빅토리아 시대를 연상케 하는 '기념' 대신에 진취적이고 미래지향적인 이미지를 창출하기 위한 홀의 집념이 성과를 올리고 있었다. 스트랫퍼드 첫 시즌을 준비할 때 단체 이름을 바꾼 것은 시기적절했다. 피터 홀과 함께 배우들과 무대 예술가들이 극단과 장기 계약을 맺게 되었다. 이런 일은 과거에 없었던 지극히 이례적인 일이었다. 모두들 안정된 환경에서 좋아하는 연출가와 오래도록 함께 일한다는 기대감 때문에 가능한 일이었다.

스트랫퍼드에 있는 극단이 런던에 활동무대를 마련하는 일은 어려웠다. 그러나 홀은 시도해보기로 했다. 런던의 웨스트엔드(West End) 극장가 변두리에 자리 잡은 1천 석 올드위치(Aldwych) 극장은 RSC로서는 적절한 규모였다. 이 극장은 당시에는 별로 눈에 띄지 않는 삼류극장이었다. 대여 과정에서 우여곡절은 있었지만 RSC는 최소액의 임대료를 지불하고 5년 계약을 맺었다. 이 일로 RSC는 갑자기 부산해지고 바빠졌다. 두 극장 공연을 준비하기 때문이다. 스트랫퍼드 작품이 5편에서 6편으로 늘어나고 올드위치에서 8~9편의 작품을 올려야 했다. 배우 인원도 60명에서 100명으로 늘어났다. 극단의 재정 부담이 늘어나고 활동 인원도 증가해서 극단 운영 면에서나 작품 제작 면에서 피터 홀은 스트레스가 쌓였다. 피터 브룩을 포함해서 일부 배우들은 극단의 갑작스런 구조변경은 잘못이라는 불평을 했다. 피터 홀 자신이 우선 내부적인 정리와 준비를 하고 나서 했어야 할 일이었다고 비판했다. 그러나, 이런 입장은 피터 홀의 장기 계획을 몰라서 한 말이었다. 그리고, 이들은 홀의 성격을 몰랐다. 런던 진출은 사실상 홀의 성격대로 저지른 일이었다. 홀은 우선 저질러놓고 보는 성격이었다. 홀은 도박사 기질이 있었다. 1960년대부터 그의 연극 행진은 도박의 연속이었다. 그것은 또한 연극 추진의 술책이었다. 빠른 속도로 RSC가 런던에 터전을 마련한 것은 보다 큰 목적이 있었기 때문이다. 국립극장이 목전에 다가왔기 때문이다. 그는 RSC와 국립극장이 치열한 경쟁을 하게 된다는 것을 예견하고 있었다. 그 경쟁은 공연만이 아니었다. 국가의 예술지원 정책에도 큰 영향을 미치는 일이었다. RSC는 국립극단과 함께 영국을 대표한다고 그는 강조했다. 홀의 머리에는 모스크바 예술극장과 브레히트의 베를리너앙상블이 한시도 머리에서 사라지지 않고 있었다. 어떻게든 그런 극단을 만들어야 되겠다는 신념으로 온몸이 들끓었다. RSC에서 초기 2년 동안 그는 고전(苦戰)했다. 스트랫퍼드의 셰익스피어, 올드위치의 현대극을 해낼 수 있는 배우가 부족한 것이 그의 고민거리였다.

스트랫퍼드 첫 시즌 때, 그는 해야 할 일을 정했다. 셰익스피어 희극의 발전 과정을 보여주자는 것이었다. 〈베로나의 두 신사〉로 시작해서 〈트로일러스와 크레시다〉를 거쳐 〈겨울 이야기〉에 도달하는 공연을 해볼 참이었다. 유명 배우를 등장시키고, 무대 디자인을 혁신하고, 조명과 사이클로라마의 효과를 최대로 살려서 해냈지만 〈트로일러스와 크레시다〉를 빼면 그다지 큰 반응을 일으키지 못했다. 1960~61시즌에 홀은 배우를 강화했다. 이디스 에반스, 존 길거드, 페기 애시크로프트를 불러들이고 신인 배우 크리스토퍼 플루머(Christopher Plummer)를 해외에서 초빙했다. 1962년은 획기적인 전환점이 되었다. 그해, RSC는 국가 지원금 약속을 받았고, 디자이너 존 베리가 스트랫퍼드 첫 작품의 무대 디자인을 맡았으며, 피터 홀의 연출이 좋은 평가를 받은 해가 되었다.

이듬해 시작될 역사극 〈장미전쟁〉에 대한 준비가 철저히 진행되었다. 피터 브룩과 세인트-데니스가 피터 홀과 합류해서 연출가 3인방이 형성되어 앞날의 성과를 기대할 수 있게 되었다. 그는 극단의 책임을 동료와 함께 나누는 일을 마다하지 않았다. 바이얌 쇼와도 그랬고, 선배 연출가 존 바턴(John Barton)과도 그랬다. 바턴은 케임브리지대학 시절부터 워낙 친해서 취임 초에 제일 먼저 모셔왔다. 피터 홀은 야심차게 12개월 동안 24편의 작품을 무대에 올렸다. 500명의 인원이 이 일에 참가했다. 관객 70만을 동원했다. 당시로서는 어디서도 볼 수 없는 경사(慶事)였다. 피터 홀이 연출한 핀터의 〈컬렉션〉도 주목을 끌었지만, 피터 브룩의 〈리어 왕〉은 전설이 되었다.

1962년, RSC를 괴롭힌 일은 국립극장에 제안한 봉급 균등 지급 문제가 그쪽의 거절로 좌절당한 일이었다. 1964년 셰익스피어 400주년이 다가옴에 따라 일감이 폭주하고 때로는 하는 일이 꼬이기 시작했다. 당시, 국립극단은 공연으로 RSC와 경쟁하려는 기미가 보였다. RSC는 1963년부터 〈헨리 6세〉와 〈리처드 3세〉로 시작하는 2년간의 공연을 기획하면서 1964년에는 역사극 8편을 스트랫퍼드에서 공연할 예정이었다. 그런데, 국립극장이 RSC보다 더 나은 봉급으로 이쪽 배우를 빼가면 RSC 계획은 차질을 빚을 수밖에 없었다. 생각하면 너무나 아찔한 일이었는데 다행히 그런 일은 일어나지 않아서 걱정거리는 사라졌다.

1962년 말, RSC는 국립극장과 견줄 수 있는 고액의 봉급을 책정했다. 획기적인 공연작품을 위한 고도의 집중적인 연습을 필요로 하는 시점에서 처우 개선 소식은 단원들에게 낭보(朗報)였다. 젊은 배우들은 RSC의 민주적이며 평등한 극단 운영과 인사정책에 매력을 느꼈다. 재능만 인정되면 좋은 역할을 맡을 수 있다는 희망 때문에 신인 배우들은 들떠 있었다. 피터 홀은 극단 분위기를 수도원처럼 바꿔놓았다. 포스터에 주인공 이름을 따로 크게 찍어내는 일을 금지했다. 1963년 이후에는 배우 이름이 알파벳 순서로 인쇄물에 올랐다. 피터 홀의 계급 타파였다. 극단 활동은 자유롭고 개방적이었다. 그동안 연출가와 스타 배우들이 은밀하게 진행하던 공연 관련 회동과 협의는 전 단원과의 공개 토론으로 변경되었다. 이 토론에서 거론된 의견과 단원들의 주장을 홀은 경청했다. 하지만, 마지막 결정은 어디까지나 연출가의 몫이었다.

피터 홀은 배우들에게 열심히 하도록 독려했다. 연출가와 스태프들은 모범을 보였다. 피터 홀은 무섭게 일했다. 연습이 시작되면 배우들은 매일 13시간 연습에 매달렸다. 밤늦게까지 연습을 했다. 총연습 시일에는 새벽 두세 시까지 연장되었다. 배우들은 연기 연습 이외에도 노래, 동작, 발성, 낭독을 존 바턴의 지도로 따로 연습했다. 과중한 연습, 철저한 연습은 차츰 RSC의 관행이 되었다. 역사극 〈장미전쟁〉 공연의 놀라운 성과를 보고 비평가들은 RSC 특유의 스타일을 감지했다. 디자이너 존 베리의 검은색 무대의 시각적인 이미저리, 브레히트적인 연극성, 독특한 대사 발성 등은 평론가 타이넌(Tynan)이 지적한 RSC의 '홀 마크(Hall-marks)'였다. 후에, 피터 홀은 말한 적이 있다. "내가 RSC에 기여한 점이 있다면 그것은 대사의 시적 낭독의 완성이었다." 홀은 배우들에게 "냉하고, 건조하고, 지적인" 대사를 하도록 원했다.

피터 홀이 처음 스트랫퍼드에 가보니 두 가지 대사 방법이 있었다. 한 가지는 벤슨 방식인데 과도하게 꾸며서 말하는 오페라식 대사였다. 다른 하나는 당시 유행하던 메소드 연기에 의한 자연주의 방식 대사였다. 홀 방식은 자연주의가 아니었다. 메소드 연기는 더 이상 먹히지 않는다고 그는 말했다. 홀과 바턴은 다른 방식을 채택했다. 그들은 케임브리지학파였다. 대학연극의 원조이며 교수였던 조지 라일랜즈(George Lylands)로부터 전수받은 화술로 밀고 나갔다. 두 연출가는 방법적으로 약간 차이가 났다. 홀은 리비스(F.R. Leavis)의 영향을 많이 받았다. 그로부터 홀은 희곡 연구 방법을 습득했다. 그래서 일단 작품의 구조, 언어, 상징, 애매모호함 등을 분석하고 그에 따라 대사를 결정했다. 이 같은 문학 연구 방법이 라일랜즈의 시적 대사 전달 방법과 결합되었다. 홀은 "라일랜즈의 대사 방식과 리비스의 사고 방식이 합해진 이상적인 방법"이라고 말했다. 바턴은 리비스는 그에게 아무런 영향도 끼치지 않았다고 말했다. 라일랜즈의 영향은 부분적이라고 했다. 그는 라일랜즈가 가르친 대로 대사의 시적 구조와 리듬을 중요시했다. 그는 자신의 발성 방식을 전수하기 위해 극단에 '소네트 교실'을 두고 낭독 연습을 했다.

1962~1963년 시즌에 영국예술위원회(Arts Council of Great Britain, ACGB)의 지원금이 전달되었다. 1963~1964년에도 지원금이 있었지만 결손은 45,000파운드를 넘었다. 영국예술위원회는 1946년, 전전(戰前)의 음악예술장려위원회(CEMA)를 계승한 예술지원 국가기관이었다. 이 기관은 비영리단체의 문화 지원사업과 국민문화교육 진흥을 위해 16인의 위원들이 운영을 맡고 있었다. 로열 오페라하우스, 국립극장, RSC, ESC 등 단체를 지원하고 있었다. 1965년 해럴드 윌슨 수상이 이끄는 노동당 정부가 발표한 '문화예술백서'에 의거해서 이 기관이 영국 교육과학부의 책임 소관이 되었다. 이후, 지원액은 급증하고 이에 힘입은 예술단체는 눈부신 발전을 거듭하게 되었다. 영국 국립극장의 신축이 가능해진 것도 이 기관의 후원이 있었기 때문이다.

피터 홀은 〈장미전쟁〉에 전력을 기울였다. 당시 그는 공사(公私) 양면으로 어려운 일을 겪으며 바쁘게 움직였다. 결혼 생활이 파탄 위기에 직면했다. 4월 말, 〈리처드 3세〉 연습 때 홀은 과로 때문에 연습장에서 졸도했다. 신경쇠약 증세였다. 의사는 6개월 간의 정양을 권했다. 그러나 3주 후, 그는 연습장으로 돌아왔다. 이 때문에 연습이 차질을 빚어 공연은 연기되었다. 이런 와중에서도 그의 기운을 살려준 것은 〈장미전쟁〉의 성공이었다. 이 공연은 RSC 최고의 업적으로 평가되었다. 데일리 메일의 평론가 버나드 레빈(Bernard Levin)은 "전후 영국 연극의 이정표이며 정점이었던 이 공연은 연출가 피터 홀의 극단 운영 정책과 그의 힘이 발휘된 작품이었다"라고 썼다. 이 평론은 다른 모든 평론가와도 일치된 견해였다. 〈장미전쟁〉은 RSC의 존재를 급부상시켰다. 이후, 이들이 손만 대면 모든 것은 황금이 된다는 소문이 퍼졌다. RSC는 유럽 전체에서 가장 높이 평가된 공연단체가 되었다. 1963~1964년 시즌에 RSC는 런던에서도 대성황을 이루었다. 1963년, RSC는 독일과 스위스 극작가를 주목하면서 호흐후트(Hochhuth), 뒤렌마트(Durrenmatt), 바이스(Weiss) 등의 작품을 공연했다. 이런 참신한 기획은 셰익스피어와 전후 시대 극작가들이 한 곳에서 만나는 고전과 현대 연극의 대향연이 되었다.

1963~1964 LAMDA 스튜디오 극장에서 피터 브룩과 찰스 마로위츠(Charles Marovitz)는 잔혹극(Theatre of Cruelty) 주제로 실험적인 공연을 진행했다. 아르토(Artaud)의 잔혹극이 RSC에 미친 영향은 1962년 이후에 일어난 일이었다. 브룩의 〈리어 왕〉은 그 첫 사례였다. 〈리어 왕〉에서 글로스터가 두 눈을 잃게 되는 장면은 잔혹극의 대표적인 장면이었다.

1964년 올드위치에서 실험극으로 막을 올린 〈마라/사드〉는 브레히트의 서사극 이론과 아르토의 잔혹극 이론이 거둔 획기적인 공연이었다. 이 작품은 프랑스 혁명을 주도한 마라의 살인을 다루고 있지만 주안점은 인간의 정치의식을 자극하는 실험적인 혁명극이었다. 브룩은 1966년 연달아 〈US〉로 월남전 문제를 다루는 연극을 무대에 올렸다. 이런 급진적이며 진보적인 실험극은 국립극장 연극과 대조를 이루었다. 국립극장은 신축 건물을 짓는 동안 올드빅(Old Vic) 극장에서 전통의 현대적 수용에 역점을 두면서 세계명작 공연을 지속적으로 무대에 올렸다. 그동안 RSC는 정치적으로 민감한 문제를 다루는 도전적인 실험극을 선보이면서 관객을 열광시켰다.

1965년 초, RSC는 재정난에 봉착했다. 극단의 재정위원회 위원장 조지 파머(George Farmer)는 재정난 문제를 의논하기 위해 영국예술위원회와 회담을 가졌다. 이 자리에서 그는 가을이 되면 RSC 재정이 소진된다고 그는 말했다. 영국예술위원회는 1965년에 90,000파운드가 책정되었다고 격려의 말을 전했다. 그러나, 1965~1966년 회계연도에는 더 이상의 증액은 없다고 덧붙였다. 파머는 올드위치극장 문을 닫아야 하는 위기에 봉착할 것이라고 경고했다. 이렇게 되면 피터 홀은 사임해야 되는 형국에 직면한다고 말했다. 그래도, 다행히 한 가지 희망이 보였다. 1965년 런던은 바비칸센터(Barbican Center) 건립을 추진한다고 알렸다. 바비칸 문화예술센터를 RSC에 대여할 수 있다는 얘기도 흘렸다.

건축은 5년 안으로 끝낼 예정이라고 언명했다. 그렇다면 RSC는 1970년에 센터에 입주할 수 있게 된다. 그렇게 되면 RSC가 필요한 모든 것을 다 갖춘 바비칸은 RSC의 신바람 나는 런던 기지(基地)가 될 수 있다.

올드위치극장보다 비용이 덜 들고, 최신 무대 장비와 시설이 있는 바비칸은 RSC가 원하는 꿈의 전당이 될 것이다. 피터 홀은 이런 꿈같은 일이 일어나도록 오랫동안 간절히 기원하고 있었다.

그런데, 1965년 이후 RSC는 서서히 침체의 늪으로 빠지기 시작했다. 너무나 많은 것을, 너무나 빠른 속도로 성취해서 정상에 도달한 RSC는 이제 내리막길로 간다고 피터 브룩은 말했다. 〈장미전쟁〉으로 최고의 성과를 올린 RSC는 숨이 가빴다. 앞으로 더 이상의 성과는 불가능하다는 생각 때문이었다. 사실, 그동안 RSC는 너무나 많은 일을 해냈다. 홀은 위험을 무릅쓰고 특유의 '도박' 정신으로 앞으로 향해 질주했다. 그는 무서운 동력을 발휘했다.

그는 흔들리지 않고 달렸다. 1965년 공연된 RSC의 말로(Marlowe)의 작품 〈말타의 유태인〉과 〈베니스의 상인〉, 〈아테네의 타이몬〉, 〈햄릿〉, 핀터의 〈귀향〉 등은 모두 명작 공연이라는 찬사를 받았다. 홀의 무대는 최고의 연기진과 존 베리의 무대장치가 화제가 되었다. 이해에 염려스러웠던 재정난 문제는 영국예술위원회의 지원금 증액으로 극복했다. 그런데, 갑자기 7월 9일, 창업주의 후손 포덤 플라워가 사망했다. 그는 20년간 RSC의 유능한 조타수였다. 그의 열정과 비전은 홀을 이끌고 뒷바라지했다. 그의 죽음은 RSC 운영에 영향을 미쳤다.

이후, 창업주 가족이 회장을 계승하는 일은 없었다. 포덤과 홀은 서로 아끼고 존중하는 그지없이 따뜻한 사이였다. 홀은 그를 아버지라고 불렀다. 그의 죽음은 피터 홀이 RSC를 떠나게 만든 계기가 되었다.

1965년, 피터 홀은 괴로웠다. 아내 레슬리 카론이 미국 배우 워런 비티와 부적절한 정사(情事) 사건을 일으켜 법정 문제로 비화(飛火)했기 때문이다. 비티도 공동 피고가 되어 카론과 런던 법정에 서서 패소했다. 1965년, 이 사건으로 홀과 카론은 이혼을 했다. 당시 이들 사이에는 1남 1녀 두 자녀가 있었다. 그 이후, 피터 홀은 호른 재클린 테일러와 1965년 결혼하고 1981년 이혼했다. 1982년 마리아 어윙과 결혼하고 1990년 이혼했다. 1990년 니콜라 플라이와 결혼하고 2017년 홀이 사망할 때까지 결혼 생활은 유지되었다. 여섯 자녀와 아홉 명의 손자 손녀를 둔 네 번의 결혼은 그의 가정 생활이 다사다난했음을 알리고 있다.

1967년, 바비칸이 개관을 2년 연장한다고 발표했다. 1972년이었다. 그때까지 RSC의 재정을 감당할 수 없어서 그는 울적한 기분에 빠져들었다. 그는 이즈음 영화 일에 매달리고 있었다. 그래서 런던과 스트랫퍼드를 분주히 왕래했다. 그해, 그는 〈맥베스〉 한 편만을 연출했는데, 그 공연은 흥행에 실패했다. 이 일이 그가 RSC를 떠난 직접적인 동기가 되었다고 친구들은 말하고 있다. 연습 때 홀은 심하게 병들어 있었다. 한쪽 눈이 안 보일 정도였다. 그는 심신이 피곤하고 기분은 침잠했다. 그해 말, 그는 〈한여름 밤의 꿈〉 영화를 제작하고 있었다. 극단 관계자는 촬영 현장까지 그를 만나러 왔다. 내심 극단을 떠난다고 결심했기에 그는 이 당시 극장 일에 소극적이었다. 영화 일이 끝나자 그는 기진맥진 상태였다. 1968년, 그는 10년간 일해온 RSC를 사임했다. 28세의 젊은 연극인 트레버 넌(Trevor Nunn)이 그의 뒤를 이었다. RSC의 새 시대가 새로운 아침을 맞이하고 있었다.

3. 1968년 이후의 RSC

— 트레버 넌 시대

트레버 넌이 임명되었을 때 많은 사람들이 그의 능력을 의심했다. 트레버 자신도 의아스러웠다. 그는 한 번도 예산서나 회계장부를 들여다본 적이 없다. 위원회에 참석해본 적도 없다. 언론사와 인터뷰도 해본 적이 없다. 그는 RSC 일에 거침없이 뛰어들었다. 그러나, 최근에 그와 함께 일했던 연극인들은 낙관적이었다. 극장 외부 인사들은 종말론적인 재난이라고 생각했다. 트레버 넌의 곤경은 경험 부족이 아니라 피터 홀이 해온 일을 답습한다는 불문율 때문이었다. 누구든 이런 일은 당혹스러울 것이다. 트레버 넌은 피터 홀과는 전혀 다른 성격의 인간이었다. 극장 주변 사람들에게도 그는 거의 무명인이었다. 피터 홀은 조직의 통솔력이 있었다. 후임자로 트레버 넌을 선택한 사람은 홀이었다. 홀 특유의 '도박'이었다.

그러나 자세히 들여다보면 홀이 왜 넌을 선택했는지 알 수 있다. 두 사람은 닮은 데가 있다. 두 사람은 영국 동부지역 서픽(Suffolk) 출신이

셰익스피어의 사랑과 정치 : 〈안토니와 클레오파트라〉 〈코리올레이너스〉

다. 출신 가문들이 노동계급이다. 둘 다 케임브리지대학 출신이다. 그는 이 대학교 아마추어 극단 말로 협회 출신이다. 홀도 그런 아마추어 극단에서 연극을 시작했다. 당시 활동은 넌이 홀보다 더 열광적이었다. 그는 학업을 뒤로하고 연극에 미쳐 3년 동안 34편의 작품을 연출했다. 깜짝 놀랄 일이었다. 그리고, 그는 야심 차게 에든버러 연극축제로 달려갔다. 그곳에서 열린 대학 연극경연대회에서 보여준 재능이 인정되어 그는 코벤트리 등 여러 유명 단체에 초빙되었다. 그는 처음 홀의 조연출 제의도 받았지만 거절했다. 1년 후, 피터 홀의 두 번째 초빙 연락이 왔다. 그때, 트레버 넌은 수락했다. 처음 18개월 동안 그는 RSC에서 제대로 일을 해내지 못했다. 넌은 동안(童顔)인 데다 옷매무새는 영락없이 비틀즈였다. 동료 중 한 사람은 그를 가리켜 베트남인 웨이터 같다고 비꼬았다. 그는 효율적으로 적응하지 못했다. 그는 실상 비효율적인 인간이었다. 그는 본능적으로, 직감적으로 움직였다. 그것은 의도적인 일이었다. 그의 손에 들어온 프로젝트는 순식간에 잿더미가 되어 무산되었다. 넌이 손을 댄 〈탱고(Tango)〉, 〈헨리 4세〉, 〈헨리 5세〉 등 모든 공연은 처음에는 하나같이 흥행에 실패했다. 그는 일에 지쳐서 병상의 몸이 되었다.

그러다가 1966년 그의 생애를 바꾼 공연을 하게 되었다. 그가 처음으로 단독 연출을 맡은 작품은 잘 알려지지 않은 작품이었다. 터너(Tourneur)의 〈복수인의 비극〉이었다. 작품 선택을 넌 자신이 했다. 예산은 최하였다. 이미 사용했던 〈햄릿〉 장치를 재사용했다. RSC에서 내로라하는 유명 배우는 한 사람도 없었다. 중요 배역은 이 작품으로 유일하게 이름이 알려진 이언 리처드슨(Ian Richardson)과 신인 배우 알란 하워드

(Alan Howard)였다. 나머지 조연들도 모두 무명 배우들이었다. 무대미술은 넌 자신이 모셔온 크리스토퍼 모어리(Christopher Morley)였다. 이 작품은 만들기 어려웠다. 넌은 이 작품을 '블랙 코미디(black comedy)'라고 불렀다. 1960년대 후반 영국 사회의 분위기를 반영하고 있는 작품이었다. 그는 게임과 즉흥연기를 이용했다. 막이 오르자 관객은 불붙듯 열광했고 평론은 "근년에 볼 수 없었던 최고 걸작"이라고 격찬했다. 그 작품은 혁신적이었다.

넌이 RSC에서 얻을 수 있는 어마어마한 자산은 명배우들 집단이었다. 넌이 연출가로 이 극단에 들어왔을 때 이언 홀름이나 폴 스코필드는 떠나고 없었지만, 여전히 별 같은 명배우들이 극단에 널려 있었다. 페기 애시크로프트, 주디 덴치, 브루스터 메이슨, 에릭 포터, 이언 리처드슨, 도널드 신든, 자넷 수즈먼, 마이클 윌리엄스 등이 있었고, 신참 배우로는 수잔 플리트우드, 알란 하워드, 헬렌 밀런, 노먼 로드웨이, 패트릭 스튜어트 등이 있었다. 그야말로 RSC에 별들이 쏟아지고 있었다.

연출가로는 존 바턴(John Barton), 클리퍼드 윌리엄스(Clifford Williams), 데이비드 존스(David Jones), 테리 핸즈(Terry Hands)가 있었다. 넌보다 한 살 아래인 핸즈와 넌, 두 젊은 연출가는 앞으로 RSC를 자유롭게 운영해 나갈 수 있게 되었다. 이들 두 연출가는 성격도, 연극 접근 방식도 달랐지만 상호 깊은 존경심으로 결속되어 있었다.

1969년 트레버 넌은 새로운 기분으로 연습을 시작했다. 리허설 룸 바닥에 흰색 융단을 새로 깔았다. 연습실이 깨끗하고 엄숙한 신전이 되었다. 그는 배우들에게 신발을 벗고 들어오도록 했다. 연습실에서는 금연이었다. 커피도 마실 수 없었다. 배우들은 운동복 차림으로 연습에 참석했다. 넌은 셰익스피어 사극과 후기 작품에 집중했다. 〈헨리 8세〉, 〈페리클레스〉, 〈겨울 이야기〉, 〈폭풍〉, 〈자에는 자로〉 등이었다.

1970년 RSC는 재정난에 봉착했다. 예비금을 탕진했다. 전해에 관객 동원에는 성공했지만 여전히 71,307파운드의 결손을 보았다. 1966년 이래로 최고의 지원금을 영국예술위원회에서 받았지만(280,670파운드) 재정 위기를 벗어나지 못했다. 존 바턴이 연출한 공연은 성공을 거두지 못했다. 그런데 피터 브룩이 RSC 시대를 마감하는 대작 〈한여름 밤의 꿈〉(1970)이 스트랫퍼드에서 대성공을 거두면서 재정 상태가 반전되었다. 연출가는 사방이 하얀 벽으로 둘러싸인 텅 빈 무대에 그네를 매달았다. 배우들은 공중을 날고 접시를 돌리는 연기를 하며 마술적 세계를 보여주었다. 환상과 현실이 교차하는 연극은 관객의 상상력을 자극하는 기상천외의 무대를 창출했다.

이 공연은 "평생 한 번 볼 수 있는 무대"라는 홉슨(Hobson) 평론가의 격찬과 "내가 본 셰익스피어 공연 가운데서 최고의 걸작"이라는 클라이브 반즈의 평에 힘입어 런던으로, 뉴욕으로 무대를 옮겨가며 계속 절찬 속에서 공연되었다. 피터 홀은 그의 명작 〈리어 왕〉, 〈마라/사드〉를 초월하는 무대를 창출했다는 평가를 받으며 이 공연은 전 세계에 20세기의 신화처럼 파급되었다. 1970년, RSC의 암울했던 분위기를 한 방으로 날려버린 연극이 되었고, RSC가 새로운 시대로 진입하는 신호탄이 되었다.

1971년, 넌의 끈질긴 집념으로 유스턴 거리(Euston Road)에 330석의 소극장 '더 플레이스(The Place)'를 운영하기 시작했다. 1972년과 1973년에 올드위치 무대에 올릴 수 없는 작품을 이 극장에서 공연했다. 1973

년 12월, 젊은 유망주 연출가 버즈 굿보디(Buzz Goodbody)가 기획하고 마이클 리어던(Michael Reardon)의 무대미술로 도스토옙스키의 〈백치〉, 스트린드베리의 〈미스 줄리〉, 고리키의 〈적(敵)〉, 장 주네의 〈발코니〉, 〈오셀로〉 등의 명작이 관객의 절대적인 호응을 얻으며 공연되었다. 이들 공연은 1974년까지 계속되었다. 이 소극장은 '대안극장'이었다.

1972년, 트레버 넌은 셰익스피어 로마극 〈코리올레이너스〉, 〈줄리어스 시저〉, 〈안토니와 클레오파트라〉, 그리고 〈타이터스 안드로니커스〉 공연 계획을 발표했다. 이 네 작품을 트레버 넌이 연출했다. 전체 제작비 25만 파운드를 책정했다. 1972년의 로마극 공연은 풍성한 내용과 다양한 무대 형상화로, 명작이라는 평가를 받았다. 트레버 넌은 극단 운영과 연출 강행으로 탈진 상태가 되어 병원으로 이송되었다. 이후, 그는 1973년에 〈맥베스〉 한 편, 1974년에 〈헤다 가블레르(Hedda Gabler)〉 한 편만을 연출할 수 있었다. 1974년 말, 1975년의 계획을 구상하면서 예산을 검토하던 중 극단이 재정난에 봉착했음을 알았다. 연출가 테리 핸즈는 이 어려움을 벗어나기 위해 〈헨리 5세〉를 보완해서 재공연하자고 주장했다.

1964년 공연 때 50명이었던 등장 인원을 25명으로 줄였다. 원작의 많은 부분을 삭제했다. 무대장치를 축소하고 조명에 역점을 두었다. 배우의 동선을 줄이고 장면 전개에 속도를 붙였다. 관객은 카메라 렌즈 속을 보듯이 무대 장면이 시야에 들어왔다. 조명, 음악, 액션이 조화롭게 극의 효과를 창출했다. 〈헨리 5세〉는 스트랫퍼드에서 100회 이상 공연되었다. 그리고 세 번이나 재공연되었다. 대성황 속에서 지방공연과 뉴욕, 유럽 해외공연이 성사되었다. 이 공연으로 재정 사정으로 허덕이던 RSC가 한숨 돌리게 되었다. 소극장 공연도 기력을 회복했다. 연출가 버즈 굿보디가 올린 〈햄릿〉이 1975년 4월 8일 개막되어 관객과 비평가들의 박수갈채를 받았다. 이 공연은 RSC 소극장 공연의 새로운 전환점이 되었다. 버즈는 이 공연과 동시에 그가 아끼는 연출가 하워드 데이비스가 만든 브레히트의 작품 〈사람은 사람이다〉의 공연도 기획했다. 그런데, 4월 12일 버즈 굿보디가 갑작스럽게 자살했다.

그의 죽음으로 신세대 유망주를 잃어버린 극단은 충격과 비통감에 휩싸였다. 버즈는 신세대 작가, 배우, 연출가를 RSC에 연결하는 역할을 해왔었다. 버즈의 비전, 정열, 헌신에 크게 의존했던 RSC 소극장 활동은 상당한 타격을 입게 되었다. RSC는 연출가 베리 카일(Barry Kyle)을 새로운 소극장 책임자로 임명했다.

1976년은 RSC가 새로운 기력을 회복한 해가 되었다. 소극장도 활기찬 활동을 시작했다. 트레버 넌이 연출한 〈맥베스〉는 전해에 올린 버즈 굿보디의 〈햄릿〉에 이어 '미니멀 아트' 공연이 되었다. 중간 휴식 없이 2시간 15분 동안 계속되었다. 작은 원형 무대는 등장인물의 심리를 역동적으로 표출하기에 적절했다. 이언 맥켈런(Ian McKellen)과 주디 덴치 두 주인공이 보여준 명연기는 이 공연의 하이라이트였다.

이 공연은 관객과 평론의 상찬(賞讚)을 받았을 뿐만 아니라 대극장과 소극장 공연이 주는 예술적 차이와 상호 관련 문제로 각광을 받았다. 1976년 〈맥베스〉는 이 작품에 대한 넌의 세 번째 도전이었다. 그 이전의 두 번은 1974년 스트랫퍼드와 1975년 올드위치 공연이었다. 이 두 번의 셰익스피어 대극장 공연은 트레버 넌이 불편해하고 쌓였던 불안감이 노출된 경우였다. 세 번째 소극장 공연은 트레버 넌이 완전히 자유로워진 무대였다. 그는 처음으로 '공간'이라는 새로운 소재를 발견했다. 그 공간은 그가 오래도록 무의식적으로 탐구했던 공간이었다.

1970년 이후 그가 간절히 바라던 무대가 활짝 열렸다. 주디 덴치의 레이디 맥베스, 이언 맥켈런의 맥베스는 이 무대에서 잊을 수 없는 명연기로 남는다. 이 공연의 성공으로 1977년의 보다 더 융성한 공연 계획이 발표되었다. 1977년 9월 〈맥베스〉는 런던의 소극장(Donmar Warehouse)과 런던 영빅(Young Vic)에서 재공연되었다. 〈맥베스〉는 영상으로도 템스 텔레비전에서 방영되었다. 덴치의 맥베스 부인은 2004년 RSC 전체단원 투표에서 극단 역사상 최고의 명연기로 선정되었다. 영국 『가디언』의 평론가 마이클 빌링턴(Michael Billington)은 "1977년, RSC는 황금을 거머쥐었다"고 말하면서 트레버 넌의 공로를 치하했다. 올드위치 무대에 오른 유진 오닐의 작품 〈얼음장수 오다〉가 뜻밖의 격찬을 받았다.

1977년, RSC는 런던 소극장 개설을 결정했다. 그 소극장은 하워드 데이비스가 책임을 맡도록 했다. 소극장은 1977년 7월 개관 예정이었다. 문제는 소극장 건물을 어디서 찾느냐는 것이었다. 그 장소는 코벤트 가든과 올드위치 근처에 있어야 한다는 것이 조건이었다. RSC는 1964년 피터 브룩과 마로위츠(Marovitz)가 잔혹연극 실험을 했던 돈마(Donmar) 연습실 건물을 지목했다. 그 건물을 임대해서 대대적으로 수리하고 시설을 보완해서 1977년 7월 18일 소극장 '더 웨어하우스'로 탄생되어 개관 공연을 했다.

새 건물의 전력(電力)이 공연 30분 전에 들어왔다. 극장에 오르는 계단의 콘크리트는 채 마르지도 않았다. 공연작품은 '아더 플레이스(The Other Place)'에서 공연했던 〈2차 대전의 슈베이크〉였다. 첫 시즌에 이 소극장은 아홉 작품을 무대에 올렸다. 네 작품은 재공연이요, 다섯 작품은 새 작품이었다. 스트랫퍼드에 세 번째 소극장 '백조(The Swan)'를 개설했다. 돌출무대를 지닌 이 극장은 450객석과 갤러리가 있었다.

1977년, 런던 소극장 공연은 RSC의 활기 넘친 공연과 보조를 맞추고 있었다. 그해에 스트랫퍼드에서 8편, 올드위치에서 11편, 아더 플레이스에서 5편, 더 웨어하우스에서 9편이 무대에 올랐다. 놀라운 공연 숫자였다. 1978년, 테리 핸즈는 배우 알란 하워드와 무삭제 〈헨리 5세〉, 그리고 〈헨리 6세〉 3부작, 〈코리올레이너스〉 무대 창조에 열중하고 있었다.

1982년 바비칸 아트센터(Barbican Arts Centre)가 개관되어 RSC는 새로운 런던 전진기지를 확보했다. 1978년 연출가 테리 핸즈가 RSC의 공동 연출가로 임명되었다. 극단이 확장되면서 일도 많아지고 활동 영역도 넓어져서 혼자로서는 감당할 수 없었기에 이런 인사는 불가피했다. 트레버 넌은 1968년 부임한 이래로 런던에 두 개의 스튜디오 극장을 개장하고 실험적인 작품을 의욕적으로 공연했다. 두 극장은 더 플레이스(The Place)와 더 피트(The Pit)였다. 스트랫퍼드에서는 연습장용 소극장으로 1974년 아더 플레이스가 문을 열었다. 에드워드 본드(Edward Bond)와 하워드 바커(Howard Barker) 등 신세대 극작가 작품 이외에도 〈햄릿〉(1975), 〈맥베스〉(1976) 등 셰익스피어 공연으로 이 소극장은 놀라운 성과를 올리고 있었다.

1997년, RSC는 6주간 '뉴캐슬 주간'을 개최했는데 지방연극 연중행사로 정착되었다. RSC는 국제적인 연극축제도 주관해서 국제교류 사업에도 노력을 기울였다. 1972년 트레버 넌이 연출한 로마극과 1977년 테리 핸즈가 제작한 〈헨리 6세〉 3부작, 1982년 개막된 〈니콜라스 니콜비〉, 1985년 공연된 〈레 미제라블〉 등은 그의 기념비적인 업적이 되었다.

1980년, 스트랫퍼드에서 문을 연 RSC의 오픈-스테이지 극장 백조극장은 셰익스피어 동시대인 극작가의 작품을 위한 전용극장으로 정착되었다.

1986년 트레버 넌이 RSC에서 물러나서 홀의 나머지 임기를 채우기 위해 국립극장으로 갔을 때, 테리 핸즈가 RSC 예술감독으로 취임했다. 핸즈는 1990~1991년 시즌에 RSC의 바비칸 센터와 더 피트의 상주극단 계약을 종료했다. 이런 조치는 영국예술위원회의 지원금을 늘리는 전략의 일환이었다. 이 조치 후 얼마 안 가서 애드리언 노블(Adrian Noble)이 1991년부터 2003년까지 RSC 예술감독을 맡았다.

그 당시 RSC는 심각한 재정 위기에 놓여 있었다. 그 위기는 그가 재임하고 있는 동안에도 해결되지 않았다. RSC를 '셰익스피어 마을(Shakespeare Village)'로 대치하고자 했던 그의 '프리트 프로젝트'는 실효를 거두지 못했다. 그래서 RSC 재정난은 더욱더 악화되었다. 노블은 2003년 사임했다.

2003년, 마이클 보이드(Michael Boyd)가 취임했다. 그는 280만 파운드의 결손을 짊어지고 있었다.

2006년 4월에 시작되어 연중 계속된 셰익스피어 전작 공연 축제 행사와 런던 공연의 활성화로 출구를 모색한 보이드는 차츰 RSC를 본래의 궤도에 올려놓았다. 그는 2007년에 스트랫퍼드 극장 재건축 사업을 시작하면서 셰익스피어 역사극 공연을 다시 시작했다. 이런 일련의 과

업이 적중해서 보이드의 RSC는 발전하고 있었다. 보이드는 "정원을 가
꾸는 일을 좀 했다"라는 겸손한 말을 남기고 2012년 RSC를 떠났다. 후
임은 그레그 도란(Greg Doran)이었다.

로열 셰익스피어 극단(Royal Shakespeare Company, RSC)

4. 문화물질주의와 RSC

조너선 돌리모어(Jonathan Dollimore)와 알란 신필드(Alan Sinfield)가 '문화 물질주의(Cultural materialism)'는 이상주의(idealism)의 반대 개념이라고 말 했다(『정치적인 셰익스피어』, 맨체스터대학출판부, 1985). 그 개념이란 이렇다. 문화는 물질의 힘이나 생산 관계를 초월하지도 않고 초월할 수도 없다 는 것이다. 이들의 주장을 들어야 하는 이유는 RSC가 그 이론에 영향을 받고 있었기 때문이다.

문화는 경제적이며 정치적인 제도를 단순히 반영하는 것도 아니 고, 그로부터 독립되어 있지도 않다. 문화 물질주의는 따라서 역사 속 의 문학작품이 지니고 있는 의미를 탐구한다. 셰익스피어 작품은 생 산(production)의 환경과 관련을 맺고 있다. 그의 작품은 엘리자베스 여 왕과 제임스 1세 시대의 영국의 경제적이며 정치적인 제도와 연관된 다. 또한, 문화생산의 특별한 기관(궁정, 후원자, 극장, 교육, 교회)과도 관련을 맺고 있다. 더욱이나 이 같은 관계의 역사는 400년 전의 일로 끝나는 것이 아니다. 문화는 계속 이어지고, 셰익스피어 작품은 특별한 환경에서 다양한 기관에 의해 끊임없이 재생산되고, 재평가되고, 재활되고 있다. 그 작품이 무엇을 의미하며, 어떻게 의미를 발산하며, 어떤 상황과 어떤 문화 영역에 의존하고 있는가 하는 문제를 평론집 『정치적인 셰익스피어』가 집중적으로 논의하고 있다. 문화 물질주의는 정치적 중립을 내세우지 않는다. 문화적 행위는 정치적 의미를 배제하지 않는다. 글로브 극장에서나 런던의 바비칸 센터에서의 〈리어왕〉 공연은 이를 입증하고 있다.

RSC는 1960년 피터 홀이 예술감독을 맡으면서 전환의 계기를 마련했다. 해마다 스트랫퍼드 셰익스피어 축제에는 관광객들이 순례자들처럼 모여들었다. 그 기회에 피터 홀은 런던에도 공연장을 마련해서 연극 개혁의 새로운 방향을 제시하며 정치적으로 진보적인 입장을 지켜나갔다. 그는 브레히트와 얀 코트를 모델로 삼았다. 연극은 시대에 대해서 문제를 제기하며 관객의 의문을 유발해야 된다고 주장했다(데이비드 아덴브룩, 『로열 셰익스피어 컴퍼니』, 1974). 이것이 RSC의 새로운 이미지로 떠올랐다. 그 정체성은 1968년 트레버 넌 예술감독에게 고스란히 전수되었다. 트레버 넌은 선언했다. "나는 사회적 문제에 관심이 있는 연극을 원합니다. 정치적 의식이 살아 있는 극장을 원합니다."(위의 책, p.182) 아덴브룩이 지적한 대로 "RSC는 하나님을 빼고는 모든 것을 갖고 있는" 극장으로 발전했다. 트레버 넌은 피터 홀의 다음 말을 잊지 않았다. "RSC 연극은 우리가 사는 현실 문제를 거론해야 된다."

1963년 무대에 올린 〈장미전쟁〉이나 1972년 로마극은 이를 뒷받침하고 있다. 피터 홀이나 트레버 넌은 권력의 반인간적 잔혹성은 그때나

지금이나 변하지 않고 있다는 생각을 하게 되었다. 과거와 마찬가지로 현대도 역사는 피로 흥건히 물들어 있다는 생각을 버릴 수 없었다. 모든 도덕적 기준은 무너지고, 사회적 질서는 무산되었다는 참담한 심정을 억누를 수 없었다. 피터 홀은 얀 코트의 명저『셰익스피어는 우리들의 동시대인』에서 큰 영향을 받고 있었다. 셰익스피어는 인간을 동물로 보았다는 것이 얀 코트의 비관론이었다. 인간은 본능적으로 지배욕에 사로잡혀 권력 다툼에 빠져 자신이 살기 위해 남을 죽이는 싸움을 하게 된다는 것이다. 리처드 3세는 히틀러와 스탈린에서 되풀이되고 있다고 얀 코트는 믿었다. 모두가 역사의 희생자들이었다.

RSC에 미친 피터 브룩의 영향도 눈여겨봐야 한다. 1960년 피터 브룩은 연극 현황에 대해서 질문을 던졌다. "현실적인 것과 비현실적인 것 사이에서 우리는 지금 어디 서 있는지 알고 있는가? 인생의 실상과 숨겨진 심오한 흐름을 알고 있는가? 추상과 실체를 알고 있는가? 스토리와 제의(祭儀)를 알고 있는가?" 이런 의문은 1960년대 영국 연극의 안일함에 대한 피터 브룩의 도전장이었다. 그는 이때, 베케트, 이오네스코, 핀터, 아르토 등 부조리 극작가들과 동조하고 있었다. 1963년, 브룩은 셰익스피어의 '외양적 겉치레'인 환상과 장식으로 치장한 허황된 로맨스극에 반기를 들었다. 그는 셰익스피어 속 깊이에 있는 문제와 갈등에 주의를 환기시켰다. 그의 연출작 〈리어 왕〉은 얀 코트의 부조리극 이론을 무대 형상화한 것이었다. 〈리어 왕〉은 베케트 작품의 주인공들처럼 끊임없이 와해되고 해체되고 있었다. 무대에 도입된 강철판은 녹슬고 있었다. 세상을 비관하는 허무주의 연극이었다. 그의 〈리어 왕〉은 인류에게 아무런 긍정의 가치를 전달하지 못하고 있었다. 미래의 희망도 아무런 가능성도 없는 허허벌판 세상이었다. 브룩의 〈한여름 밤의 꿈〉을 보고 알란 신필드는『정치적인 셰익스피어』에서 다음과 같이 말했다.

　많은 사람들이 이 작품은 무엇을 의미하고 있는가라고 묻고 있다. 브룩은 "이 작품을 순수한 축제극이다"라고 말하고 있다. "이 작품은 신비롭다. 인간의 사랑이 지니고 있는 복합성을 이해해야 이해될 수 있는 작품이다"라고 덧붙이고 있다. 브룩의 탈정치적인 노선은 원칙적으로는 피터 홀과 어긋나고 있지만, 브룩의 역사와 정치와 물질적 현실에 대한 고민스런 모더니스트의 경멸감은 우리는 동물이기 때문에 엘리자베스 시대의 질서관에 부응할 수 없다는 피터 홀의 절망적인 입장과 비슷하다. 이 같은 피터 홀과 피터 브룩의 합세(合勢)는 1960년대 RSC의 정치적 입장과 맞물리고 있다.

　1970년대와 1980년대 초 RSC는 우왕좌왕하고 있었다. 1974년 존 바턴은 〈존 왕〉을 공연하면서 말했다. "정치적 이념과 자기파괴적인 실용주의로 물든 우리들 세계는 바로 〈존 왕〉의 세계와 같다." 1977년, 테리 핸즈의 〈코리올레이너스〉는 정치적 의미가 탈색된 작품으로 평가되었다. 그 작품은 마이클 보그다노브의 〈말괄량이 길들이기〉와 함께 페미니스트 이론으로 착색된 무대였다. 1982년, 애드리언 노블의 〈리어 왕〉 무대는 포클랜드 침공으로 인한 정치적 상황에 영향을 받은 것이었다.

Abbot, E.A., *A Shakespearian Grammar*, London, 1870.

Barker, Deborah E. & Ivo Kamps, *Shakespeare and Gender – A History*, London:Verso Publishing Company. 1995.

Bate, Jonathan, *The Genius of Shakespeare*, New York:Oxford University Press, Inc., 2008.

Beauman, Sally, *The Royal Shakespeare Company*, Oxford:Oxford University Press, 1982.

Bevington, David, ed., *The Complete Works of Shakespeare*, New York:Addison–Wesley Educational Publishers Inc., 1997.

Bloom, Harold ed., *William Shakespeare – Histories & Poems*, Chelsea House Publishers, 1986.

Bradley, A.C., *Shakespearean Tragedy*, London:Macmillan & Co Ltd., 1958

Bristol, Michael D., *big-time shakespeare*, London:Routledge, 1996.

Brook, Peter, *The Empty Space*, Harmondsworth, England, Penguin Books, 1979.

————, *The Shifting Point*, New York:Harper & Row, 1987.

————, *the open door –Thoughts on Acting and Theatre*, New York:Theatre Communication Group Inc., 1995.

————, *Threads of Time – Recollections*, Washington, D.C., A Cornellia & Michael Bessie Book, Counterpoint, 1998.

Brown, John Russel, *William Shakespeare:Writing for Performance*, New York:St. Martin's Press, 1996.

Bultmann, R.K., *History and Eschatology*, Edinburgh:The University Press, 1956(Iwanami Gendai Sosho).

Burgess, Anthony, *Shakespeare*, London:Vintage, Random House, 2002.

Campbell, Oscar James & Edward G. Quinn ed., *A Shakespeare Encyclopaedia*, London:Methuen & CO LTD. 1966.

Campbell, Oscar James ed., *A Shakespeare Encyclopaedia*, London:Methuen & Co LTD, 1974.

Colton, Garden Q. & Giovanni A. Orlando, *Shakespeare and the Bible*, Santa Monica:−Future Technologies, 2015.

Craig, W.J. ed., *The Complete Works of William Shakespeare*, London:Oxford University Press, 1905, 1947.

David, Richard, *Shakespeare in the Theatre*, Cambridge:Cambridge University Press, 1978.

Dunton−Downer, Leslie & Riding, Alan, *Essential Shakespeare Handbook*, New York:DK Publishing, Inc., 2004.

Eaton, Thomas Ray, *Shakespeare and the Bible*, London:James Blackwood, Paternoster Row. 1858.

Elsom, John, *Is Shakespeare Still Our Contemporary?*, London & New York:Routledge & Kegan Paul. 1989.

Evans, Bertrand, *Shakespeare's Tragic Practice*. Oxford:Oxford University Press, 1970.

Fischlin, Daniel & Fortier Mark, *Adaptation of Shakespeare*, London and New York, Routledge, 2000.

Frye, Northrop, *The Great Code −The Bible amd Literature*, New York:A Harvest

Book Harcourt, Inc., 1982.

Furness, Horace Howard, ed., *King Lear*, A New Variorum Edition, New York:Dover Publications, Inc., 1880.

Furness, Horace Howard, *A new Variorum Edition of Shakespeare*, New York: Dover Publications Future Technologies. 2015.

Granville Barker, Harley, *Preface to Hamlet*, New York:Hill and Wang, INC., 1957.

Greenblatt, Stephen, *Will in the World*, New York: W.W. Norton & Company, 2004.

——————————, *Tyrant :* New York:W.W. Norton & Company, Inc., 2018.

Gurr, Andrew, *The Shakespearean Stage 1574-1642*, Cambridge:The Cambridge University Press, 1992.

Halliday, F.E., *Shakespeare and His Critics*, London, Gerald Duckworth & Co. Ltd., 1950.

Harbage, Alfred, *A Reader's Guide to William Shakespeare,* New York:Farrar, Straus and Giourx, 1963.

Harris, Laurie Lanzen & Mark W. Scott ed., *"Hamlet" in Shakespearean Criticism*, Vol.1. Detroit, Michigan:Gale Research Company, 1984.

Hodgdon, Barbara ed., *A Companion to Shakespeare and Performance*, Oxford:Blackwell Publishing, 2005.Honan, Park, *Shakespeare – A Life*, Oxford:Oxford University Press, 1999, 2012.

Hoy, Cyrus ed., *Hamlet*, A Norton Critical Edition, New York:W.W. Norton & Company, 1963.

Jones, Emrys, *The Origins of Shakespeare*, Oxford:Oxford University Press, 1978.

Knight, G. WIlson, *The Crown of Life*, London:Methuen & CO LTD, 1977.

——————————, *The Imperial Theme*, London:Methuen & CO LTD, 1979.

Kott, Jan, *Shakespeare Our Contemporary*, translated by B. Taborski, London:Methuen, 1967.

Levi, Peter, *The Life and Times of William Shakespeare*, New York:Wings Books, 1988.

Long, Michael, *The Unnatural Scene – A Study in Shakespearean Tragedy*, London:Methuen & Co Ltd., 1976.

Marx, Steven, *Shakespeare and The Bible*. tr. by Kazumi Amagata. Originally published in English by Oxford University Press, 2000. Japanese Edition published by The Board of Publications, The United Church of Christ, Tokyo, Japan, 2001.

Milward, Peter, *Shakespeare and Religion*. tr. by Hirosha Yamamoto, Tokyo:Renaissance Books 5, Showa 56.

Mowat, Barbara A. & Werstine, Paul, *Shakespeare's Sonnets and Poems*, New York:− Simon & Schuster Paperbacks, 2004.

Muir, Kenneth & Schoenbaum, S., *A New Companion to Shakespeare Studies*, Cambridge:The Cambridge University Press, 1980.

Nicoll, Allardyce ed., *Shakespeare Survey*, London:Cambridge University Press, 1956.

New Bible Dictionary, New Japan Bible Publishing Society, Tokyo:1970.

Onions, C.T., *A Shakespeare Glossary*, Oxford, 1986.

Papp, Joseph & Elizabeth Kirkland, *Shakespeare Alive!*, New York:Bantam Books, 1988.

Parsons, Keith, *Shakespeare in Performance*, London:Salamander Books, 2000.

Peterson, Eugene H., *The Message – The Bible in Contemporary Language*(한국어판. 복 있는 사람 간행, 2002).

Rosenberg, David & Bloom, Harold, *The Book of J,* New York:Grove Press, 1990.

Rosenberg, Marvin, *The Masks of King Lear*, Berkeley:University of California Press, 1974.

Rowse, A.L. ed., *The Annotated Shakespeare*, New York:Clarkson N. Potter, Inc., 1978.

Shaheen, Naseeb, *Biblical References in Shakespeare's Plays*, Newark:University of Delaware Press, 1999, 2011.

Shakespeare Quarterly, Published by the Folger Shakespeare Library, 1981.

Shakespeare Survey 39, Cambridge:Cambridge University Press, 1987.

Shaughnessy, Robert ed., *Shakespeare on Film*, New York:St. Martin's Press, 1998.

Spevack, Marvin, *The Harvard Concordance TO Shakespeare*, Part 1, Part 2. Cambridge, Massachusetts:George Olms, Hildesheim. 1969, 1970, Marvin Spevack 1982.

Spurgeon, Caroline F.E., *Shakespeare's Imagery and What IT Tells*, Cambridge:The Cambridge University Press, 1971.

Stoll, Elmer Edgar, *Art and Artifice in Shakespeare*, London:Cambridge University Press, 1933:New York:Barnes & Noble, Inc., 1962.

Styan, J.L., *Shakespeare's Stagecraft*, Cambridge:Cambridge University Press. 1971.

Tillyard, E.M.W., *The Elizabethan World Picture*, London:Chatto & Windus, 1943; New York:The Macmillan Company, 1944.

The Geneva Bible, 1560.

The Riverside Shakespeare, New York:Houghton Mifflin, 1974.

Weir, Alison, *The Life of Elizabeth I*, New York:Ballantine Books, 1998.

Wells, Stanley ed., *The Cambridge Companion to Shakespeare Studies*, Cambridge, Cambridge University Press, 1986.

Wilson, John. Dover, *What Happens in "Hamlet"*, New York:The Macmillan Company; London:Cambridge University Press, 1935; 3rd ed., New York and London:Cambridge University Press, 1951.

————————, *The Tragedy of Hamlet, Prince of Denmark*, Cambridge:The University Press, 1948.

Yates, Frances A., *The Art of Memory*, Chicago: The University of Chicago Press; London:Routledge and Kegan Paul Ltd, 1966.

──────────, *Theatre of the World*, London:Routledge & Kegan Paul, 1969.

──────────, *The Occult Philosophy in The Elizabethan Age*, London:Routledge & Kegan Paul. 1979.

셰익스피어, 『셰익스피어 4대 비극』, 이태주 역, 범우, 2007.

이경식, 『셰익스피어 본문비평』, 범한서적주식회사, 1997.

이태주, 『이웃사람 셰익스피어』, 범우, 2007.

조성식, 『셰익스피어 구문론 (I,II)』, 해누리, 2007.